二見文庫

ハイランドで眠る夜は

リンゼイ・サンズ／上條ひろみ＝訳

Devil Of The Highlands
by
Lynsay Sands

ハイランドで眠る夜は

登 場 人 物 紹 介

イヴリンド・ダムズベリー	イングランド貴族の娘
カリン・ダンカン	スコットランドのドノカイ領主
エッダ・ダムズベリー	イヴリンドの継母
ジェイムズ・ダムズベリー	イヴリンドの父。故人
アレクサンダー・ダムズベリー	イヴリンドの兄
リアム・ダンカン	カリンの父。故人
ダラク・ダンカン	リアムの兄でカリンのおじ。故人
エリザベス(ビディ)・ダンカン	ダラクの妻。カリンのおば
タヴィス・ダンカン	ダラクの息子。カリンのいとこ
マギー・ダンカン	カリンの前妻。故人
トラリン・カミン	近隣の領主。カリンの友人
エリノア(エリー)・カミン	トラリンの母
ファーガス ロリー ギリー	カリンの従者
ミルドレッド	イヴリンドの侍女
マック	厩番

1

一二七三年、北イングランド

「お嬢さま《マイ・レディ》！」

不安そうな叫びに、イヴリンドは料理人との話をやめて、あたりを見まわした。彼女付きの侍女が、怒りと不安をないまぜにした顔つきで厨房《ちゅうぼう》を横切り、こちらに向かってくる。怒りと不安はいつもエッダの言動によってしか生じない組み合わせだった。今回継母《はは》は何をしでかしたのだろうと思いながら、イヴリンドは献立についてはあとで相談しましょうと料理人にあわてて約束し、侍女のもとに向かった。

たがいが相手のもとにたどり着いた瞬間、ミルドレッドは主人の両手をつかんだ。そして口の両端を陰気に下げながら告げた。「お継母《はは》上が呼んでおられます」

イヴリンドは顔をしかめた。エッダが彼女を呼ぶのは、またぞろ意地悪な気分になって、不幸な継娘をいじめて楽しみたいときだけなのだ。一瞬、呼び出しを無視して、今日このあと城から離れていられる用事をさがそうかと思った。だが、そんなことをしても、よけいに継母の機嫌をそこね――そのあとのいじめをさらにひどくするだけだ。

「ではなんの用なのかたしかめに行くしかないわね」イヴリンドはそう言うと、安心させるようにミルドレッドの手をにぎったあと、侍女を残して行こうとした。

「あの女は微笑《ほほえ》んでいましたよ」主人のあとを追いながら、ミルドレッドが警告した。

恐怖が体を駆けぬけ、イヴリンドは大広間につづく扉に手をかけて立ち止まった。エッダが微笑むのはいいことではなかった。それはたいていイヴリンドが苦しむことになるのを意味していた。これまで継母にたたかれたことこそないが、もっとひどいこと、たたかれたほうがましと思えるような、ひどく不愉快な仕打ちをされていた。不安のあまり唇をかみながら尋ねた。「あの人が今度は何をたくらんでいるのか、おまえは知っているの?」

「いいえ」ミルドレッドは申し訳なさそうに言った。「自分の雌馬にちゃんと食べさせていないとマックに小言をおっしゃっていたところへ、国王さまからの使者がやってきまして。あの女は国王さまからの文《ふみ》を読むと微笑んで、あなたを呼ばれたんです」

「そう」イヴリンドは弱々しくため息をついたが、背筋をのばして顔を上げ、扉を押し開けた。彼女にできることはそれしかなかった……それと、いつか継母の支配といじめから逃れられるよう祈ることしか。

「ああ、イヴリンド!」エッダはたしかに微笑んでいた――ひどくあからさまな満面の笑みで、悪いことが起こる前兆だ。

「わたしに話したいことがおありだとか」イヴリンドは静かに言った。自分のうしろでミルドレッドがたたずんでいるのがわかった。主人がエッダの攻撃を受けているあいだ、侍女はいつも支えてくれた。

「ええ」エッダは相変わらず歯を見せて大きく微笑んでいた。正しく描写すれば、歯のない笑みということになるだろうが。彼女は歯を半分失っており、残っている歯は茶色くねじれていた。エッダが微笑むことはめったになく、口のなかの状態を見せびらかすほど大きな笑みを浮かべることはけっしてなかった。継母が今そうしていることで、イヴリンドの不安は十倍にふくれあがった。

「おまえの父が亡くなって以来、おまえの幸せを願うことはわたしの役目。わたしはおまえの将来と幸福についてそれはそれは心配しているのですよ」とエッダは話しはじめた。

心配ということばを聞いて、イヴリンドは冷笑するまいとした。父のジェイムズ・ダムズベリーは善良な人間で、国王に忠実な男爵だった。厄介者のエッダと結婚して、迷惑をかけてけむたがられている宮廷から連れ出すよう、国王ヘンリー三世に要請されると、潔《いさぎよ》くその役目を引き受けた。が、エッダはちがった。男爵でしかない男に縛られるのを拒み、ダムズベリーの領地に着くやいなや、すぐにイヴリンドに嫌悪感を抱いたようだった。

最初はそれほどひどくなかった。イヴリンドの父と兄のアレクサンダーがいたころは、エッダもまだ思いやりをもって彼女に接していた。しかし三年まえ、アレクサンダーはエドワード王子とともに十字軍に加わるため出征した。父王が亡くなって王子が帰国し、王に即位しても、アレクサンダーはまだチュニスにいた。さらに悪いことに、兄が出征してまもなく、父が胸の病《やまい》で亡くなった。

ジェイムズ・ダムズベリーが一族の墓に葬られてさえいないうちに、エッダは礼儀正しい見せかけをすっかり捨て、本性をあらわにした。この三年間はイヴリンドにとって地獄だった。もうけっして逃れられないのではないかと思われた。望みは兄が帰郷して、妹の婚姻を整え、あの女から遠ざけてくれるのを待つことだけだった。残念ながら、アレクサンダーは帰郷を急いでいないようだった。

「おまえの婚期はずいぶん遅れてしまったわ」とエッダは言い放った。「国王もわたしと同じご意見です」

「あなたは結婚すべきだと国王さまがお決めになって、彼女はそれに同意させられたということです」ミルドレッドが背後でつぶやいた。エッダに聞こえないように小さな声で。「彼女があなたのいじめをよろこんであきらめるとは思いますまい。お気に入りの暇つぶしなんですから」

イヴリンドは侍女の言うことをほとんど聞いていなかった。エッダの言ったことを理解するのに忙しかったからだ。心のどこかでは、期待をさせておいてそれを打ち砕《くだ》く、エッダらしい残酷な試みにすぎないのではないかと恐れていた。

「だからおまえのために夫を選んであげたわ。そして国王が婚約をまとめてくださった」エッダはもったいぶって言った。「すべては整ったという知らせをいま受け取ったところよ。おまえは結婚することになります」

それで終わりのはずがないとわかっているイヴリンドはただ待った。全部冗談だと言われるか、いっしょになればイヴリンドがまちがいなくみじめな思いをする、ぞっとするような悪臭ただよう老貴族の名前を出すか、どちらかだろう。

「こうして話しているあいだも、おまえの婚約者は自分の領地からここに向かっているわ。彼はドノカイの領主よ」継母は勝ち誇ったように言った。

イヴリンドは息をのんだ。悪臭ただよう老貴族よりはるかにひどい、よりによって――

「ドノカイの悪魔?」

エッダの顔は邪悪なよろこびにあふれていた。「そうよ。世界一不幸になるがいい」

「くそ女」イヴリンドの背後でミルドレッドが憎々しげにうなった。

イヴリンドは侍女を無視し、なんとか恐怖と失望を追いやって、無表情を保とうとした。

この一撃がどんなに効いたかを知らせて、エッダをさらによろこばせるわけにはいかない。ドノカイの悪魔ですって？　この女はわたしをただ嫌っているのではない。悪名高いスコットランドの領主によろこんでくれてやるほど毛嫌いしているのだ。

「さあ、出ておいき」あきらかにおもしろがっている様子でエッダは言った。「もうおまえなど見たくもない」

イヴリンドはぎこちなくうなずいてきびすを返し、ミルドレッドの腕をつかんで引っぱりながら大広間をあとにすると、城からも出た。

「いやな女《カウ》！」ふたりの背後で城の扉が閉まるやいなや、ミルドレッドがかみつくように言った。

イヴリンドはそれにかまわず、侍女をせかすようにしてそそくさと中庭を横切り、厩《うまや》に向かった。

「下劣で、醜くて、残酷な生き物」ミルドレッドがつづけた。「心は石で、それに似合いの顔ときた。国王さまに言われてお父上があの意地悪ばばあと結婚させられた日は、悪魔が笑っていたにちがいありませんよ」

イヴリンドはミルドレッドをうながして厩にはいると、厩番頭のマックに感謝の笑みを向けた。鞍《くら》をつけて準備を整えた愛馬レディが、彼のかわいがっている赤っぽい葦毛《あしげ》の隣にいるのを見たからだ。

「手紙を受け取ったエッダさまの顔がにやけてるのを見たもんで」厩番頭は説明した。「奥さまの用がすんだらお嬢さまは遠乗りが必要かと思いまして」

「ええ。ありがとう、マック《アイ》」イヴリンドはミルドレッドをせかして雌馬に乗せた。

「お父上はお墓の下で転げまわっておいででしょうよ」イヴリンドに押しあげられて馬に乗りながら侍女は憎々しげに言った。

イヴリンドは軽くマックの手を借りて、わめきつづける年上の侍女のあとからひらりと馬に乗った。「聖女のようなあのいとしい亡き奥さまだって、生きてさえいたらあの売女《ばいた》の泥みたいな茶色の髪をひと房引っこ抜いてやれるのにと、口に泡して悔やんでおられますよ」

イヴリンドは雌馬にかかとを当てて駆足をさせた。マックが馬に乗ってすぐうしろをついてくる。

「あの醜い鬼女のハチミツ酒に毒を入れてやる」ミルドレッドが毒づくあいだ、三人は静かな駆足で中庭を抜け、城門と跳ね橋のほうに向かった。「そうすれば城に住む者たちはひとり残らずよろこぶでしょうよ。あんなに不愉快で、けちで、心が冷たくて、虫みたいにいやったらしい女はいませんよ――やだやだ！」

イヴリンドは侍女のわめきに弱々しく微笑んだ。跳ね橋を半分ほど来たところで、彼女はレディの手綱《たづな》をゆるめた。雌馬はすぐにたてがみを振りあげてうれしそうにいななき、一目散に走りはじめた。うしろを振り返ってマックを確認するまでもなかった。彼がついてくることはわかっていた。それに、鞍から落ちると思ったのか、ミルドレッドがしがみついてきたので、姿勢を保ちながら手綱を離さないようにするだけで手一杯だった。

ようやくミルドレッドの手の力が弱まったので、イヴリンドは雌馬の手綱をそっと引いた。いつもの手順に慣れているレディはすぐにそれに応えた。エッダが残酷なことや意地悪なことをするたびに、ミルドレッドはかんしゃくを起こし、イヴリンドは侍女が罰せられるようなことを言ったりしたりしないように馬で連れ出すのが習いだった。

レディがおだやかな駆足に戻ると、マックが自分の馬で横に並び、片方の眉を上げたが、イヴリンドは首を振っただけだった。エッダの〝いい知らせ〟を話したいとは思わなかった。ミルドレッドがまた動揺するだけだし、イヴリンド自身すでにかなり不安になっていた。侍女をなだめるのに時間を無駄にするより、この状況についてひとりで考える時間がほしかった。

「もう引き返していいですよ」ミルドレッドが言った。「落ちつきましたから。あの下劣な生き物に何か言ったりしたりしません。どうせ無駄ですよ。あの女が死んだ暁《あかつき》には悪魔が特別な仕打ちを用意しているでしょうから。すぐにもそうなってくれたらわたしらみんなにとってはもっといいんですけどね」

イヴリンドは弱々しく微笑んでみせたが、返事をする気力はなかった。代わりに、手綱を引いて馬を止め、厩番頭を見やった。「彼女を城まで送ってくれる、マック？」

「お嬢さまは戻られないんで？」マックは不安げに尋ねた。

「今はまだね。まずはちょっとひとりになりたいの」

マックはためらったが、うなずいてレディの背からやすやすとミルドレッドを抱きあげ、自分の馬に乗せた。背丈はそれほど高くなく細身だったが、彼は驚くほど力があった。

「あまり遠くには行かないように。やっかいなことになるかもしれませんからね」彼は注意した。「それにあんまり長いあいだ城の外にいないこと。でないとわたしがさがしに行きます」

イヴリンドはうなずき、来たときよりずっとおだやかな歩調でふたりが城に向かって戻っていくのを見守った。マックがミルドレッドのほうにかがみこんでいる様子から、何があったのか、これから何が起こるのかを侍女が説明しているらしいのがわかった。

結婚。ドノカイの悪魔と。

イヴリンドはふいにのど元にこみあげてきた恐怖をのみこんだ。馬の向きを変え、近くにあるお気に入りの草地に向かった。小さな滝のある川沿いのささやかな場所だ。滝は彼女の背丈ほどしかなかったが、すばらしいことに変わりはなかった。

レディが水を飲めるように水辺まで歩かせると、馬から降りてその首をぼんやりとなでてやりながら水のなかをのぞきこんだ。

ここに来るといつも癒《いや》された。イヴリンドはいつも悩みや不安を抱えてここに来た。きらめく水や滝からあがるしぶきが不安を洗い流し、気分がよくなるのがつねだった。だが今回はそううまくいくだろうか。この不安を洗い流すには、かなりの量の水が必要になるだろう。

顔をしかめながら、水辺にある大きな岩に歩み寄って腰をおろし、上靴を脱いだ。次にかがみこんで脚のあいだに手を入れ、ドレスの裾《すそ》のうしろ側をつかみ、脚のあいだからまえに持ってきて、ドレスの上につけたゆるいベルトにはさんだ。それがすむと、水辺に戻ってつま先をそっと水につけ、素足にかかる水の冷たさに微笑んだ。しばらくそのままでいたあと、さらに一歩水のなかに踏み出し、脛《すね》のなかばまで水につかると、唇からよろこびのため息がもれた。

目を閉じ、ただそこに立って、ドノカイの悪魔と結婚することについては考えまいとした。少しのあいだ安らかにおだやかに過ごしたかった。将来のことを考えるのはそのあとでいい。

それも長くはつづかなかった。スカートの裾がベルトからはずれて、脚のまわりに落ち、水につかってしまったからだ。

悲鳴をあげて急いで川から出ようとしたが、濡れた裾が足にからまり、横によろけた。危ないところでまえに重心を移動させ、両腕をのばして転ぶのを避けようとした。しかし、手は岩の横をかすめて川底に向かい、岩で肋骨《ろっこつ》とお尻をしたたか打ったあげく、頭から水につっこんで、別の岩にあごの脇をぶつけた。

イヴリンドは痛みにあえぎ、そのせいで水を飲んでしまった。すぐに顔を出して水を吐き出し、飲みこんでしまったわずかな水を出そうと咳《せ》きこみながら、脇腹の痛みを無視して水のなかで起きあがった。脇腹に片手を当てて傷《いた》めた場所をさぐり、さがしあてるとほっとした。痛むことは痛むが、どこも折れてはいないようだ。その手を痛むお尻までおろすと、激しい怒りがこみあげて苦しげに小さく悪態をついた。

これで完璧じゃない？　イヴリンドはけっしてしとやかな女性というわけではなかったが、こんなぶざまなまねをすることもめったになかった。今日は運に見放されているようだ。

首を振りながら体を起こして立ちあがり、よろよろと川から上がった。雌馬はあとずさっており、今は不審な顔で主人を見ている。転んだときに水をかけてしまったにちがいない。謝る気にもなれず、震えながら岩のところに戻って座った。

足をつけているぶんには水は気持ちよかったが、ドレスがすっかり濡れてしまった今は、肌に触れている部分が、すなわちどこもかしこも冷たかった。

顔をしかめてスカートを脚から離そうとしたが、すぐにあきらめた。スカートを肌から離したまま乾くまでそこに座っていることなどできるわけがない。

小声で悪態をつきながらひもをほどき、ドレスを脱ごうともがいた。それは不可能に近い作業だった。乾いているときなら簡単に着ることのできるドレスだが、濡れているときに脱ぐとなると悪夢だった。ようやく脱げたころには、イヴリンドは顔を赤くして息を切らし、汗をかいていた。

ドレスを地面に落とすと、ほっとしてまた岩にもたれたが、もがいたせいで生じた熱はすぐに消え、気がつくと濡れたシュミーズ姿でふたたび震えていた。でもそれを脱いで裸で座るつもりはなかった。このお気に入りの場所に人がはいってくることはめったにないとはいえ、たまにははいってくるし、そんな姿でいるところを見られるような危険は冒せない。

イヴリンドは震えながらそこに座っているほどの愚か者でもなかった。体を、そしてシュミーズとドレスを乾かす方法を見つけなければ――それも早急に――風邪をひいてしまうかもしれない。

愛馬に視線を向けた。レディは彼女をにらむのをあきらめ、今はまた川辺で澄んだ水を飲んでいた。イヴリンドは一瞬ためらい、頭の片すみにひらめいたアイデアを検討したあと、立ちあがってドレスを取りあげ、雌馬に近づいた。

最初に彼女を見たのはカリンだった。その光景に思わず鋭く手綱を引いてしまい、馬はうしろ脚で立つことになった。馬上で腿《もも》をきつく締めて体勢を保ち、無意識のうちに馬を落ちつかせたが、目は谷にいる女から離さずにいた。

「なんてこった。あの娘は何をしてるんでしょう？」彼の横に馬を止めてファーガスがきいた。

カリンは自分の片腕である長身でたくましい赤毛の男に目もくれなかった。無言で首を振っただけで、その光景に釘《くぎ》づけになっていた。馬に乗った女が一方に向かって疾駆《しっく》したかと思うと、また戻ってくるという具合に、草地を行ったり来たりしている。それだけでも奇妙だったが、ファーガスの声をひそめさせ、カリンの舌からすっかり自由を奪ったのは、彼女が透けるシュミーズ以外何も身につけずに手綱を歯でくわえているという事実だった。両手はほかのものでふさがっていた。ケープのように見えるものを掲げ持ち、流れる金色の髪の上でうしろになびかせながら、馬に乗って行ったり来たり……行ったり来たり……行ったり来たりしていたのだ。

「あの娘は何者でしょう？」ロリーの質問で、ほかの男たちも追いついていたことにようやくカリンは気づいた。

「知らんが、あの娘なら一日じゅうだって見ていられるな」飢えたような声でタヴィスが言った。「あの娘に一日じゅうしてやりたいことはほかにもいくつかあるが」

カリンはその意見にいらだっている自分に気づいた。タヴィスは彼のいとこで、側近のなかでは見栄えのいいほうだ。ブロンドの美男子で、笑顔に愛嬌《あいきょう》があり、苦もなく女を一夜の寝床に誘いこむことができる。そしてその能力を大いに利用して、機会さえあれば女のスカートの下に自在にはいりこんでいた。その能力に称号が与えられるなら、タヴィスはスコットランドの王になっていただろう。

「わたしはまずどうしてあんなことをしているのか知りたいね」ファーガスがゆっくりと言った。「だれだって頭のおかしい娘とは寝たくないんじゃないか？」

「おれが寝床に連れこみたいのはあの娘の頭じゃないぜ」タヴィスが笑った。

「まったくだ《アィ》」ギリーがほとんど夢見るような声で言った。

カリンは側近たちをきつい目つきで見た。「先に行け。おれはあとで追いつく」

眉を上げて視線を交わし合う一瞬の間があり、五人の男たちはそれぞれ手綱を引いた。

「草地を迂回して行け」カリンは前進をはじめた彼らに指示した。

男たちはまた目を見交わしたが、草地を囲む並木に沿って進んだ。

カリンは彼らが見えなくなるまで待ってから、娘に視線を戻した。往復する彼女の姿を何度か目で追ったあと、馬をまえに進めた。

草地の端からではそうは見えなかったが、娘はかなりの速さで馬を走らせ、向きを変えるときだけ速度をゆるめ、また馬に拍車を入れて反対側に向かって疾駆させていた。雌馬に嫌がる様子はなかった。むしろゲームか何かのように思い、そのたびごとに自分から進んでとんでもない速さで走っているようだった。

カリンは雌馬のそばに近寄ったが、娘はすぐには彼に気づかなかった。馬を往復させることと掲げた両手に持った布にしか注意を向けていなかったのだ。ようやく視線のすみに彼の姿をとらえたとき、彼女はカリンが思ってもいなかったような反応をした。

目を見開き、驚いて頭をのけぞらせ、歯でくわえていた手綱を思わず引いたのだ。雌馬は突然停止してうしろ脚で立った。娘がすぐに手をおろして手綱をつかんだので、持っていた布がふわりと飛んで、ぴしゃりと——布は重く、濡れていた——カリンの顔を打った。その衝撃と一瞬視界を奪われたせいで、彼は驚いて手綱を強く引いた。すると彼の馬が突然向きを変え、棹立《さおだ》ちになった。

気がつくとカリンは濡れた長い布をからみつかせて地面に転がり落ちていた。布は落馬の衝撃をやわらげてはくれず、背中に激しい痛みが走って、息が吐き出された。頭のなかでまさに爆発が起こり、苦痛のぎざぎざした刃《やいば》にわずかなあいだ意識を失った。

引っぱられるような感覚でわれに返った。目を開けてしばたたき、頭を打ったせいで一瞬目が見えなくなったのかと思ったが、また引っぱられて何かが顔の上にあることに気づいた。濡れた布だ、と思い出してほっとする。目が見えなくなったわけではないのだ。少なくとも自分ではそう思った。布をはずすまではっきりとはわからないが。

また引っぱられたが、今度はうなり声をともなったかなり力強いものだった。彼の頭が地面からぐいと持ちあがり、首が不快な角度に曲がるほどに。このままでは落馬したうえ首まで折ることになりかねないと思い、なんとしてでも布から逃れようと決めて、両手を頭に上げ、へばりついた布地をつかもうとした。が、悩みの種はへばりついたままだった。カリンはまったく別のものをつかんでいたからだ。それはふたつあって……しなやかな濡れた布に包まれ、形は丸く、やわらかでありながら張りがあり、まんなかに小石のような小さな突起があることを、指でやみくもにさぐるうちに発見した。そういったことを細かくさぐるのに没頭していたので、頭にかぶった布の向こうで恐怖に息をのむ声がしたのも最初は聞こえなかった。

「すまん」女性の乳房をさぐっていることに気づいてカリンはつぶやいた。なんとか手を引き離し、頭の布に移して、早く取り除こうとすぐにやみくもに引っぱりはじめた。

「やめて！　待ってください、そんなことをしたら破けて——」布の裂ける音が響きわたると、警告はうめき声に変わった。

カリンはしばし手を止めたが、今度は謝ることもせずにまた生地を引っぱりつづけた。窮屈な場所を好むような人間ではなかったし、すぐにはがさないと窒息死するにちがいないと思ったからだ。

「わたしにまかせてくれれば——あなたがちょっと——」

そのことばはカリンにはほとんど届かなかった。意味のないさえずりにしか聞こえなかった。彼はそれを無視し、布との闘いをつづけた——また裂ける音が聞こえた。布がはずれて、ふたたび息ができるようになると、カリンはほっとして目を閉じ、深く息を吸いこんだ。

「ああ、なんてこと」

ほとんど聞き取れないほどの小さなうめき声に目を開け、かたわらにひざまずいている娘にその目を向けた。両手に布を持ってためつすがめつしながら、大きなうろたえた目で生地の損傷を調べている。

カリンはもう一度謝罪しようかと思案したが、すでに一度口にしているし、それでもふだん一年にする謝罪より多いくらいだった。彼が心を決めるまえに、さきほど馬に乗っていたブロンド娘は布を調べるのをやめ、おびえた目で彼を見た。

「血が出ているわ!」

「なんだと?」彼は驚いてきいた。

「ドレスに血がついています。落馬したとき頭を切ったにちがいないわ」と説明し、頭皮を調べようと彼の上にかがみこむ。その体勢だと顔のまえに娘の上半身が来ることになり、カリンはまたもや息苦しさを覚えはじめたが、それも目のまえで揺れる乳房に気をとられるまでのことだった。

シュミーズがひどく薄いもので濡れた状態にあるのがわかった。どうりで透けて見えたはずだ。気づくとカリンは、美しい球体を食い入るように見つめており、彼女が頭の向きを変えて出血場所をさがすあいだも、左右に目を動かして見つづけた。

彼女のドレスに血をつけたはずの傷は見つからなかったらしく、娘は「きっと後頭部ね」とつぶやくと、ふいに彼の頭を持ちあげて地面から浮かせた。後頭部を調べられるようにそうしたのだろう。興味津々《しんしん》で眺めていたくだんの乳房に顔をうずめていることに気づいたとき、少なくともカリンは彼女の行動をそう解釈した。

「やっぱりここにあったわ。落馬したときに岩か何かで頭を打ったようですね」達成感と心配を同時ににじませて娘は告げた。

カリンはため息をつき、自分にぴったり寄り添っている乳房に鼻をこすりつけるしかなかった。濡れてはいたが、実に愛らしい乳房だ。男が窒息死しなければならないとしたら、これはなかなか悪くない死に方かもしれない。右頬の口の脇を硬いものがつつくのを感じ、娘の乳首が硬くなっているのがわかった。彼女はふいに危険を察した獲物のように動きを止めた。怖がらせて逃げられたくなかったので、口を開けて頭の向きを変え、落ちつかせることばをひとことふたこと言おうとした。

「落ちついて」と彼は言った。カリンはよけいなことは言わない主義だった。だが、開けた口に突然乳首がはいってくぐもった声になってしまったので、言ったことを娘が理解したかどうかは疑わしかった。彼女を怖がらせまいとしているのに、乳首が口のなかにあることに気づくと、唇を閉じてふくみ、下着越しのつぼみに舌を這わせずにはいられなかった。

次の瞬間、カリンは地面に仰向けに倒れ、またもや頭に痛みが走るのがわかった。

2

「まあ!」男性の傷ついた頭を地面に落としてしまったことに気づいて、イヴリンドは声をあげた。そんなつもりはなかったのだが、傷をさがしているあいだ自分が彼の頭をどこに押しつけていたかに突然気づいたのだ。初めはただ凍りついて、自分のしてしまったことを恥じた。彼が何か言おうと口を動かすと、口が乳房に触れていたせいで、ぞくぞくするようななんとも不思議な感覚が襲った。それははっとするほどの快感だった。だから当然彼を放した。あんなに気持ちがいいのだから、悪いことにちがいない。

男性は転がって横向きになり、タータンチェックのプレードがはだけて、大事なところぎりぎりまで見事な脚がまる見えになった。イヴリンドはそそられる光景から無理やり顔をそむけ、かがみこんで後頭部の傷をじっと見た。男性はスコットランド人だったが、彼女は不安を感じなかった。父親に何人かスコットランド人の友人がいたからだ。ほとんどは宮廷や旅の途中で出会った高地人《ハイランダー》たちだ。昔からスコットランド人の客は多かったので、この男性もそのひとりなのだろうと思った。だからほかの人たちのように敬意と思いやりをもって接してくれるはずだ。スコットランド人が世間で言われているような原始的な野蛮人などではないことをイヴリンドは知っていた。

男性が痛さのあまり悪態をつき、イヴリンドは彼の頭の傷に注意を戻した。ドレスについている血はかなりの量だし、髪にもまだついている。だが、血と泥におおわれているせいで、傷がどれくらいひどいのか判断することはできなかった。

「大丈夫ですか？」イヴリンドは見えているほうの横顔に視線を移して心配そうにきいた。男性は苦痛に顔をゆがめ、こちら側の目はきつくとじられている。イヴリンドは膝立ちのまま向きを変え、どうすればいいか考えようとしながら草地を見わたした。やがてこう尋ねた。

「立てそうですか？」

答えはうなり声だった。イエスともノーとも判断がつかなかったので、彼女はまず自分が立ちあがると、身をかがめて彼の腕をつかみ、立たせようとした。「行きましょう。頭の手当てをしないと」

「おれの頭なら大丈夫だ」男性は怒った声で言ったが、苦痛にまだ顔をゆがめていなかったら、もっとずっと説得力があっただろう。

そのことばのきつい喉音《こうおん》を聞いて、彼がスコットランド人だということを思い出したイヴリンドは、また不安そうに身を乗り出してこう尋ねていた。「ドノカイの悪魔を知ってます?」

男性がふいに体を硬くしたことから、少なくともその名前を知っているのがわかった。といっても、だれでも知っているが。イングランドとスコットランドじゅうの親たちが、子供たちを怖がらせていい子にさせるときに使う名前なのだから。〝いい子にしていないと、ドノカイの悪魔にさらわれますよ〟は、子守女や母親たちがよく口にする警告だった。

男性が上体を起こすと、イヴリンドは急いで身を引いて彼のために場所をつくった。しかし、がっかりさせられたことに、彼は質問には答えず、よそよそしい顔つきでじっと彼女を見つめるだけだった。

「彼を知ってるんですか?」業《ごう》を煮やしてきいた。

「ああ。おれはダンカンだ」彼はようやく言った。その意味がわからず、イヴリンドは眉をひそめた。ダンカンというのは彼の名前なの、それとも称号? 称号みたいだけれど、もしかするとドノカイに隣接する氏族《クラン》の名かもしれない。尋ねようと口を開いたが、どうでもいいことだと判断した。大事なのは、わたしが結婚することになる悪魔を、この人が知っているということだ。

「うわさどおり残酷なんですか? そうじゃありませんよね?」期待をこめてきいた。「ただのうわさですよね？　炉端《ろばた》での話がだんだん大きくなっただけでしょう？　きっと彼はいい夫になるわ。だいたい、エッダより残酷になんてなれるわけがないもの。ちがいます？」

　男性がどの問いにも答えないので、なんて無礼な人だろうとイヴリンドは思った。そして、彼の首を流れる血の筋を見て、傷のことを思い出した。ここに座ってけがをしている人を質問攻めにするなんて、褒《ほ》められたことではない。

「ひどく出血してるわ」心配になって言った。彼は後頭部に手をやってさぐろうとした。そっと触れただけなのに、彼の目が痛みにひるむのをイヴリンドは見た。

　だめになったドレスをつかんで立ちあがり、あたりを見まわした。ほっとしたことに、彼が落馬したのは川からいちばん近い草地の端だった。二頭の馬が棹立ちになったときは――馬から落ちないようにするので精いっぱいだったので――自分たちがどこにいるか気にしていなかったし、そのあとは男性のことが何よりも心配で、急いで馬から降りて彼に駆け寄ったのだった。幸い、わずかな木々のあいだを抜けて小道を少し行けば、水辺に着くことができる。

　イヴリンドは地面の上の男性に向きなおると手を差しのべた。「行きましょう。傷の手当てをしなければ」

　男性は差し出された手に気づいたが、彼女の力を借りずに立ちあがった。

男の人ってほんとに自尊心が高いんだから、と思いながら、イヴリンドはいらいらと首を振った。

「ここで待っていてください。わたしが馬を連れてきますから」と指図した。二頭の馬はたっぷり二十フィートは離れたところに行っていた。レディはじっと立ったまま、脇腹をしきりにかぎまわっているもう一頭の馬を極力無視していた。

イヴリンドがそちらに向かって一歩踏み出したとき、鋭い口笛が響いて思わず立ち止まった。目を見開いてダンカンを振り返ると、彼に腕をつかまれたので驚いて声をあげた。彼の馬が突然こちらに突進してきて、得意げに頭を震わせた。

イヴリンドはダンカンが馬を小声でやさしく褒めてやり、頭から首へと手をすべらせるまで待った。それから向きを変え、自分の雌馬のところに行った。

「この木立のすぐ向こうに川があります」レディを連れて戻りながら、彼女は教えた。「あなたの傷を洗いましょう。そうすれば傷の程度を調べられるわ」

「おれは大丈夫だ」ダンカンはつぶやいたが、レディとともに彼女を追い越していった彼女のあとから小道を歩きはじめた。

「頭の傷はやっかいなんです」川辺の草地に彼を連れ出しながら、イヴリンドはきっぱりと言った。「きれいにして手当てをする必要があります。眠るときなどにもちょっと注意したほうがいいわ。落馬したあと意識を失っていたんですから」

「おれは大丈夫だ」彼はどなり声でくり返した。

「それを判断するのはわたしです」と言い放ち、イヴリンドはレディの手綱を放すと水辺に近づいた。そこにひざまずき、持っていたドレスのスカートのきれいなところを見つけて水につけた。風でドレスが乾くことを願っていた。だから頭上にドレスを掲げて馬を往復させていたのだ。レディをもう一回だけ、心臓がどきどきするほど走らせればその計画はうまくいったかもしれない。ダムズベリーの森のなかをシュミーズ一枚で駆けぬける姿を人に見られたくはなかったし、空き地は木々に囲まれているので、だれにも見られずにドレスを乾かせるだろうと思った。その計画はどうやらあまりうまくいかなかったようだ。人に見られて馬を驚かせたうえ、ドレスはまだ乾いていないのだから。

イヴリンドは顔をしかめながら、水気を含んだスカートを手に立ちあがった。ダンカンをさがそうと振り向くと、彼がブーツを脱いで膝まで川につかり、まえかがみになって滝の下に頭を突き出しているのが目にはいったので、動きを止めて見つめた。

「もう、よけいなことをしちゃったわ！」イヴリンドはぶつぶつ言った。それを思いついていればまたスカートを濡らすこともなかったのに。ため息をつきながらさきほど自分が座っていた巨石の上にドレスを広げ、空き地を歩いて彼が水で血を洗い流しているところに近い川岸に立った。

「見てあげますからこちらに来てください」体を起こし、顔にかかった髪を押しあげて、川岸に戻りはじめた彼にイヴリンドは命じた。

押しつけがましい言い方に、彼は片方の眉を上げたが、彼女のまえで足を止めて背中を向けた。イヴリンドは壁のような広い背中を見てぐるりと目をまわした。彼は彼女より一フィート近く背が高かった。これでは何も見えない。

「ほら、座ってもらわないと」彼の手をつかんで、空き地の端で横倒しになっている木の幹のところに引っぱっていった。そこに座らせ、開いた彼の脚のあいだにはいって頭をつかみ、後頭部が見えるように下を向かせた。母の死後、ミルドレッドの助けを借りながら、けがや病気の手当てはイヴリンドがやってきた。新しいレディ・ダムズベリーになったエッダはその仕事をやりたがらなかったので、引きつづきイヴリンドがその役目を果たし、まるで子供に対するように、体の大きな戦士たちに指示を与えていた。実際、彼女の経験によれば、けがをしたり病気になった男たちのふるまいは子供のそれとまったく同じだった。具合が悪いときはどんな子供よりも始末が悪かった。

「どうかしら」とつぶやいて、イヴリンドは傷を調べた。まだ出血しているが、頭の傷はたくさん血が出るものだ。どちらかといえば深い切り傷ではなく、小さな引っかき傷のようだった。「それほどひどくなさそうだわ」

「だから大丈夫だと言っただろう」彼はうなるように言って、頭を上げた。

「でもあなたは意識を失ったんですよ、サー」イヴリンドはむっとして言った。「目を見せてください」

彼が顔を上げたので、イヴリンドは両手で彼の頬をはさみ、じっくりと目を調べた。だが、まったく問題ないように見えた。いや、それ以上だ。なんとも言えないほど美しい。大きくて、色はほとんど黒に見えるほど濃いディープブラウン。それが長く黒いまつ毛に縁取られている。だが顔のほかの部分はいかつく、頰や額は鋭くて、すっとのびた鼻筋に、唇は——

イヴリンドの目はそこで止まり、上唇は薄いのに、下唇は豊かでさわるとやわらかそうなのに気づいた。よく考えもせずに、好奇心から親指を動かしてふっくらとした表面をさすり、実際にやわらかだということを知った。そのあとで自分のしたことに気づいた。ふいに顔が赤くなっていくのを感じ、彼の顔から唐突に手を離した。

「ちょっと土がついていたので」とうそをつき、同時にあとずさろうとしたが、たちまち彼の脚が両側からはさみこんできた。膝のあいだにとらわれたことに気づき、その瞬間初めてこの男性に不安を覚えた。恐怖では断じてない。どういうわけか、この男性に恐れは感じていなかったが、その行為は彼女を不安にさせた。

放してくれと言おうとして口を開いたが、彼の両手が上がってきてお尻をつかまれ、鋭い痛みに息をのんだ。彼はつかむ手をすぐにゆるめたが、放してはくれなかった。その代わり、彼女をそこに立たせたまま、触れている部分に目を落とし、口元をゆがめた。

「きみも落馬で痛手を負っているじゃないか」と不機嫌そうにどなる。「尻にあざがあるぞ」イヴリンドは唇をかみ、消えてしまいたいと思ったが、彼の目は彼女の脇腹をたどり、左の乳房のすぐ下あたりでまた止まった。その行為に彼女の肌は妙なうずきを覚えた。

「ここもだ」

彼女は困惑して自分を見おろした。あざは川のなかで転んだときのものだろうが、シュミーズを着ているのだからあざが見えるわけがない――

濡れたままのシュミーズが透けているのを見て、イヴリンドの思考は止まった。貼りつく布越しにいくつかの翳《かげ》りがはっきりと見えた。ひとつはまだらになったお尻の大きなあざ、脇腹にさらに大きなあざがもうひとつ、だがそれ以外はあざではなかった。乳首の翳りが湿ったシュミーズにくっきり映り、腿の付け根の暗い金色は青白い肌と好対照をなしていた。

ぞっとしてのどからあえぎがもれたが、身を引いて体を隠すより先に、彼に腕をつかまれた。

「それにここも」

注意をそらされ、彼がわずかにひねった腕を見おろした。あざはすべてさっき目にしていた。川のなかで転んだせいでできたもので、彼が思っているように落馬によるものではない。だが今は、それよりもっと気になることがあった。裸に近い状態であることとか。上腕をもっとよく見ようと彼がわずかに身を寄せたとき、イヴリンドは驚いて思わず息を吸いこんだ。湿ったシュミーズ越しの冷えた乳首に、彼の息が熱く甘くかかっている。その効果はまさに衝撃的だった。

彼がけがを調べているあいだ、イヴリンドは息を詰めたまま身動きもせずに立っていた。彼はやけに長いことそうしていた。ほかのあざを調べたときよりもずっと長く。そしてそのあいだじゅう、息を吸いこんでは吐き、温かな空気を震える乳首のまえに送りだした。そのたびに不思議なうずきがイヴリンドのなかを駆けぬけた。やがて彼はふいに片手を上げて、腕の色の変わった部分をそっと指でたどった。手首が濡れた布越しに乳首をかすった。

きっと偶然で、彼は気づいてさえいないだろうと思ったが、それがイヴリンドにおよぼした影響は驚くほどだった。不思議な快感が体を駆けぬけるあいだ目を閉じていると、ふいにこの人から離れなければという思いと、このまま彼がもたらすこの不思議な効果をもっと楽しみたいという思いに引き裂かれそうになった。ようやく腕を放してもらい、押さえつけられていた脚が自由になったので目を開けると、彼は立ちあがっていた。ドレスをさがしにいって体をおおわなければという意識が働く間もないうちに、片手で頭をつかまれ、上を向かされて、彼の指が円を描くようにあごの左側にそっと触れた。

「ここにもあるじゃないか」とどなる。

「まあ」彼の指があざの縁をたどって唇の端に達すると、イヴリンドはため息まじりに言った。これも川で転んでできたものだが、肌を指でたどられていると、それを言おうにも舌がもつれてしまう。

「きみは美しい目をしているな、娘《ラ》さん《ス》」と彼はつぶやいた。たどっているあざではなく、今はその目をじっと見つめている。

「あなたもだわ」イヴリンドはよく考えもせずにささやいていた。

唇のすみが笑みの形に持ちあがったかと思うと、彼の口が彼女の口をおおった。

イヴリンドは予期せぬ触れ合いに体を硬くした。彼の唇はたしかにやわらかく、それでいて力強かったが、キスするのはまったくふさわしいことではない。そう言おうとしたとき、何かが唇をつついた。イヴリンドは身を引こうとしたが、後頭部にある彼の手が彼女を逃がすまいとしていた。突然、口のなかに彼の舌が押し入るのがわかった。

とっさに思ったのは彼を押しやることだったが、彼の舌に自分の舌をこすられると、イヴリンドはまた動けなくなった。その愛撫は驚くほど快かった。押しやるどころか彼の腕にしがみつき、目を閉じて彼の口のなかに小さなため息をもらしていた。

イヴリンドはだれにもキスされたことがなかった。キスしてくれるような大胆な人はひとりもいなかった。ダムズベリーから出たことは一度もなかったし、領主の娘である彼女は、城内の騎士や召使たちとたわむれることを禁じられていた。彼女にとってこれが初めてのキスで、自分がキスというものを好きなのかどうかよくわからなかった。不思議な感じがしてちょっと興奮したが、それは困惑のせいで弱く、かなりぼやけていた。彼がキスをやめたときも、それほどがっかりしなかった。しかし、予想とちがって彼は放してくれず、唇はそのままあざのない頬へと向かった。

「サー」自己紹介をしてやめてもらわなければならないと告げるのは今だと思って、イヴリンドはもごもごと言った。彼はやめてくれるはずだ。ドノカイの悪魔と婚約していると告げた瞬間に、きっと突き放されるだろう。だれもがあの悪魔を恐れているのだから、と思いながらも、首筋に鼻を埋められてまた動けなくなった。

とんでもないことが起こりそうな予感が体じゅうを暴れまわり、息が詰まった。ゆっくりと目を閉じ、思いがけない快感にくぐもったあえぎをもらして、彼がもっと近づけるよう頭を傾けた。いくぶん彼にすり寄り、両手で彼の腕をつかんで、押しやるというより引き寄せてすらいた。彼の口が肌をたどって耳へと移動すると、あらゆる種類のぞくぞくする感覚がどっと押し寄せた。イヴリンドがまわされた腕のなかでつま先立ちになり、あえぎとうめきをもらすまで、彼はそこを集中して攻めた。

彼の口がようやく口に戻ってくると、今度は彼女もされるがままではなかった。キスを返し、彼と舌をからませた。すると彼の手が動きはじめ、頭を押さえつけるのをやめて、背中をたどってお尻までおりてきた。ふたつのふくらみをつかみ、彼女を持ちあげて自分に押しつけた。

硬いものがふたりの衣服越しに腿の付け根にこすりつけられ、イヴリンドは彼の口のなかにうめきをもらした。あらたな鋭い興奮に射抜かれて、腰を動かし、彼の首にまわした腕に力をこめて、さらに体を押しつけようとしていた。

彼がふいにキスを解いたので、彼女はがっかりしてうめき声をあげたが、倒れた丸太の上に座りなおした彼に引き寄せられて膝の上に倒れこむと、分別がいくらか戻ってきた。

「ああ、いけません、サー！　こんなことをするべきじゃありませんわ。わたしはドノカイの悪魔と婚約しているんです」

行為はいきなり中断されるだろうと思っていたのに、男性は「おれがダンカンなのだから、キスしてもいいだろう」とつぶやいただけだった。

彼の口がまた口におりてきて、イヴリンドは弱々しい抵抗をやめた。彼の舌がまた侵入してきて、ふたたび興奮をかきたてると、キスのひとつぐらいどうってことないわ、と思った。少なくともこの思い出が冷たい夫婦の寝床でわたしを温めてくれるだろう、と思うと良心がなだめられたので、考えるのをやめ、キスを楽しむことを自分に許した。

膝の上に座っているほうがずっとよかった。彼に包まれ、硬い膝と温かい胸と腕に守られている。彼の腕に背中を支えられながら、後頭部の痛む場所を避けるように気をつけて自分の腕をまた彼の首にすべらせ、憑《つ》かれたようにキスをした。彼の両手が背中をすべると体を震わせて彼にしがみつき、湿ったシュミーズ越しに片方の乳房をさぐりあてられてつかまれると、あえぎ声をあげて体をそらせた。乳房をもまれながら、プレードをつかんで彼の口のなかにうめきをもらし、必死にしがみついた。まったく未知の感覚に翻弄《ほんろう》されていた。

彼の親指が布の上から高ぶった乳首をこすり、それがあまりにも快くて、彼の膝の上でもだえずにはいられない。お尻がその下にある硬いものにこすれると、腰が勝手に動いた。

これはダンカンに衝撃的な効果を与えたらしく、キスはたちまちもっと激しいものになった。片手を背中から頭に移動して首を傾けさせ、もう片方の手で乳房をきつくにぎりしめ、早くも乾きかけた布越しに乳首をつまみはじめた。

彼の口がまた耳元に移動すると、今度はイヴリンドも彼が近づきやすいように頭を傾けた。そこを攻められると、たちまち彼女はあえぎ、うめいた。腕のなかでのけぞらされて、口で首をたどられると、イヴリンドは自分が彼の肩にさらに深く指を食いこませていること以外、ほとんど何もわからなくなった。彼の手はまだ心地よい行為をつづけていた。まずは片方の乳房、それからもう片方の乳房、それに合わせて唇はのどのあたりの肌をついばみ、終わらないかに思える長いうめき声をあげさせていた。鎖骨のあたりの驚くほど感じやすい部分に到達するころには、彼女は興奮に満たされ、うねりながら下腹部にたまっていく熱に浮かされて彼の膝の上でうち震えていた。

あまりに取り乱していたので、彼がシュミーズの上部を引っぱって片方の乳房を露出させていることに、イヴリンドは気づかなかった。彼の唇がふいに鎖骨を離れ、むき出しの乳首を含むまで。

乳首を含まれて吸われ、舌でくり返しなぶられると、イヴリンドは衝撃と興奮を同時に覚えて叫び声をあげ、彼のプレードを夢中で引っぱった。

こんなことをさせるべきではないのはわかっていた。自分はほかの男性と婚約しているのだ。そうでなくても未婚の女性なのだから、許してはいけないことだ……でもすごく気持ちがよかった。それに、ドノカイの悪魔のもとに嫁いでみじめに打ちしおれるか、ひょっとすると夫に死ぬほどぶたれることになるなら、つかの間のキスのひとつやふたつを楽しむことは、許される罪のような気がする。

それに、これは生まれて初めてのすごい経験だ。イヴリンドはこれほど……生きていると感じたことは一度もなかった。存在するとは想像さえしていなかった情熱に燃え、体がひとりでに反応して、彼に体を押しつけ、こすりつけて、理解できないものをさがし求めていた。

彼がもたらした興奮は生き物のようにどんどん成長し、もうこれ以上は耐えられないまでになった。ちょうどそのとき、ダンカンが舌でひとなめしたあと乳首から口を離し、また彼女の口に顔を寄せた。さっきのキスが情熱的で奪うようなものだったとしても、今度のキスはそれとは比べものにならなかった。彼は武器のようにたくみに舌を使い、敵に剣を突き刺すように彼女の口に差し入れた。イヴリンドはよろこんでそれを受け入れ、自分の舌を合わせた。

彼の手はまた胸元にのび、指で乳房をおおってつかみ、感じやすい突起を親指でくり返しさすった。イヴリンドはうめき声をあげ、気づくと熱のたまった腿をきつくとじ合わせていた。

乳房から手が離れると、強い失望を感じた。しかし、手がシュミーズの裾を押し分けて脚をのぼってくると、たちまち警戒心を覚えた。イヴリンドは彼の口のなかで悲鳴をあげ、あわててもがきはじめた。この先を許すのは考えるだけでもあきらかにやりすぎだ。

驚きが彼を押しとどめたのだろう。そうしたければつづけることもできたにちがいないのに、そうしなかったのだから。彼がすぐに両手を離したので、イヴリンドは急いで彼の膝から体を離し、足元の地面に転がり落ちた。

ダンカンはすぐに手を差しのべたが、イヴリンドはその手が届かないところまであとずさってから急いで立ちあがり、濡れたドレスを取りにいった。彼がついてきていることを意識しつつ、また引き寄せられるのを恐れて歩きつづけ、苦労してドレスを頭からかぶると空き地をまわりこみ、彼から距離をおこうとしながら、不安のあまりうわごとのようにつぶやいた。

「お願いです、サー。もうやめてください。キスひとつさえ許すべきではなかったんです。わたしはドノカイの悪魔と婚約しています。彼は恐ろしい気性の持ち主だと言われているし――」

背後から彼につかまり、くるりと向きを変えさせられて、あえぎとともにことばは立ち消えになった。しかし、キスはできなかった――濡れたやっかいなドレスが頭にからみついていたからだ。ドレスを引き裂いてキスの攻撃をつづけるのだろうとイヴリンドは思った。が、彼はそうはせず、ドレスを引きおろして、着るのに手を貸してくれた。許婚《いいなずけ》の話をしたことが、結局は彼を押しとどめたようだ。

さらなる罪へと誘《いざな》われないことにほっとして、顔から布が引きおろされるとすぐに、イヴリンドはにっこりと彼に微笑みかけて言った。「ありがとう」

ダンカンはドレスをきちんと整え終えると、体を起こして彼女の顔をじっと見た。

イヴリンドは見つめ返した。この先の長いみじめな年月に思い出して楽しめるように、彼の顔を覚えておこう。ひとたびドノカイの悪魔に嫁いでしまったら、この顔は自分の生涯のなかのひとつの明るい点になるのだから。いちばん記憶に残るのは彼の目だろう。その目は彼の感じていることを語っていた。一瞬、その目が欲望に燃えているような気がした。それは彼女の目にも映っていた。この男性のことを知らないので狂気の沙汰だが、事実、いま心からしたいと思うのは、すべてを忘れてドレスとシュミーズを脱ぎ捨て、もう一度彼にキスしてもらうことだけだった。彼の手に体をまさぐられ、さっきしてくれたように肌の下に火をつけ、その炎で満たしてほしかった。それはイヴリンドが今日まで一度も経験したことのない、ドノカイの悪魔の妻になればもう二度と経験できないだろうと思われることだった。

どうやらダンカンにもしたいことがあるようで、頭が低くなり、口は彼女の口に向かいはじめたが、イヴリンドは急いであとずさった。「いけません。お願いです、サー・ダンカン。もうやめてください」

彼はためらい、拒絶に困惑するように口元をゆがめた。「きみはおれのキスが気に入った。否定しても無駄だ。気に入ったことはわかっている」

「ええ」彼女は悲しげに認めた。「もっとあのキスをしてもらえるなら多くのものを引き換えにするでしょう。でもあなたの命はだめです。もしドノカイの悪魔が評判どおりの人で、わたしたちがさっき交わしたキスのことを知ったら、たぶんあなたを殺すでしょう。美しい思い出として、夫婦の寝床で過ごすいくつもの恐ろしい夜にわたしを支えてくれるにちがいないもののために、あなたが殺されるのを見たくはありません」

彼はそれを聞いて目をしばたたき、次に首を振った。「ラス、おれはダンカンだ」

「ダンカン」彼女はそっとくり返した。「あなたのお名前はけっして忘れません」

彼はうんざりしたように目をぐるりとまわすと、説明した。「ダンカンというのはおれの氏族《クラン》の名だ。おれはカリン……ダンカンのカリンだ」意味ありげに言う。

「カリン」イヴリンドはささやいた。ダンカンよりずっとすてきだわ。

今や眉をひそめて彼は言った。「ダンカンはゲール語ではドノカイという」

イヴリンドはじわじわと恐れを感じて目を見開いた。これはまずいなどというものではない、想像できるかぎり最悪の事態だ。彼が未来の夫のクランの一員なら、きっと何度となく会うことになるだろう。来る日も来る日も彼はそこにいて、ふたりはおたがいのために誘惑に負けないようにしなければならない。それぞれの命がかかっているのだから。

「まあ、それはたいへんだわ」この先の苦渋の月日を思ってイヴリンドは嘆いた。「あなたはわたしの許婚の知り合いなのね」

「いや」彼はいらいらと言った。「おれがきみの許婚だ」

3

「あなたのはずがないわ」

許嫁《いいなずけ》であるイヴリンド・ダムズベリーの当惑したようなささやきを聞いて、カリンの眉が上がった。ついさっき、腕のなかにいた彼女は温かく好意的だった。それが今はすっかり恐怖にかられているようだ。陰気に口角を下げて彼は請け合った。「おれだ」

「いいえ、あなたがドノカイの悪魔なわけがない」彼女はなおも言った。「だって……彼は悪魔なのよ。だれだって知ってるわ。でもあなたは……」なすすべもなく彼を見つめる。

「あなたは美男子でやさしくて温和な目をしている。それにわたしをあんな気分に……」口をつぐみ、強く首を振った。「あなたがあの悪魔のはずがないわ」

それを聞いてカリンの表情がゆるんだ。美男子だと思われたのか？　やさしいとか温和な目というのはどうでもいいが、美男子だと思われるのは悪くない。

「おれはきみをどんな気分にしたんだ？」どなるように言うと、彼女に近づいてその腕をなであげ、彼女がその軽い触れ合いに身震いして息をのむと、満足げな笑みを押し殺した。

「お嬢《マイ・レディ》さま！」

近づいてくる蹄《ひづめ》の音に気づいてカリンは動きを止め、じゃまされたことで悪態をつきそうになった。不快もあらわに振り返って、薄く赤味がかった茶色の葦毛に乗って草地をこちらに向かってくる不運な男をにらんだ。

「マック」身を引いて男を迎えようとするイヴリンドの声には、見落としようのない安堵《あんど》があった。

「やっと見つけましたよ。心配になってきましてね。わたしは――」

男が口ごもり、顔つきが怒りに翳ると、カリンは眉を上げた。男の視線を追ってイヴリンドを見た彼はすぐに理解した。娘はこれ以上ないほどひどい姿だった。ドレスはまだ濡れていて、少なくとも三カ所は裂けている。そのなかでいちばんひどいのは、肩からウエストラインまでの長い裂け目だ。そのせいでドレスの片側はぱっくりと開いており、まだ湿っているシュミーズの布を通して脇腹のあざもまる見えだった。女主人が襲われたことをこの男が信じるのにそれだけで充分でなければ、黒ずんだあごのあざと、キスで腫れた唇と、からんでもつれた髪と、まだ呆然としている顔つきもある。

男の怒りの表情を見て、カリンはまだ自分のなかに渦巻いている行き場のない欲望を発散させるために、手合わせをするのもいいかと思ったが、男が剣を持っていないことに気づいた。ということは召使か、と思ってがっかりした。

「ではあなたがドノカイさまですね？」男は怒りに声を震わせて尋ねた。

「そうだ」とカリンは答えた。この男が馬で出かけるまえに側近たちが城に着いたにちがいない。森で娘に出会って、自分たちの領主が彼女とともに残ったことを彼らが話したのなら、男が女主人をさがしに向かったのもうなずける。彼は彼女を守ろうとしたのであって、女主人のために悪名高いドノカイの悪魔と対面しようとしているのだから臆病者ではない。

イヴリンドの腕を取って彼女の雌馬のほうにうながしながら、カリンは彼女のけがはどれも自分のせいではないと説明して男の気持ちを楽にしてやろうかとも思ったが、そうしないことに決めた。彼がわざわざ弁明することはめったになかった。他人にはなんであれ好きなように思わせておくことを好んだ。ひどく恐ろしげな評判がたった理由の一端はそれだった。何かあったときにそのままにしておけば、人びとはたいてい最悪の解釈を選ぶ。しかしそれは彼にとって有利に働いた。残酷で心ないドノカイの悪魔と思われているとひどく都合がよかったのだ。その評判のおかげでたいていの戦《いくさ》がはじまらないうちから勝ち戦になった。カリンはこの世にドノカイの悪魔のばかげたうわさがもたらす恐怖ほどすぐれた武器はないことを知った。

「ありがとう」カリンが抱きあげて馬に乗せてやると、イヴリンドはつぶやいた。

彼女を見やると、不安と困惑の入り混じった表情でこちらを見つめていた。どういうわけか、もう一度彼女にキスしたくなった……だからそうした。召使が見ているのを無視して、うなじをつかんで下のほうに引き寄せ、短く激しいキスをすると、彼女は驚いて息をのんだ。彼が離れると、彼女は鞍の上で座りなおした。どうやらこの行為では安心させられなかったようだ。むしろさらに不安になり、さらに困惑しているように見えた。

だが女というのはそういうものだ。彼女の馬の手綱を持ち、自分の馬のほうに歩かせながら、カリンは思った。いつも考え、いつも思い悩んで、まるで論理的ではないが、だからこそ神は男をお造りになったのだ。愚かな生き物を守るために。

カリンは体を引きあげて自分の馬に乗り、期待をこめて召使に目を向けた。男は彼から女主人に視線を移し、歯ぎしりをすると自分の馬を草地の外にうながした。カリンはイヴリンドの馬を引きつれてそれにつづいた。

ほかの女にならこれほど注意を払わなかっただろうが、馬を進めながら何度も肩越しに彼女を振り返っていた。そうせずにはいられなかった。振り返るたび、彼女が見返してくるのがわかった。その表情はそのたびごとにちがった。困惑、不安、思案……振り返って彼女の顔にかすかな笑みを認めたとき、もうだめだと思った。カリンは馬を止め、彼女の雌馬に駆足をさせて自分の馬の横につかせると、手綱を引いて止まらせ、手をのばして彼女を自分のまえに移した。

「あいつはだれだ?」ふたたび馬をうながして走らせはじめながら、カリンはきいた。

「マックよ」と彼女は答えた。「うちの厩番頭……友だちでもあるわ」

カリンは男の白髪まじりの後頭部をじっと眺めたが、脅威ではないとすぐに判断した。厩番頭はこの娘に恋愛感情を抱いているわけではない。あの男が抱いているのはどちらかというと父親のような気持ちだ。最初にキスしたとき、どうしていいかまったくわからない様子だったことからすると、どうやら彼の許嫁はこれまで一度もキスをしたことがなかったらしい。だがすぐに覚えたようだ、と満足げに思い、彼女の腰にまわした手を片方の乳房のすぐ下まですべらせた。寝床ではよろこばせてくれるだろう。

「彼はおれがきみを凌《りよう》辱《じよく》したと思っている」と告げると、彼女が腕のなかでびくりとした。

「なんですって? そんな? どうしてそんなふうに思うのかしら?」体をひねって彼を見ながらきいた。

カリンは片方の眉を上げただけで、彼女に視線をめぐらした。イヴリンドはその視線をたどって自分の状態を把握するとうめき声をあげ、ドレスの裂け目をつかんで引っぱり、体を隠そうとしたが、彼の腕と手がそれを阻《はば》んでいた。

ため息をついて奮闘するのをあきらめ、こうきいた。「どうして説明しなかったの？」

カリンは肩をすくめた。その動作のせいで手が持ちあがり、彼女の乳房の下側に触れた。

「おれはドノカイの悪魔だからな」

イヴリンドは黙って彼を見あげ、その視線を浴びたカリンはふいに落ちつかない気分になった。今のことばで必要以上に怖がらせてしまったのだろうか。

怖い顔で口を結び、前方に視線を転じた。だから話をするのはいやなのだ。

カリンは残りの道のりをずっと黙っていたが、イヴリンドは気にならなかった。自分の考えごとにとらわれていたからだが、彼の手が何度も胸に触れるせいで、集中するのはいささか困難なことに気づいた。そのたびごとに草地で彼がもたらした快感を体が思い出し、期待の矢が彼女を貫くのだ。

問題はそれだった。イヴリンドはひどく混乱していた。ドノカイの悪魔——本人はダンカンだと言いつづけているが——は、思っていたような人物とはまるでちがっていた。彼のことはまったく怖いと思わなかった。初めて空き地に姿を現したときでさえ、だれかがそばにいるとわかって驚きこそすれ、恐れは感じなかった。

ドノカイの悪魔と近く結婚することについて考える時間はあまりなかったが、彼が自分のなかの情熱をかきたてることができるとは想像しなかっただろう。悪魔は冷たくて心ない残酷なならず者だと思われていた。氏族《クラン》の領主の地位を手に入れるため、父親とおじを殺したと言われていた。最初の妻も子供ができなかったせいで殺されたという。単純かもしれないが、そういう男は残酷で薄情そうな顔をしているはずだと思っていた。ひと目見た瞬間に恐怖が湧きあがるはずで、イヴリンドが草地で経験したように、心配させられたり情熱をかきたてられるわけはないと。

しかし、懸念はそれだけではなかった。草地でのみだらなふるまいのせいで、奔放《ほんぽう》な性質だと思われたかもしれないということもある。しかも相手が自分の許婚だということも知らなかったのだ。みだらなだけでなく、不貞《ふてい》な女とも思われただろうか？　たしかにわたしは不貞をはたらいたのだから。相手は許婚だとわかったので厳密にはそうでないにしても、あのときはそれを知らなかったのに、ひどく情熱的にキスを受け入れ、それ以外のこともしてしまった。今はただ自分が恥ずかしく、彼にどう思われたか不安だった。

突然カリンの親指が乳房の下側をこすり、イヴリンドはまた気をそらされた。顔を上げると、すでにダムズベリーの敷地に戻り、跳ね橋をわたっているところだった。城壁にいる男たちを見あげ、彼らがやけに静かでやけに暗い顔つきをしているのを見て眉をひそめる。きっとわたしのありさまを見て、最悪のことを考えているのだろう。

きまり悪さに顔が赤らむのを感じながら、イヴリンドは唇をかんだ。わたしは凌辱されたわけじゃないのよ、と叫びたい衝動をこらえ、ただまえを向いて城壁のなかにはいった。

中庭を進んでいくと、エッダが城の玄関扉のところで待っていた。プレード姿の五人の屈強な男たちが彼女を取り囲んでいる。

「あなたの側近たち?」彼らに視線をめぐらせながらイヴリンドはきいた。ひとり残らずエッダよりずっと背が高かった。そのエッダも背は低くない。継母はイヴリンドよりゆうに四インチは高いのだ。つまり、かなり大柄な男たちということになる。彼らは胸の上で腕を組み、けわしい表情を浮かべていた。そこにいることがあまりうれしくなさそうだ。

それにひきかえエッダは、クリームを見つけた猫のようだった。カリンの馬が一歩近づくごとに、継娘のありさまがよく見えてくると、彼女の笑みはさらに広がった。

継母もマックと同じ結論に達しているのはまちがいない。ただ彼女の場合、その結論をあきらかに楽しんでいるが。驚くようなことではなかった。エッダはイヴリンドを毛嫌いしているし、本人に対しても平気でそう言っていたからだ。イヴリンドの未来が確実にみじめなものになるように、ドノカイの悪魔を彼女の結婚相手に選ぶよう国王を説得したに決まっている。実際、ほんとうは何があったのかを知ったらエッダはひどく落胆するかもしれない。

イヴリンドがあざをつくったのはこの男性のせいではなく、川で転んだからだということや、ダンカンは彼女にキスをしただけで――もっと悪いことに――彼女は彼のキスと愛撫を楽しんだということを、あの不愉快な女が知ったらすぐに、まちがいなく婚約を破棄する方法を見つけ出すだろう。

そこで迷いが生まれた。馬に乗って城壁の外に出かけたときなら、ドノカイの悪魔との婚姻を破談にする方法を見つけるという考えは、歓迎すべきものだっただろう。でも今は？

体をひねってうしろにいる男性を見た。カリンはあごを高く上げ、階段の上の人びとに目を据えており、その表情は向かっていく先にいる人びとのものと同じくらい暗かった……が、イヴリンドは彼が馬をやさしいことばで褒め、愛情こめてなでたのを覚えていた。彼のキスは情熱的だったがさほど乱暴ではなく、愛撫や触れ方はおだやかだった。それに彼女がもがきはじめると、すぐに放してくれた。許婚なのだからその必要はないにもかかわらず。馬に乗せるときも、帰り道に自分の馬に移動させるときも、やさしく扱ってくれた。

そういったことを考えると、どれだけ多くの恐ろしい話がただのうわさにすぎなかったのだろうと思うのだった。何があったのか自分たちは知っていると人びとは勝手に思いこみ、彼は人びとがそうするにまかせていたのだ。

判断をくだすにはまだ充分ではないが、草地で出会うまえよりは多くのことがわかった。まだこの男性のことをよく知っているとは言えないけれど、ひとつだけわかっていることがある。イヴリンドは彼が怖くなかった。彼の腕のなかにいれば安全だと本能が告げていた。

これで心が決まった。エッダに真実を知られたくない。彼女にこの婚姻を無効にされ、ほんとうに恐ろしい相手や、寝床をともにするのが心底いやになるような相手に嫁がされるようなことがあってはならない。この男性とならそんな思いはしなくてすむとわかっているからだ。すでに彼女は存在することすら知らなかった内なる情熱をかきたてられていた。

そうよ、エッダにもほかのみんなにも最悪の状態だと思わせておこう……そしてこの男性と結婚させてもらおう。

カリンが手綱を引いて馬の背から降りると、すぐにイヴリンドは手を借りずに馬から降りようとしたが、足が地面に着くまえに彼に腰を抱えられた。そっと地面におろしてもらうあいだしばしふたりの目が合い、彼女は思わず微笑みそうになったが、すぐにエッダのことを思い出して彼をにらんだ。彼の目に驚きが浮かんだのを見て、謝罪のことばが口をついて出そうになったが押し戻し、代わりにささやき声でこう言った。「これから起こることをお許しください、マイ・ロード。わけはあとで説明いたします。今はただ、ドノカイの悪魔でいてください。マックといたときのように」

ありがたいことに、彼は説明を求めなかった。額の上で片方の眉をくいと上げたが、彼が見せた反応はそれだけだった。

イヴリンドは向きを変えてまえに進んだ。ゆっくりとした足取りは、打撲が痛みはじめてきたせいでいくぶんぎこちなかった。痛みがはじまったとわかって顔をしかめた。これから数時間は悪化するばかりだろう。

エッダのほうに目をやると、近づいてくる継娘を見てほとんど恍惚《こうこつ》状態なのがわかった。嫌悪感を押し隠し、イヴリンドは無感情なしかつめらしい顔を保つようにしながら、彼女のまえで足を止めた。エッダが彼女を完全に無視して、満足げな満面の笑みをカリンに向けても驚かなかった。

「ドノカイの領主さま」エッダはあいさつした。「うちのイヴリンドにはもうお会いになったようですわね。この婚姻にご満足いただけるといいのですけれど」

「ああ」カリンはうめくように言った。彼が問いかけるように自分の側近たちに目を向けるのがわかった。ひとりひとりと目を合わせるたびに、無言のメッセージが伝わっているようだった。イヴリンドにはその内容がわからなかったが、おそらくエッダに関することだろうと思った。

「それはようございました」継母はにっこり微笑むと、すぐに歯が隠れる程度に笑みを小さくし、彼の腕に自分の腕を差し入れて、城の扉へと誘《いざな》った。「うちのイヴリンドの結婚相手にあなたを選んだのはわたくしですのよ。最初から思いどおりのことをなさる男性はすばらしいと思いますわ。この娘には気遣いなどいりません。お好きなだけ打ちのめしてやってください。健康で丈夫だから、よく持ちこたえると思います。実際この娘はほんとうに丈夫で、祖先に農民の血が混じっていないのが不思議だとつねづね思うほどなんですのよ」彼女は笑って無礼なもの言いを終え、その笑いが消えかかったところでカリンを城の扉に連れていこうとしたが、彼は動かなかった。

「おたくの司祭を」エッダが困惑顔を彼に向けると、カリンはどなるように言った。

エッダは眉を上げた。「サンダーズ神父ですか？」

「連れてきてくれ。式をあげて出発する」

「そんなにすぐに？　わたくし——あなたは——」エッダは口ごもったが、イヴリンドを早々にやっかい払いできるという考えが気に入ったらしく、満面の笑みを返した。「すぐにお呼びしますわ」

カリンはそっけなくうなずき、イヴリンドの腕をつかむと、彼女とともにエッダの横をすり抜けて城のなかにはいった。

イヴリンドはそんなにすぐに出発の準備はできないという抗議をぐっとのみこんだ。代わりに、どうすればすべての私物を荷造りして、そんなに短時間で出発の準備ができるか考えようとした。ダムズベリーを去るという考えには、つらい予感もよろこびの期待もあった。

離れたら淋しくなるようなものが、ここにはたくさんあった。自分を育《はぐく》んでくれた人びとをあとに残していくのだから。でもエッダから解放されるのはよろこびのひとつだわ、と考えにふけっていると、カリンが階段の下にイヴリンドを残して姿を消したので、彼女は階段をのぼりはじめた。

階段をのぼりはじめて初めて、このけがはかなりやっかいなものになりそうだと思った。歩くぶんにはうずきと愚痴ですんでいたが、階段をのぼるために脚を持ちあげると、お尻から膝に息をのむほどの痛みが走った。ああ、旅はひどく苦痛なものになるにちがいない、と思ってため息をついた。

歯を食いしばり、そのうち楽になると自分に言い聞かせながら、痛みを無視して階段をのぼりつづけた。一日か二日もすればよくなるだろう。ただの打撲で、今は痛みがはじまったばかりなのだ。けががよくなるまで、痛みには対処できる。だが、これから一時間ほどは痛みが増すいっぽうなのをイヴリンドは知っていた。大急ぎで荷造りすることを思うと楽しくはなかったが、式が終わればここを出るのだと思うと目に涙が湧いた。

自室にはいるとだれもいなかった。イヴリンドは着替えをあとまわしにして荷造りをはじめ、できるだけ急いで作業をした。十六歳のときからあまり成長していなかったし、ドレスはいつも丁寧に扱ってきたので、父の死以来エッダからは新しいドレスを一枚も与えられなかったにもかかわらず、父が存命のころから持っているドレスがまだたくさんあった。どれもいくぶん古びて色あせ、あちこちちょっと擦り切れていたが、まだ着られる。そういうドレスを一着ずつゆっくりたたんで衣装箱に入れていると、いきなり部屋の扉が開いてミルドレッドが飛びこんできた。

「ああ、お嬢さま！　マックから聞きました――なんてことでしょう」イヴリンドが体を起こして顔を向けると、侍女は急に立ち止まって息をのんだ。

そこでようやくイヴリンドは、自分がずたぼろのドレスを着てあざをつくっていることを思い出した。ちょっと時間をとって着替えていればよかったと思いながら、あわてて侍女を安心させた。「これはカリンのせいじゃないのよ」

「いいえ、あなたが結婚することになっているあの悪魔がやったんです」ミルドレッドは断固として言った。

「ちがうの、わたしが――」

「マックが全部話してくれました。もう怖がらなくていいですよ、わたしたちには計画がありますから」急いで進み出ながら彼女は言った。「逃げましょう。僧院まではそう遠くありません。きっと――」

「カリンは悪魔よ」侍女が手をのばしてきたのであとずさりながらイヴリンドはさえぎった

が、言ってしまってから正しくないことに気づいた。「じゃなくて、ほんとうは悪魔じゃないの。でも――カリンはドノカイの領主よ」自分にいらいらしながらも結局はそう言うしかなかった。「そしてこれは彼がやったんじゃないの。川で転んだのよ」

「おやまあ」ミルドレッドは女主人のまえで足を止めた。とうてい信じられないという顔をしている。「川で転んで、胴着《ボディス》がそんなに派手に裂けたんですか？」

「ちがうわ」イヴリンドは認めて言った。「それはカリンがやったの」

ミルドレッドはうなずき、女主人の腕をつかんだ。「わたしたちと逃げましょう。こうしているあいだもマックが馬を三頭準備しています」

「ちがうのよ」イヴリンドはそう叫んで腕を引っぱったが、侍女は彼女を助けると心に決めており、放すまいとした。「彼はドレス破るつもりじゃなかったの。はがそうとしていただけなのよ……自分から」急いで言い添えると、ミルドレッドは嫌悪感もあらわに舌打ちした。

侍女はしばし口をつぐんだ。やがて恐怖に見開いた目を向けて、こうきいた。「彼はあの手の人なんですか？　あなたのドレスを着たがったんですか？」

「ちがうわよ」イヴリンドはその考えに驚いて息をのんだ。カリンにしろ、ほかのだれかにしろ、男性がドレスを着たがるなんて想像できない。「ドレスが頭をおおっていたのよ」

その説明ではミルドレッドをなだめられなかった。むしろ、彼女が想像していたとおりだったようだ。

「色ボケの悪魔が！」憎々しげにそう言うと、またイヴリンドを引っぱりはじめた。「会っていきなりスカートの下にはいりこもうとするなんて！　おふたりはまだ式もあげられていないのに！」

「ミルドレッド！」イヴリンドは頭にきて叫んだ。「おまえが考えているようなことじゃないのよ！　お願いだからそれくらいにして説明させて。全部誤解よ。彼はわたしを傷つけてなんかいないの」

「説明は厩に行きながら聞きます。こんな――」扉を開けると、目のまえに浴槽と湯のはいった手桶を抱えた数人の召使たちがいたので、侍女の声は立ち消えになった。

「ドノカイの悪――領主さまの命令で、熱いお風呂をご用意しました、お嬢さま」浴槽のまえにいる召使のひとりが告げた。「お湯はあなたが耐えられるかぎり熱くするようにとおおせでした。転んでできたけがと痛みにいいからと」

「ほらね」イヴリンドはミルドレッドの手から腕を引き戻し、またつかまれないように侍女から二歩ほど離れた。「転んだって言ったでしょ」

ミルドレッドはためらったあと、浴槽を暖炉のそばに置くよう召使たちに指示してから、イヴリンドににじり寄った。「では、殴られたわけではないんですね？　あなたがこしらえたあざはひとつとして、彼のこぶしのせいではないんですね？」

「そうよ。川で転んであざができたの。彼は自分と同じように落馬したと思っているみたいだけど」イヴリンドはささやき声で侍女を安心させながら、湯気の立つ手桶のお湯を次々に浴槽にあけている男たちを不安げに見やった。彼らには聞かれたくなかった。エッダに報告するかもしれないからだ。ミルドレッドを部屋のすみまで引っぱっていき、この状態で戻ってくるに至った一連の出来事を、ひそひそ声でざっと話して聞かせた。

「じゃあ、彼の頭はスカートのなかにあったわけじゃないんですね？」イヴリンドが話し終えると、ミルドレッドはゆっくりときいた。「そういう触れ方は全然しなかったんですね？」

「それは……」イヴリンドは顔を赤らめ、侍女の視線を避けた。だが、相手の顔に疑惑を認めると、ため息をついて白状した。「彼にキスされたわ」

ミルドレッドは静かに女主人を見つめ、眉をゆがめた。「それで？」

イヴリンドはためらったが、すべてはうまくいくと信じさせないかぎり、ミルドレッドとマックが彼女を逃がそうとして無茶をすることはわかっていたし、今の時点で結婚から逃げたいとはまったく思っていなかった。実際、久しくなかったことだが、自分の未来に対して初めてわずかな希望を感じはじめていた。自分自身の家の女主人となり、そこに人生をみじめなものにするエッダはいないのだ。それに実をいえば、カリンとならそこそこうまくやっていけるかもしれないという希望が生まれはじめていた。

「彼はほんとうにすごくやさしかったわ」イヴリンドは低いまじめな声で侍女に請け合った。

「それにわたしは彼が怖くない。やさしい目をしているし」そこで深呼吸をし、こう認めた。

「キスもすてきだった……すごく」それを聞いてミルドレッドは迷いを見せたが、まだ信じていないようだった。「それに、わたしの痛みがやわらぐようにお風呂を用意させるなんて、すごく思いやりがあるわ」と指摘した。そして首を振ってつづけた。「彼はみんなが言ってるような人じゃないのよ、ミルドレッド、エッダが宮廷で思われているような、やさしくて従順でだれもが褒める継母じゃないのと同じように」

侍女の唇からゆっくりとため息がもれた。作業を終えた男たちに目をやる。彼らが部屋を出ていくのを確認してから、イヴリンドに向きなおってこう言った。「お風呂にはいってください。わたしは厩にひとっ走りしてマックに言い聞かせます……今のところは大丈夫だと。でも、気が変わるようなことがあれば、わたしたちはいつでも――」

「気が変わることはないわ」イヴリンドは請け合った。変わらないという確信があった。そして注意した。「ほんとうは何があったかをマックに話すとき、近くにだれもいないかたしかめてね。婚礼がすむまでエッダには何ひとつ知られたくないから」

「そうですね。きっとあの老いぼれアマは婚姻を破棄する方法を見つけて、あなたを別の人のところに嫁がせるでしょうから」と侍女はつぶやき、イヴリンド自身の考えを裏付けた。

「ドレスを脱ぐのをお手伝いしましょうか?」

イヴリンドはその申し出を断ろうと口を開いてからためらった。時間の経過とともに、痛むのは脚だけではなくなってきていた。荷造りをしたために腕もうずきはじめていたし、そことあざのある脇腹のせいで、ドレスを脱ぐのはいつものような簡単な作業ではないだろう。

「ええ。ありがとう」もごもごと言った。

ミルドレッドはうなずいて仕事にとりかかり、そそくさとドレスを脱がせた。これはもう繕《つくろ》えませんと宣言して、部屋のすみにドレスを放り、イヴリンドがシュミーズを脱ぐのを手伝いながら、あらわになったあざを見て心配そうに舌打ちした。

「こんな状態で馬には乗れませんよ、お嬢さま」ミルドレッドは眉をひそめて言うと、女主人を浴槽に入れた。「きっとひどく痛みます」

「お風呂で楽になるといいけど」イヴリンドは肌を焼きそうなお湯の熱さにひるみながら静かに言った。浴槽にすっかりつかるころには熱さにあえいでいたが、すぐにがまんできる程度になり、ほとんど即座にうずきと痛みが楽になってきた。

「痛みが引くまで一日か二日待ってくださいとたのめないんですか? もしあのかたがそんなにやさしいなら、きっとたのみを聞いてくれるでしょう?」

イヴリンドは唇をかんだが、すぐに首を振った。「彼はここの人たちにもう会ったと思ったらもう発ちたがっている。きっと理由があるんだわ。それに、エッダから逃げられるんだから、こんな痛みがなんなの？」と皮肉っぽくきいた。

ミルドレッドはそのことばにしぶしぶ微笑み、ため息をついた。「ハチミツ酒に少し強壮剤を入れてさしあげますから飲んでください。もっと楽になりますから」

「ありがとう。よろこんでいただくわ」イヴリンドは受け入れた。

ミルドレッドはうなずいて向きを変えた。「マックとの話を終えたらハチミツ酒と強壮剤を持ってきます。お風呂につかってゆっくりなさってください」

イヴリンドは黙ってうなずき、目を閉じてお湯が魔法をかけるにまかせた。

熱いお湯のなかで眠りこんでしまったらしい。気がつくと、ミルドレッドが戻っていて、そのうしろに三人の侍女が控えており、イヴリンドが身を横たえているお湯はぬるくなっていた。

「サンダーズ神父さまがいらして、式をあげるから直ちにおりてくるようにと新郎が仰せです」ミルドレッドは大あわてでわめいた。寝台の脇の衣装箱の上に薬効のある品々がはいった袋を投げ出すと、イヴリンドがしぶしぶ体を起こそうとしている浴槽に急いで歩み寄った。

「さあ。お髪《ぐし》を洗って着付けをしないと」

「わたしはどれくらいの時間お湯につかっていたのかしら？」お湯のせいでしわの寄った手足の指を見て、イヴリンドはぼんやりときいた。

ミルドレッドは一瞬間をとって、三人の侍女たちに荷造りをするようどなったあと、答えた。「かなりの時間ですよ。マックに大丈夫だと納得させるのに思ったより時間がかかってしまって、そのあとエッダに次から次へと用事を言いつけられたものですから」

侍女はうんざりしたように首を振り、手桶を取ってイヴリンドの頭にお湯をかけ、髪を濡らした。「あの女がいなくなっても、残念に思うことはないでしょうよ」

イヴリンドはもごもごと同意し、ミルドレッドがいいにおいのせっけんで髪を洗いはじめると目を閉じた。また扉の開く音がしたので、せっけんが目にはいるのもかまわずにぱっと目を開けると、ひとりの若い侍女が手にマグを持って走りこんでくるのが見えた。

「ハチミツ酒を持ってきました、ミルドレッド」足早に近づいてきながら若い侍女は言った。

「それにわたしの強壮剤を少し入れておくれ、アリス」ミルドレッドが命じた。アリスはうなずき、寝台の脇の衣装箱に向かった。「衣装箱の上の薬種袋にはいってるから。Xと印のついた小さめの革袋だよ」

アリスは言われたとおりにした。ミルドレッドが髪をすすごうと手桶をつかんだので、イヴリンドはまた目を閉じた。

「強壮剤がなくても大丈夫だと思うわ、ミルドレッド」侍女が最初の手桶のお湯を注いでしまうと、イヴリンドは言った。

「強壮剤は効きますよ。用心に越したことはありません」と請け合い、さらに手桶のお湯を頭からかけた。

イヴリンドはそれ以上反論しようとしなかった。まあ、飲んでも悪いことはないだろう。

「これでよしと。さあ、立ってください。髪を乾かして着付けをしないと」イヴリンドが立ちあがるとミルドレッドは亜麻布で彼女をくるみ、手を貸して支えながら浴槽から出した。そして暖炉のそばの椅子にうながした。

「アリス、あれはどこに――ああ、それそれ」呼ばれた侍女が薬を混ぜたハチミツ酒を急いで持ってくると、ミルドレッドはつぶやいた。イヴリンドにそれをわたして言う。「そこに座って強壮剤を飲んでください。そのあいだ何をお着せすればいいか考えますから」

イヴリンドはアリスに感謝の笑みを向けながらマグを受け取り、鼻まで持ちあげてにおいをかいだ。それだけで、痛みが治まるどころかさらにひどくなるたぐいの強壮剤だとわかった。飲むのを断ろうかと思ったが、ミルドレッドと言い合いになるよりはと、鼻をつまんで唇をマグにつけた。が、鼻をつまんでも飲み物のいやな味はごまかせなかった。舌が触れた瞬間、刺激的な液体に息が詰まりそうになった。

「うわっ、ミルドレッド、ぞっとする味ね」身震いしながらマグをおろして文句を言った。

ミルドレッドはドレスを寄り分ける作業から顔を上げて首を振った。「そんなことありませんよ。味はほとんどしないはずです」

薬を飲ませるときのこの侍女の常套句《じょうとうく》だ。イヴリンドはいつものように信じられないとばかりに鼻を鳴らし、鼻をつまんで残りを飲み干した。

「残りかすも食べなくちゃだめ?」飲みほしたあと、マグの底がこまかく砕かれた葉と枝でいっぱいのマグの底を見て、イヴリンドはきいた。

「なんですって?」ミルドレッドはいきなり彼女のそばに来てマグを取りあげた。中身をじっと見て悪態をつき、くるりとアリスのほうを向く。「おまえ、これに何を入れたんだい?」

侍女の声に動揺を聞きつけ、イヴリンドは恐怖が背筋をのぼってくるのを感じた。

「あたし——あなたに言われたものです。Xって書いてあるやつ」あわれなアリスはあえぎながら言い、ミルドレッドのあとを追った。ミルドレッドは薬種袋に走り寄ってつかみ、ベッドの上に中身をあけた。

「どれを使った?」ときく。

「あれです」アリスは小さな袋を取りあげた。

「たいへんだ!」ミルドレッドはぎょっとして息をのんだ。

「ちがうんですか？　Xって書いてあるやつだって言ったじゃないですか」アリスは悲しげに叫んだ。

「あれはXじゃない、十字だよ」ミルドレッドはかみつくように言った。眉をひそめてマグのなかを見おろし、きいた。「どれくらい入れた？」

「あたし——ほんの少しって言われて」アリスははぐらかすように答えた。

「ああ、そう言ったよ。でもこの袋はいっぱいだったのに、今は半分なくなってる」

「入れてるときにちょっと傾いちゃって」娘は申し訳なさそうに言った。

「ああ、なんてこと」ミルドレッドはため息まじりに言った。

「なんなの、ミルドレッド？」イヴリンドがきいた。まるでろれつがまわっていなくてぎょっとした。亜麻布を体に巻きつけて立ちあがり、歩いていこうとしたが、両手は布を持っていることができなかった。布地は砂のように指からすべり落ちた。「何——？」

「大丈夫です」侍女は安心させるように言うと、女主人のほうに戻ろうと急いだ。が、不安そうなその声にはあまり説得力はなかった。「なんでもありません。ただの——」ミルドレッドはそこまで言うと、椅子からすべり落ちはじめたイヴリンドを受けとめようと走り寄った。

4

「急ぐようにと侍女に言わなかったのか？　なんでこんなに時間がかかるんだ？」

カリンはタヴィスの文句に顔をしかめまいとした。いとこは辛抱というものを知らない男だが、今は彼にまったく同感だ。花嫁を連れてこいと侍女を送りだしたのは一時間以上まえなのに、イヴリンドはまだ現れていなかった。

「彼女はきみと結婚したくなくて逃げたんだと思わないか？」タヴィスはいらいらと言った。「ドノカイの悪魔であるきみの評判に怖くなったのかもしれん。厩を調べて彼女の雌馬がまだいるかどうか確認するべきかもしれないな」

カリンはその提案に眉をひそめた。イヴリンドが草地で言っていたことから、ドノカイの悪魔である自分の評判がひと足先に届いていたのは知っていた。それでも、彼女が自分を恐れているとは思わなかった。実際、草地での密会のあとは、もうあまり不安を覚えなくなり、夫婦生活を楽しみにさえするのではないかと期待していた。彼のほうはたしかに楽しみにしていた。

「いや」ようやく彼は言った。「彼女が逃げる理由はない」

「女には理由なんていりませんよ」反対側からファーガスが冷淡に言った。「まあ、はっきりしたことは言えませんがね。あの娘は頭がおかしいのかもしれませんから。旗を振りながら草地を馬で走りまわっていたときは、とてもまともには見えなかった」

「あれは彼女のドレスだ」カリンがぴしゃりと言った。

「あんなふうに振りまわすなんて、いったい何をやっていたんです？」ファーガスがぼやく。

「びしょ濡れに見えた」カリンが説明しようとしないので、タヴィスが言った。「たぶん乾かそうとしていたんだ」

　ほっとしたようなつぶやきが一同の口からもれた。領主の結婚相手が草地にいたあの娘だと知ってから、頭のおかしい娘が新しい領主夫人になるのかと心配していたのだろう。

「どうしてあんなけがをしたんでしょう？」ふいにギリーがきいた。

「馬から落ちたに決まってるだろう」カリンが黙ったままなのでファーガスが推測した。

「ばかなまねをしてちゃんとした乗り方をしないからあんなことになるんだ。幸い、あの娘もこれで懲《こ》りただろう」

　カリンは何も言わなかった。許嫁が現れるところを見ようと、彼の視線は階段の上に移動していたが、階段の上にはいぜんとして人影がない。

「今夜ここに泊まらないことになってよかったですよ」ギリーの意見に、カリンはまた注意を惹かれた。「あの娘の継母はひどい女ですからね」

「まったくだ」タヴィスがぶつくさ言い、エッダ・ダムズベリーがサンダーズ神父と話をしているテーブルのほうにその視線が向かうのをカリンは見た。いとこはわけがわからないとばかりに首を振ってこう言い添えた。「あの女がさっぱり理解できないよ。きみが戻るのを待ちながら彼女が言ったことからすると、どうやら例のドノカイの悪魔のうわさをすっかり信じているようだぜ」

「そうそう」とギリーがつぶやく。「それなのにちっともあなたを恐れている様子がない」

「ああ、継娘がうちの領主と結婚して苦労するのがうれしくてたまらないようだ」ファーガスが苦々しげに述べた。「そのことと怖がっていないことからすると、うちの領主を自分の同類と見ているらしい」

それを聞いてタヴィスは音のしない口笛を吹き、カリンを小突いた。「ということは、あの女はこれまであの娘の生活をできるかぎりみじめなものにしてきたんだろうな」

「ああ」カリンはうなるように言うと、イングランド女に目を向けた。あれは下劣な生き物だ。城に戻ってきたときのイヴリンドの惨状にあきらかによろこんでいるエッダをひと目見ただけで、できるだけ早く娘をここから連れ去ることが、彼女のためにできる最良のことだとカリンは気づいたのだった。階下《した》で待たされているあいだも、その考えは変わらなかった。エッダはその時間を使って、そこにいない継娘をこれでもかと侮辱し、自分があの娘にいかに手を焼いてきたかをカリンに語った。

継娘を殴ってしつけるようにと、彼女はしきりにカリンに勧めた。イヴリンドを行儀よくさせておくには、朝に、昼に、夜に棒で殴るべきだと思っているようだった……が、エッダが話をすればするほど、カリンはエッダのほうに棒をふるいたくなった。エッダ自身があえてイヴリンドに手をあげることはなかったようだが、タヴィスが言ったとおり、ダムズベリー卿が死んで以来、この毒婦がイヴリンドのここでの生活をできるかぎりみじめなものにしてきたのはまちがいなかった。サンダーズ神父が到着すると、不快な女から解放され、仲間内で話せるようテーブルのもっと離れたところに移動できたのでほっとした。もう少しで許嫁の継母の首を絞めてしまうところだったからだ……結婚式の日にそんなことをしたら、イヴリンドにとって最高の思い出にはならないだろう。

カリンは視線を階段の上に戻し、花嫁はどこにいるのだろうと思った。早くこの呪われた城から彼女を救い出したくてたまらなかった。

「さて」エッダが突然立ちあがった。「イヴリンドはあきらかに時間がかかりすぎだわ。わたくしがせっつきに行きましょう。さもないとわたくしたちはあの子が満足するのを待って午後じゅうここにいることになるわ」楽しげな期待に満ちた視線をカリンに向ける。「あなたの手で、もっと従順にさっさと動くようあの子に教えこんでくださらないかしら。父親がひどく甘やかしたものだから、きびしくしつけてくれる手が必要なんです」

カリンは歯ぎしりをしたが、ただ立ってこう言った。「わたしが階上《うえ》に行きましょう」

女の顔にたちまち猫のような笑みが浮かび、カリンの神経を逆なでした。ぐずぐずしている娘に彼がこぶしをふるうのを期待しているにちがいない。カリンはこれまで一度も女に手をあげたことがなかった。が、今はそうしたい気分だった。エッダの顔をはたいて得意げな笑みを消してやりたかった。カリンは口を結んでつかつかと階段に向かうと、跳ねるようにのぼった。それでこの城を早く出られるというわけではなかったが。

階段をのぼりきったちょうどそのとき、ひとりの侍女が扉のひとつからそっと出て、廊下をこちらに向かってきた。やがて歩く速度を落とし、彼を認めると恐怖に目を見開いた。「イヴリンドの部屋はどこだ?」相手の恐怖にいらいらしながらどなった。見知らぬ人間にいくぶん用心するのはたしかにまっとうなことだが、こうあからさまに怖がられると屈辱的だった。だが、これも自分が蒔《ま》いた種だ。みんなに最悪の人間だと思わせているのだから。

侍女が振り向き、無言でいま出てきた部屋を示すと、カリンはうなずいてすばやくそこに向かった。ノックはしなかった。扉を押し開けてなかにはいり、どうしてこんなに時間がかかっているんだときこうと口を開けたが、あごを落とすことになった。部屋には花嫁のほかにふたりの女がいた――イヴリンド付きの侍女ともっと若いもうひとりの侍女だ。どちらも彼が来たことに気づいていなかった。裸のイヴリンドの腕を肩に引っぱりあげるのでそれどころではなかったのだ。ふたりに支えられた花嫁は力なく、頭をがっくりと落とし、その脚は体重を支えられないらしく、うしろに引きずられていた。

カリンはバタンと扉を閉めて彼女たちの注意を惹いた。女たちはすぐに動きを止めて彼のほうを見た。ふたりのあいだでだらりとしたままの花嫁をのぞいて。

「いったい彼女に何があったんだ?」きびしく問い詰めながら、三人のほうに近づく。侍女たちはイヴリンドを引きずったままとっさにあとずさった。

若いほうの侍女はその質問にぶんぶんと首を振るだけだった。説明したのはイヴリンド付きの侍女とおぼしき年上のほうだ。「イヴリンドさまのハチミツ酒に強壮剤を入れるようアリスに言ったんです。筋肉痛をやわらげてくれますから」

「ああ、たしかに筋肉は弛緩しているようだな」カリンはぴしゃりと言った。イヴリンドの頭を持ちあげると意識はあったが、ぼうっとした様子で自分の頭を支えていられないようだった。そっと頭を胸に向けて戻すと、侍女にどなった。「今後おれの加減が悪くても、手当てをしようなどと思うなよ」

「アリスが薬をまちがえたんです」ミルドレッドは反撃した。「それも大量に」

カリンはいぶかしげに唇を閉じると、花嫁に視線を戻した。「薬効が消えるにはどれくらいかかる？」

ミルドレッドは状況を考慮してためらったあと、首を振って言った。「わかりません。しばらくかかるのではないかと」

「だが彼女に害はないんだな？」と彼はきいた。

ミルドレッドはありませんと首を振った。

「話はできるのか？」

「はぁいぃ」がっくりと頭を落とした花嫁から、かなりろれつのあやしい声がした。

カリンはうなずくと、イヴリンドを腕に抱き取った。「では式をあげられるな」

「ちょっとお待ちください！」彼がそのまま扉に向かいかけたので、ミルドレッドが金切り声をあげた。「そんなふうに連れていかれては困ります。お嬢さまは裸なんですよ！」

カリンは立ち止まって腕のなかの女性を見おろした。彼女の様子に動転し、心配するあまり、彼女が裸だということをすっかり忘れていたのだ。どうして忘れることができたのだろうと思いながら、乳房から腹をおりて腿の付け根のひっそりとした金色の下生えに、そしてすらりとした脚まで視線をめぐらせた。

「さあ、お嬢さまをベッドに運んでください。ドレスを着せますから」

カリンは有無を言わせぬ命令に顔をしかめたが、イヴリンドをベッドに横たえた。彼が花嫁を見おろしているあいだに、ミルドレッドが若い侍女にシュミーズとドレスを取りにいかせた。

「お嬢さまは派手に転ばれたようです。あちこちにひどいあざをこしらえています」ミルドレッドは悲しげに首を振って言った。

「そうだな」カリンはそう言って、美しい乳白色の肌に目を走らせた。ところどころで黒いあざがじゃまをする。「牛《カウ》のようだ」

それを聞いてミルドレッドはぞっとしたような目をカリンに向けたが、彼は苦しげな声をあげた花嫁のほうが心配だった。侮辱のつもりで言ったわけではなかったのだが、女たちはそう受け取ったようだ。

「色のことを言っただけだ」どうしておれがわざわざ説明しなければならないんだと思いながら、カリンはつぶやいた。

ミルドレッドは首を振り、急いで戻ってきた若い侍女からシュミーズを受け取った。すぐにイヴリンドに着せようとしはじめたが、女主人はまったく協力できない状態なので、とうてい簡単な作業ではなかった。彼女を起こして座らせ、両腕を上げさせせながら、シュミーズをかぶせて着せなければならない。若い侍女が手伝おうとしているにもかかわらず、ミルドレッドはこの作業に難儀していた。

カリンは思わずいらだちの声をあげて、手伝おうとベッドに近寄った。ミルドレッドがシュミーズをかぶせるあいだ、上にあげた彼女の両手を支えていると、ノックの音がした。やきもきしながら寝台のそばをうろついているだけだった若い侍女がそれに応えて扉に向かうことになった。

「これで薬物を他人にまかせちゃいけないことがわかりましたよ」ミルドレッドはぶつくさ言いながら、女主人の片手にシュミーズを通し終えると、もう一方の手に注意を向けた。

カリンはうなり声を発しただけでそれに応え、忙しく手を動かした。まずイヴリンドの腕を上げさせ、ミルドレッドがシュミーズを通すと下げさせて。

「なんてこった？　これだけあざがあっては白百合のような肌も牛のようだな」タヴィスが隣に現れて言った。

「おれもそう言ったんだ」カリンは身の潔白が証明された思いで言った。侍女がいるのにいとこが自分に話しかけたことにはそれほど驚かなかった。だが、イヴリンドがうめき声をあげ、苦しげにうなだれると、いとこが許嫁の白百合のような肌を眺めていることにふいに思い至った。まだらになっていようといまいと。普通の場合ならそれほど問題ではなかった。タヴィスはほかの側近たちとともに床入りの儀の証人を務めることになっていたからだ。だがこれは床入りの儀ではない。おそらく今回はそれもなしになるだろう。これまでのところこの婚礼には普通のところがまるでなかった。

「うしろを向け」カリンはきつい口調で言った。「だいたいここで何をしている？」

タヴィスはにやりと唇をゆがめて言われたとおりにし、説明した。「やけに時間がかかっているから、エッダが階上《うえ》の様子を見にいくと言いだしたんだ。それでおれが行くと言ったのさ」寝台のほうを振り返ってきく。「彼女はどうしたんだ？」

「薬を飲まされた」カリンは冷やかに言った。

「事故だったんですよ」ミルドレッドが抗議した。「アリスがわたしの薬をまちがえて」

タヴィスは眉を上げたが、こう尋ねるにとどめた。「式はあげられるのか？」

「ああ」カリンはきっぱりと言った。「彼女に服を着せたらな」

タヴィスはうなずいた。「手伝おうか？」

カリンはためらってから首を振った。「いい。扉を見張ってあのくそ継母をここに入れないようにしていてくれ」

「わかった」

彼が扉に向かうと、カリンはイヴリンドに服を着せることに意識を集中した。ミルドレッドは両腕と頭に通したシュミーズを引っぱりおろして上半身を隠そうとしていた。

「お嬢さまを持ちあげてくださいますか？」と侍女はきいた。

カリンがイヴリンドの両手を持って持ちあげ、尻をベッドから浮かせると、侍女はすばやくシュミーズを引きおろして彼女をおおった。

ドレスを着せようとしていると、またノックの音がした。カリンはタヴィスのほうを振り返った。部屋の内側で扉のそばに立っている。タヴィスは腕を組んで壁にもたれ、進行状況を眺めていたが、背筋をのばして向きを変え、扉を開けた。

開いた扉の向こうにファーガスの姿を認めると、カリンはうんざりと首を振り、目下の作業に戻った。エッダはなんとしてでもどうなっているのか知りたいらしい。この調子だと、イヴリンドの着付けがすむまえに、側近全員が部屋に来ることになりかねない。

「いいえ。いま床入りの儀をおこなってもらいます。イヴリンドをこのまま連れてはいかせません。あなたの気が変わって、婚姻を無効にしようとあの子を返してくるかもしれませんから。この婚姻を完全なものにしなければ」エッダは頑固に言い張った。

イヴリンドの頭がすでにうなだれていなかったら、そのほのめかしを聞いてすぐにカリンはエッダのばかさ加減に気づいていただろう。婚礼の日はイヴリンドにとってもっとも屈辱的な日となりつつあった。打ち身を受け、あざをつくり、牛そっくりになったあげく、ひとりで立っていることすらまったくできないのだから。

着付けがすむと、カリンはイヴリンドを階下《した》に運ばされた。彼女の腰に腕をまわして抱き寄せるようにして立たせ、もう一方の手で彼女の頭を支えて神父が見えるようにした。誓いのことばを言うときは、口がちゃんとまわらない彼女はうめきのような声しか出せなかった。神父は動揺し、それを誓いと認めたがらなかったので、カリンはその男にだんだん腹が立ってきた。幸い、ミルドレッドがお嬢さまはうなずけますと教えて聖職者を救った。神父がイヴリンドを見ると、彼女はそれをした。うなずきというよりはがくりと頭をたれただけのようだったが。筋肉の動きを制御することがほとんどできなかったのだ。

こうしてイヴリンドはことばではなくうなずきで誓いをした。それが無事に終わってほっとしたのもつかの間、カリンがそろそろ引きあげると告げたので、エッダが出発のまえに床入りの儀をするべきだと言いだしたのだった。この女はたしかに頭がおかしい。こんな状態なのに、床入りの儀などできるわけがないではないか、とイヴリンドは思った。

カリンも同じように思ったらしく、どなるように言った。「どうやって床入りの儀をしろというんです？　この娘は動くこともできないんですよ」

　エッダはそれを問題だとは思っていないようだった。カリンの神経をちくちくと刺していることにも気づかずに――おそらくイヴリンドを支えるためにカリンの両手がふさがっていたからだろう――おもしろそうに言った。「わたくしは未亡人になって二年になりますけど、床入りの儀をおこなうのに女は動く必要がないことぐらいは覚えていましてよ。あなただってもし面倒なら、この子のスカートを持ちあげる以上のことはしなくていいんですからね」

「レディ・ダムズベリー！」

　ぎょっとした声はサンダーズ神父のものだとわかったが、イヴリンドは自分に押し当てられている夫の体がふいに固まったことのほうに気をとられていた。おそらく彼はひどく腹を立て、それが顔にも現れているのだろう。なぜならエッダがむきになってこう言い添えたからだ。「どうせこの子にはわかりはしないんだから。それに、この人がそんなに急いでいるなら、やるべきことをさっさとやっておしまいになったらと言ってあげているだけよ」

　低いうなり声がしてイヴリンドの耳の横にある胸が震え、彼女の脇腹を抱える指に力がはいった。激怒のあまりそのつもりはないのに彼女にあざをつけようとしているのかと思ったが、ほんのわずかに圧力が強まったのを感じただけで、強壮剤のおかげで痛みはなかった。もっとも、あとひとつあざが増えたところで気にはならないだろうが。

「どうなさいます、マイ・ロード？」エッダは断固としてきいた。「いま床入りの儀をおこないますか、それともこの娘が回復するのを待って、出発を一日ばかり延ばしますか？」

カリンはイヴリンドを胸から離すと両腕で抱きあげ、階段に向かうことでそれに答えた。

これから起こることに恐怖を感じるべきなのだろうが、イヴリンドは何が起こるのかよくわからなかった。ことの展開があまりに早すぎて、初夜ではどんなことが起こるのかミルドレッドから教えてもらう機会がなかったし、これまではその必要もなかった。何が起こるのか知っていたとしても、怖がらなかっただろうが。この男性はこれまでのところ彼女をやさしく扱ってくれているし、彼のことは怖くなかった。感じていたのはむしろあきらめだった。エッダがこれをできるかぎり屈辱的でみじめなものにしようとするのを予期するべきだった。

今度もうなだれずに持ちこたえればいいだけのことだ、とイヴリンドは思った。もちろん文字どおりの意味ではない。今の体では頭を上げていることもできないのだから。

カリンはイヴリンドを抱いて階段をのぼり、廊下を歩いて彼女の寝室に向かった。そのあいだじゅう小声で何やらつぶやいていた。どうやらエッダにうんざりさせられているのは彼女だけではないらしい。

扉のまえで立ち止まり、彼女の脚の下から手を出して開けようとしたとき、エッダが息を荒げて追いかけてきたのでカリンはくるりと振り向いた。

「床入りの儀は――」

「どうかマダム、床入りの儀の証人になるなどと言わないでいただきたい」彼は警告するような口調でどなった。

エッダが絶対にそうしたがることをイヴリンドは知っていた。さらに屈辱を味わわせて楽しめることを意味するからだ。

「わたくしは――」と継母は言いかけたが、カリンは話しつづけた。

「なぜならわたしはむしゃくしゃしているからです。自分の結婚式の日に女性を殴りたくはない」とどなる。

イヴリンドは今の継母の顔を見ることができたらと思った。ごくりとつばをのみこむ音が聞こえたのはまちがいない。そしてこう言う声はたしかに震えていた。「いいえ、もちろんそんなつもりはありませんわ、マイ・ロード」

カリンは待った。イヴリンドには遠ざかっていく継母のスカートが見えた。それが見えなくなると、カリンはエッダについてきたらしい側近たちに向かって言った。「馬の準備をしておけ。一瞬で階下《した》に行く」

一瞬？　イヴリンドはがっかりしながら思った。彼はほんとうにスカートを持ちあげるつもりもないの……？

カリンは扉に向きなおって部屋にはいり、足で蹴って扉を閉めたようだった。背後でバタンという音が聞こえた。それからイヴリンドをベッドに運んだ。彼は少しのあいだそこにたたずみ、イヴリンドは彼の表情が見られればいいのにと思った。そうすれば彼が何を考えているのかいくらかわかるかもしれないのに。やがて彼は顔をそむけ、イヴリンドを抱えて部屋を歩くと、暖炉のまえに敷かれた毛皮の上に彼女を横たえた。カリンの動作はとてもやさしく、頭が楽になるように毛皮の端を折って枕にすることまでした。一瞬彼女と目を合わせてうなずくと、立ちあがって歩き去った。

残されたイヴリンドは、あのうなずきはなんだったのだろうかと考えた。安心させるためのもの？ 彼を目で追いながらそんなことを思った。

カリンはまたベッドに歩み寄ると、シーツと毛皮をつかみ、脇によけた。そのあとにしたことは、イヴリンドを困惑させるばかりだった。彼は腰から短刀を抜き、自分の腕に傷をつけると、その血をベッドになすりつけたのだ。それから体を起こし、彼女のところに戻ってきた。何をされることになるのかわからずに、イヴリンドは近づいてくる彼を見つめた。不安はなかったが、それも彼が謝罪のことばをつぶやいてスカートの裾に手をのばすまでのことだった。

ゆっくりと脚を開かされて、イヴリンドは目をみはった。一瞬、脚にごくわずかな圧迫感を覚えたあと、スカートはもとどおりに引きおろされ、また彼に抱きあげられた。

カリンは彼女をふたたびベッドに運び、ちょうど血のついたところに置くと、部屋のなかをせかせかと歩きまわった。イヴリンドはできるだけ目で追おうとしたが、彼がふいにふたの開いた衣装箱のある部屋のすみに行ってしまったので見えなくなった。そこでがさごそやっている音は聞こえたが、何も見えない。ずっとあちこちを見ようとしていたせいで目が痛くなり、休めるために少しのあいだ目を閉じなければならなかった。

体の下に手が差しこまれるのを感じて目を開けると、またカリンに抱きあげられた。そのまま扉まで歩き、脚を抱えている手を使って扉を開ける。彼は大声でエッダを呼ぶと向きを変えてまたベッドのところに行き、イヴリンドを抱いたままそのかたわらに立った。

「すみました」部屋にはいってくるいくつかの足音が聞こえると、カリンはうそをついた。

エッダがベッドの血痕を調べているると思われるあいだ、沈黙のときが流れた。やがて継母は言った。「この子を調べさせてちょうだい」

「ばかげたことでもう充分時間を無駄にしている」カリンはかみつくように言った。「また青白い顔の侍女を待つのはもう――」

「この子を調べると言っているのよ」エッダは言い張り、扉のほうを向いた。「ベット」

できることならイヴリンドはこのとき唇をかんでいただろう。ベットは亡き母の侍女で、ミルドレッドがイヴリンドにとってそうであるように、母の心身の癒し手だった。ベットならカリンのうそを見逃してくれるかもしれないと思ったが、確信はない。もし発覚したら、老婆はひどいお仕置きを受けるだろうから。

カリンは小さくうなり声をあげ、イヴリンドの視線を自分に引き戻しながら、向きを変えて彼女をベッドに横たえた。彼は彼女をひとりにしなかった。むっつりと黙ったままベッドのそばに立った。ゆっくりと足を引きずりながら部屋にはいってくるベットの足音が聞こえ、エッダとベットが視野にはいって、こちらに近づいてきた。イヴリンドはその時点で目を閉じた。ただもうここにいたくなかった。が、脚を開かされるのがわかった。

わずかな時間ののち、ベットが言った。「すんでいます」

「ほんとうに？」エッダがきく。「ずいぶん速かったけれど」

「太腿の血をご自分でごらんになってください、奥さま」ベットはむっとして言った。イヴリンドは目を開けて、スカートをもとに戻している老婆のしわの寄った目を見た。感謝の気持ちを目から読みとってもらおうとしたところ、ベットが背を向けるまえにすばやく目配せをしたので、うまくいったようだと思った。

カリンが毛皮に寝かせたイヴリンドのスカートの下で何をしていたのかわかった。エッダが彼女に可能なかぎりの辱めを受けさせようとして、体を調べさせろと言い張るのを見越していたのだ。自分の傷から出た血をイヴリンドの太腿にこすりつけ、エッダを信じさせようとしたにちがいない。

「これで満足ですか？」カリンがかみつくように言った。

「ええ。たしかにすませたようね。これでもうこの子を送り返すことはできなくてよ」エッダは満足げににっこりすると、イヴリンドを見おろした。「お別れです、イヴリンド。おまえの人生がわたしの願うとおりであるように」

イヴリンドは彼女がどんな未来を願っているかよくわかっていたので、できることならそれを聞いて鼻を鳴らしていただろう。が、彼女を抱きあげながらそれをしたのはカリンだった。そしてそのまま部屋を出た。

階段をおりて瞬く間に玄関を出た。背後で扉が閉じた瞬間、カリンの側近のひとりがそばにいたので、待っていたのだろうと思われた。夫は彼にすばやくゲール語で何か告げると、イヴリンドを自分の馬に運び、自分が騎乗するあいだ彼女を側近の手にゆだねた。鞍にまたがると、またイヴリンドを受け取った。彼女を膝の上に座らせるためにわずかな時間をとったあと、すぐに出発となった。

すべてがあまりにも早く起こったので、イヴリンドはぽかんとしたままだった。ミルドレッドはどこ？　わたしの荷物は？　ドレスや、エッダに盗まれないように隠しておけと父に言われた母のわずかな宝石類、それにエッダがダムズベリーにやってきたとき、取りはずして破壊しろと命じられて以来ずっと部屋に隠してある母の肖像画。父の肖像画も同じ理由で父の死後はそこに隠してあった……

残していきたくないものはとてもたくさんあった。でも、いちばん大切なのはミルドレッドだ。マックも連れていきたいと夫にたのめるといいと思っていた。マックはスコットランド人だし、ドノカイの暮らしにもなじむはずだ。それに、エッダのもとに残していくのは心配だった。いじめの対象だったイヴリンドがもういないとなれば、継母は憤りや怒りを別のだれかに向けるだろう。マックは恰好の標的になる。

でもイヴリンドには何もなかった。知るかぎりでは、着替えを入れた小さなかばんさえない。いま着ている服ひとつで新生活に向かおうとしているのだ。そう思うと、恐怖と不安に襲われた。

それは結婚する年ごろになればどんな娘も直面することだが、幸い幼少期——たいていの娘がそれに直面せざるをえない時期——のイヴリンドは、そういう思いとは無縁だった。運命にじゃまされなかったらそうはいかなかっただろうが。最初の許婚は十二歳のときに溺死《できし》した。父が代わりを見つけるまえに、母が病気になり、母を心配することに時間をとられた。マーガレット・ダムズベリーが亡くなると、よく知らずに結婚し、まもなく愛するようになった女性を失った父は、イヴリンドをそばに置いておきたくて娘の夫さがしを延期した。ようやく娘のために夫をさがしはじめようとした矢先に、胸の病が父を連れ去ったのだった。

これまで知っていたあらゆるものや人から遠く離れて、夫との新生活をはじめるたいていの娘よりは年上かもしれないが、それで楽になるというものでもなかった。夫はまったく知らない人だし、新居があるという遠い地のことも何ひとつ知らない。とにかく怖くてたまらなかった。

でも、うなだれずに持ちこたえさせてくれるものが何かあるだろう。女の人生にはそういうものがたくさんあるようだから。みじめな思いでめそめそしている自分に気づき、イヴリンドは目を閉じて眠ることにした。今の時点で彼女にできることはほかにあまりなかった。

5

「着いたぞ」

イヴリンドは目を開けて夫を見あげた。彼の膝の上でわずかに体を起こし、夫の視線をたどって前方の暗闇にそびえる黒っぽい城へと目を向ける。たちまち恐怖のうねりが彼女のなかを通りぬけた。

丘をのぼって城門へとカリンが馬を進めるあいだ、闇をまとったドノカイはなんとも気味の悪い、陰気な要塞だとイヴリンドは思った。彼の胸に寄りかかって両手で顔をこすり、ちゃんと目覚めようとした。三日間におよぶ旅のあいだ、ずっとうとうとしては起きるのくり返しだった。それはミルドレッドの強壮剤のせいではなく、旅が長く単調でえんえんとつづくように思われたせいだった。最初に目が覚めたのはダムズベリーを発った翌朝だった。眠りからさめたとたん、強壮剤の効果がほとんど消えているのがわかった。彼女を起こしたのは小用を足したいというやむにやまれぬ欲求だったからだ。まだ筋肉の自由がきかない状態だったら、恥ずかしい思いをしていただろう。

カリンはイヴリンドが自分の用事をすますあいだしか馬を止めず、急いで戻ってこさせた。彼女を鞍に乗せ、そのうしろに乗ると、すぐにまた出発した。しばらくすると、馬に下げた袋からリンゴ一個とチーズとパンを取り出して彼女に勧めた。生理的欲求に応える以外で止まることはないのだとイヴリンドが気づいたのはそのときだった。

昼のあいだは、自分の舌をかみ切る覚悟がなければ会話ができないほどの速さで馬を走らせた。私的な用事以外で止まったのは、日に一度馬を乗り換えるときだけだった。

イヴリンドはどうしてそんなに急ぐのか尋ねたかった。ほかの側近はどこにいるのかも。ダムズベリーを出たばかりのころは気づいていなかったが、頭を上げてあたりを見まわせるようになると、一行は自分とカリンとファーガスという男だけなのがわかった。残りの四人の男たちはいっしょではなかった。だが、口を開けたらとっさに、どうして侍女も愛馬も連れず、荷物もなしに自分をダムズベリーから連れ去ったのかときいてしまいそうで怖かった。結婚早々口論をしたくはなかったので、口を閉じたまま、夫同様沈黙を保っていた。

新居の中庭にはいると、イヴリンドは興味深げにあたりを見まわした。時刻のせいで動くものはほとんどなく、すべてをおおう闇のせいでろくにものも見えなかった。わかるのは輪《りん》郭《かく》と影だけだ。

この暗さでは新居をじっくり見るのは無理だとあきらめ、ため息をついてまた夫にもたれると、馬から降りられるのを辛抱強く待った。ほんとうに今すぐ馬から降りたいとこれほど強く思ったのは生まれて初めてだった。これまでダムズベリーを出たことがなく、旅というものがこんなに不快で疲れ、ひたすら退屈なものだとは知らなかったのだ。この先もう二度と旅をしなくてすむようにと心から願った。

城につづく階段の下に来ると、カリンは手綱を引いて馬を止めた。馬の背から降り、イヴリンドがまだ動き出せずにいるうちに抱き降ろそうと手を差しのべた。地面に降り立つと、イヴリンドは彼の両手を不安げににぎりながら、自分の脚がふたたび体を支えられるようになるのを待った。旅の途中での馬を止めた数少ない機会にも、イヴリンドの脚は弱って痛み、がくりとへたりこみそうだった。しかし脚はそのたびごとに持ちこたえ、すぐに力を取り戻してなんとか体重を支えることができた。

カリンはいつも彼女が自力で歩けるようになるまで時間を与えてくれたが、今回はさっさと抱きあげて、城へとつづく階段をのぼった。

彼の肩越しに見やると、ファーガスがカリンの馬を厩に連れていくのが見えた。ドノカイの厩番頭はもう一日の仕事を終えて休んでいるのだろう。

ふたりがはいっていった大広間は暗く静かだったが、無人ではなかった。暖炉の火明かりで、眠っている人びとが床を占領しているらしいとわかった。男も女も、老いも若きも、床に並んで横になっており、残された空間は扉から階段までつづく通路と、厨房と思われるもっと小さな扉につづくもう一本の通路だけだった。

消え残る火のほの明かりをあとにしてカリンに階段へと運ばれ、暗闇のなかにのぼっていきながら、イヴリンドは緊張のあまり彼にしがみついていた。だが、夫は明かりなど必要ないらしかった。たしかな足取りで踊り場の先へと進み、彼女は自分たちを取り巻く暗闇のなかでフクロウのようにまたたきをするしかなかった。

「開けろ」

イヴリンドがやみくもに手をのばすと、扉と思われる木の板に触れた。取っ手を見つけてそっと扉を押し開けると、カリンは彼女をなかに運び入れた。ベッドらしきやわらかなものの上に彼女をおろし、離れていく。イヴリンドは彼がどこに行くのかわからなかったが、やがて扉が閉まるカチャリという音がした。

つづいて彼が戻ってきてベッドの反対側に向かう音がした。何かが床を打つ小さな音、剣とベルトをはずすガチャガチャという音、そしてプレードがむしろの上に落ちたと思しき音とともに小さくヒューと息を吐く音。やがて反対側で彼が体を預けたらしく、ベッドが沈むのがわかった。

「眠るんだ」

そっと命じたあとは沈黙がつづいたが、イヴリンドはおろされた場所に座ったままだった。ここに向かう旅のあいだじゅう、かなりの時間をかけて新居への到着について思い悩んだ。初めて会う人たちになんと思われるだろう、受け入れてもらえるだろうかと心配だった。三日三晩を馬上で過ごしたあとで、最高とはほど遠い姿で到着することを気に病んだ。第一印象は大事だ。夫に何を期待されるのかについても気になった。到着したその晩に床入りの儀をおこなおうとするかもしれない。

どうやらすべての心配はなくなったようだ。城の人びとは眠っていて到着に気づかなかったし、夫は花嫁との床入りにまるで興味がないらしい。彼はすでに彼女の隣でいびきをかいていた。

イヴリンドは小さくため息をついて首を振り、服を着たままその場で仰向けになった。カリンが到着したら眠ること以外に興味はないはずだと気づいてしかるべきだった。この三日間、馬に揺られながらもイヴリンドはたびたび眠っていたが、彼とファーガスは一睡もしていないのだ。ふたりの男性は夜のあいだこそ少し速度を落としたが、三日と三晩のあいだどちらも起きたままだった。実のところ、自分を抱きあげて彼の部屋らしいここまで運ぶだけの力が夫に残っていたことに、イヴリンドは驚いていた。

来《きた》るべき床入りについて思い悩む時間はあと丸一日あるようだ。だが、城の人びととの対面は目が覚めた瞬間におこなわれるだろうと思い、目を閉じて夫のかすかないびきを聞きながらゆるゆると眠りに落ちた。

「何をやってるの、モッグ？　まったく役立たずだね——ちゃんとまえを見てないとその浴槽を落とすわよ。お嬢さんに見とれてないで、しゃんとしなさい！」

イヴリンドはどなり声で目を覚まし、がばっとベッドの上に起きあがって、ベッドの足元から遠くのすみにある暖炉までの空間で動きまわっている女たちの群れを、困惑しながら見つめた。最初はすっかり混乱して、自分がどこにいるのかわからなかった。ダムズベリーの自分の部屋ではない、というのが哀れな寝ぼけた脳が把握した唯一のことだったが、ベッドの上で身動きするうちに、お尻に広がる痛みに息をのみ、ここ数日の出来事を思い出した。

わたしはドノカイにいるんだわ。おそらくは夫の部屋に。今はわたしの部屋でもあるみたいね、と興味深くあたりを見まわしながら思った。部屋はダムズベリーのイヴリンドの部屋の二倍の広さがあった。いま寝ているベッドも、彼女が使っていたものの三倍はある。簡素な木のテーブルが、ベッドの両側にひとつずつ置かれていた。遠いほうの側にあるテーブルの上にはろうそくが灯され、彼女の側のテーブルにはハチミツ酒らしきものを入れたマグが置いてある。

イヴリンドは興味深げにそれを見てから、部屋の残りの部分に注意を向けた。ベッドの足元から向こうの壁までの空間はかなり広い。椅子二脚とできれば小さなテーブルを置くのにちょうどよさそうだ。領主とその妻、彼女とカリンが夜にくつろぐ場所として。だが、今そこには何もなく、浴槽と、そこに湯気の立つ手桶のお湯をあたふたと注ぎ入れる数人の侍女たちがいるばかりだ。

「お目覚めかしら」女たちのなかのひとりがイヴリンドににっこり微笑みかけながら言った。

思わず微笑み返さずにはいられなかった。あたりを見まわしてふいに女たちの群れから離れ、彼女のもとに急ぎやってくる、その小太りの女性を見た。

「ああ、起きたのね、お嬢さん」女性はにこやかに声をかけると、さきほどイヴリンドがハチミツ酒だろうと思ったマグを取りあげて彼女に差し出した。「ハチミツ酒を持ってきてあげたわ。お風呂の支度はすぐにできるわよ。あなたがはいりたがるだろうってカリンに言われたの」

イヴリンドは一瞬ぽかんとその女性を見つめた。スコットランド特有の喉音がきつくて聞き取れず、言っていることがなかなかわからなかった。夫も喉音がきつかったが、口数が多くないので難なく理解できていた。だが、この女性は早口でまくしたてたので、発したことばの意味をくむのに時間を要したのだ。ようやくその意味をつかんだと思い、イヴリンドは勧められた飲み物を受け取って、もごもごと言った。「ありがとう、ええと……」

「エリザベス・ダンカンよ。でもビディと呼んでもいいわ。みんなそう呼ぶから」女性は無言の質問に答えて言った。スカートのまえで両手をにぎり合わせ、期待するようにイヴリンドに微笑みかける。「マーグレッドの作るハチミツ酒はスコットランド一なのよ。きっとあなたもそう思うわ」

イヴリンドは言われたことの意味を理解しようとしながら、マグを口元まで上げて少し飲んだ。何を言われたのかわかったと思い、ベッドの足元でうろうろしている侍女たちに視線をめぐらせた。浴槽にお湯を満たす作業は終わったらしく、今は好奇心をむき出しにしてイヴリンドを見つめながら、ひと腹の内気な子犬たちのようにベッドにじりじりと迫っていた。

イヴリンドはなんだか自分まで少し恥ずかしくなって彼女たちに微笑みかけると、マグをおろしてこう言った。「あなたの言うとおりだと思うわ、ビディ。ほんとうにおいしいハチミツ酒ね」

ビディはにっこり微笑み、ベッドの足元にいる女たちに目を向けた。そのなかのひとりがからの手桶につまずいて、むしろの上に蹴り飛ばしてしまったのだ。

「それで？　あんたたちは何を待ってるの？　仕事がすんだらさっさと出ていきなさい。やることはたくさんあるんだから」とビディは言ったが、声の調子はそのことばが示唆するほど怒ってはいなかった。侍女たちに腹を立てているというよりやきもきしているような声だった。部屋を出ていく侍女たちを見送ったあと、イヴリンドに向きなおって言った。「みんないい娘《こ》たちなのよ。でもまずはあなたにしゃんとしてもらわないと、あの娘たちには何もできやしませんからね」

まだまごついていたイヴリンドはうなずいただけだった。

「あなたはこれからお風呂にはいりなさいね、そのあとわたしが――いりない！」ビディはしゃべりながら扉に向かっていたが、立ち止まって振り返り、口元に小さくしわを寄せた。「侍女たちをみんなさがらせてしまったわ。あなたの着物を脱がせてもらわなければならないのに」彼女は扉のほうを見たり振り返ったりしながらためらったあと、舌を鳴らしてイヴリンドのところに戻ってきた。「わたしが手を貸さなければならないようね」

「いえ、そんな、大丈夫――」イヴリンドは言いかけたが、脚をベッドからおろすとそれだけの動きでお尻から膝まで痛みが駆けぬけ、口をつぐんだ。ため息をつき、なんとか笑みを浮かべながらうなずく。「ええ、もしかまわなければ、手を貸してもらえるとありがたいわ」

「全然かまいませんよ」女性はそう請け合うと、今度は心配そうな目をして言った。「長旅だったものね。休みなしに馬を駆けさせたとカリンから聞いたわ。そうとう応えているでしよう。立ちあがるのに手を貸しましょうか?」

「いえ、ひとりでできると……」立ちあがるとイヴリンドのことばは途切れた。痛みに襲われて息をのんだが、何日にも思える時間を経て、ようやく脚が震えることなく体重を支えることができた。これはいい兆候で、もう何時間も馬の背に乗らなくてすむのだから、すぐによくなるだろうと自分に言い聞かせながら、イヴリンドはゆっくりと息を吐いて、服を脱ぐ手伝いにとりかかったビディに感謝の笑みを向けた。

「あらまあ、たいへんだこと」ドレスとシュミーズを脱がせると、ビディはささやき声で言った。ゆっくりとイヴリンドのまわりを歩き、あざを調べる。紫と青と黒が混ざった、さえないあざを。消えかけているせいだとイヴリンドは思いたかったが、醜いことには変わりなかった。

「どうしてこんなあざがついたの?」侍女は首を振りながら言った。

「カリンがやったんじゃないわ」だれもが彼のせいだと考えるのに慣れていたので、イヴリンドはすぐに言った。「川で転んだのよ」

「もちろん彼はそんなことしませんよ」ビディは笑って、その考えがばかげたものであることを示したあと、冷静になってまじめに言った。「あの人についてのうわさは気にしないことよ。彼は悪魔なんかじゃない。先代のお父さまと同じでいい人。心の正しい人よ。女を殴ったりしないわ」

イヴリンドはほっとして小さなため息をついた。夫となった男性を恐れてはいなかったし、彼女の本能はもとから彼はいい人だと告げていたが、それを証明してくれる人がいてうれしかった。

「よく効く膏薬《こうやく》があるの。お風呂がすんだら取ってきて、痛む場所に塗りこんであげましょう。すぐにすっかりよくなりますよ」ビディはそう請け合って、イヴリンドを浴槽のなかにせき立てた。

浴槽もダムズベリーのものより大きいわ。イヴリンドはお湯のなかでくつろぎながら思った。

「わたしの旦那さまはどこ?」もとの場所に戻ってドレスとシュミーズを床から拾いあげているビディに尋ねた。

「側近たちと視察に出かけたわ」ビディは答えた。「働き者なのよ、わたしたちのカリンは。すぐれた人格のすぐれた指導者。彼がいてくれてうちの氏族《クラン》は幸運よ」口元をこわばらせ、さらに言う。「彼らにそれがわかるだけの分別がなくてほんとうに残念だわ」

イヴリンドはそれを聞いて不思議そうに眉を上げた。「領民たちはよろこんでいないの?」

「まあね」彼女は憤慨したように片手を振ったあと、ドレスをたたみながら言った。「半数は彼の父親とおじと妻についてのあのばかげたうわさを信じていて、地位を退くべきだと思っているわ。彼が領主になってから、自分たちが平和と繁栄を享受しているのを忘れているのよ」

イヴリンドはしばらく黙っていたが、やがて認めて言った。「そのうわさなら聞いているわ」

「そう。スコットランドじゅうの人が聞いているし、イングランドでもたいていの人は聞いている」ビディは辛辣《しんらつ》に言うと、もう一度首を振って浴槽に歩み寄った。「全部でたらめよ。父親である老領主が亡くなったとき、カリンはここにいさえしなかった。それが起こったときは隣人のカミン家を訪ねていたの。朝に馬で出かけて、父親はその午後に崖の下で亡くなったのに、そこであの若者を見たといううわさをだれかが流しはじめた。カリンが城に戻るころには、うわさはすっかり根付いていて、彼はここにいなかったと証明できる人がいることも役には立たなかった。うわさは広まると、何ものにも止めることはできないのよ。さあ、頭をそらせて。濡らして洗ってあげるわ」

イヴリンドは頭をそらせて目を閉じたが、質問はやめなかった。「ではお父さまの死は事故だったのね？」

ビディはイヴリンドの頭にお湯をかけながら鼻を鳴らした。「もちろんそうよ。領民の半分は信じてくれないけれど。カリンだって事故じゃないと思っているんじゃないかしら」

ビディがいい香りのせっけんで髪を洗いはじめると、イヴリンドは黙りこみ、今聞いたことについて考えてみた。そして尋ねた。「カリンがそこにいたのを目撃したというのはだれなの？」

「言ったでしょう、カリンはそこにいなかったのよ」ビディは怖い顔で言った。

「それなら、その目撃者がまちがっていたということなんでしょうけど、それはだれだったの？」

ビディは手を止め、一瞬眉を寄せたあと、髪をゆすぐためにお湯のはいった手桶を持ちあげながら打ちあけた。「実は知らないのよ。〝だれか〟がそこで彼を見たらしいってことしか」

イヴリンドは二杯めの手桶のお湯を頭にかけられながら、目を閉じたままきいた。「じゃあおじさまは？」

ビディは首を振った。「事故よ。側近たちと狩りに出かけて、胸に矢を受けたの」

「それこそ事故らしくないわ」イヴリンドはそっけなく言った。

「そういうことが起こったのはそれが最初でもなければ最後でもないわ」ビディはきっぱりと言った。

イヴリンドはうなずいたあと、静かに尋ねた。「では奥さまは?」

ビディは長いこと黙っていたが、ため息をついたあとでこう言った。「彼女も事故ではなかったのかもしれない……その死を招いたのは彼女自身かもしれないわ」

それを聞いてイヴリンドは驚きに目を見開いた。「どうして?」

ビディは髪をすすぎつづけながらまたしばらく黙りこんだあと、こう言った。「マギーは父親の死によってカリンの名が汚されたことに苦しんでいたの。彼を愛していたのよ」

イヴリンドは緊張を覚え、彼も妻を愛していたのかと尋ねたかったが、こうきくにとどめた。「彼は奥さまとよく話をした? わたしには自分の考えを話してくれないみたいだから、もしかしたら彼は――」

「カリンはあまり話好きじゃないわ」ビディが安心させるように口をはさんだ。「考えを胸にしまっておくほうなの。お父さまが生きていたころはもっと話好きだったし、彼とトラリンが子供のころは、どちらも黙らせるのがたいへんなくらいだったけど、あのことがあってから……」と言って肩をすくめる。

イヴリンドはそれを聞いてため息をつき、これらの過去の死にまつわる謎を解明したいと思っていることに気づいた。そうすればカリンは心を開いてもう少し話をしてくれるかもしれない。

「彼があまりに何も話してくれないから、自分は嫌われているんじゃないかとマギーは思ったのよ」ビディは同情するように言った。

「何も話さなかった？」今度は自分を抑えられずに、イヴリンドはきいた。「カリンはマギーを愛していたの？」

「愛情を持つようにはなっていたと思うわ」ビディは慎重に言って、ため息をついた。「愛にはいろいろな種類があるのよ、お嬢さん。たいていカリンは兄のようなおだやかな愛情をもってマギーに接していたわ。実を言うと、マギーは彼の愛情を得るために、父親殺しの犯人を見つけようとしていたんだと思うの。そしてそのせいで彼女は死ぬことになったのかもしれないと」

「よくわからないんだけど」イヴリンドはゆっくりと言った。

「あの愚かなお嬢さんは崖で骨を折って亡くなったの。どうしてそうなったのかはだれも知らない。落ちただけなのかもしれないし、あるいは……」そこで口ごもったが、やがてこう認めた。「ときどき思うんだけど、彼女が真相に近づきすぎていなかったら、崖から突き落とされることもなかったんじゃないかしら。わかる？」

イヴリンドはうなずいたが、混乱がつのってすぐにまた首を振った。「でも、もしカリンのお父さまとおじさまが殺されたわけじゃないなら、どうしてふたりの死をさぐっていたマギーが殺されるの？」

ビディはその論理にびっくりしたようだった。「あら。たしかにそのとおりね」

イヴリンドは彼女の困惑した顔つきを見て、ほかの人たちには彼らが殺されたのではないと信じさせたいのに、ビディ自身は確信がないのだと判断した。目を閉じて頭にまたお湯をかけられながらこうきいた。「カリンが彼女を殺したといううわさが流れはじめたのはどうして？」

ビディはむっとしたような声をあげた。「どうしてうわさが流れるかって？　だれかが口に出せば、それがばかげていようと、野火のように広まるのよ。マギーは子供を産まなかったからカリンに殺されたとうわさされた。でもあのお嬢さんはあの崖から落ちたとき身ごもっていたのよ」

「まあ」イヴリンドは息をのみ、ぞっとして彼女を見つめた。「ほんとうなの？」

「ええ。三月《みつき》つづけて月のものが来ていなかった。見た目にはわからなかったけどね」

「カリンは知っていたの？」

「知らずにいるのはむずかしいでしょうね。ふたりは同じベッドで寝ていたんだから」彼女は皮肉っぽく言った。

イヴリンドは頬を赤らめながら「そう」とつぶやいた。結婚が何を意味するのか考えたことはなかった。これからはひとつの部屋とひとつのベッドをあの人といっしょに使うことになるのだ。彼はわたしのすべてを知るだろう。体にあるすべての傷から、月のものがいつ来るのかまで。それに気づいて唇をかみ、ため息とともにその問題を振り払った。それについてできることはあまりない。それが自然の流れなのだ。カリンはいずれ彼女付きの侍女よりもイヴリンドのことをよく知るようになるのだと思うと、ただただ恥ずかしかった。

「さあ、お嬢さん。髪はきれいになったわ。あなたのドレスとシュミーズを洗ってもらいに階下《した》に行って、例の膏薬を取ってくるわね。混ぜ合わせるのに少し時間がかかるから、もしよければあなたはもう少しお湯につかっていなさい。それから体を拭いてね。でも服は着ちゃだめよ。ベッドに亜麻布を敷いて横になっていれば、わたしが戻ってきて膏薬を塗ってあげますからね」

「ありがとう、ビディ」イヴリンドがつぶやくと、ビディは急いで部屋から出ていった。イヴリンドはこれまでにわかったことを反芻《はんすう》しながらもう数分ほどお湯につかっていたが、着替えがないことに気づいて突然考えるのをやめた。

ぶつぶつ文句を言いながら慎重に浴槽から出て、体を拭きはじめる。亜麻布を体に巻きつけてベッドにどすんと座りこみ、自分の状況について考えた。困ったことに彼女の持ち物は、旅のあいだじゅう着ていたしわしわの汚れたドレスだけだ。他方ではとてもやさしい心遣いを見せる男性が、このことに関してはまったくわかっていないことに驚いた。首を振り、ベッドに仰向けになって目を閉じたが、またお尻が痛みはじめてひるんだ。

立ちあがって亜麻布をはずし、膏薬がつかないようにベッドに広げ、その上にまた今度は腹這いに寝そべった。両手を組んで枕にすると、頬をのせて目を閉じ、手持ちのドレスが一枚しかないという問題にどう対処するか考えようとした。きっとビディが何か考えてくれるだろう。彼女が膏薬を持って戻ってきたらたのんでみなければ。

これまでのところ、あの女性はほんとうにやさしい。彼女がここにいてくれてよかったと思ったが、ミルドレッドを懐かしく思わずにはいられなかった。ため息をついて目を閉じると、待っているあいだに眠りへと誘われていった。

温かな膏薬が背中に広げられるのを感じて目が覚めた。脇腹と背中のあざに力強い手で膏薬を塗りこまれ、眠たげに微笑んだ。その手の動きは膏薬と同じくらい鎮静効果があり、痛めつけられた肉をもまれて凝り固まった筋肉がすっかりほぐれた。

「とてもいいわ、ビディ。ありがとう」

それに答えたうなり声で、イヴリンドはぱっちりと目を開け、驚いて頭をめぐらせた。

「カリン！」あえぎ声で言った。

「妻よ」彼はおだやかに言った。

「ビディだと思ってたわ」それしか言うことを思いつけなかった。夫がベッドの脇にひざまずき、自分は裸の背中とお尻をさらしていることで、心は叫び声をあげていた。

カリンは妻のまちがいについては何も言い返さず、肩甲骨を片手で押してまたうつ伏せにし、世話をつづけた。

イヴリンドは唇をかみ、彼の施術を受けながら体を硬直させて横たわっていた。お尻をぎゅっと締めることまでした。

カリンはしばらく黙って手を動かしていたが、やがてうなるように言った。「力を抜け」

イヴリンドはそうしようとした。だが、彼の手が自分の肌の上で動き、裸の自分をすっかり見られているあいだはとても無理だった。

カリンがさらに脇腹をもんでいるあいだ、彼女はなんとか力を抜こうとしたが、情けないことにうまくいかなかった。すると彼は手を止め、彼女の腰をつかんで仰向けにした。

イヴリンドは驚いて息をのみ、目を丸くした。すると彼の口に口をふさがれた。たちまち動けなくなった。彼を拒みはしなかったが、かといってそれほど歓迎しているわけでもなかった。あまりにも展開が早くてついていけなかったが、口のなかに彼の舌がはいってくると、小さくため息をついて彼に身をゆだね、口と舌で魔法を施《ほどこ》されながら腕を彼の首に巻きつけた。

この人はほんとうにキスが上手だ、とうっとりしながら思った。カリンがふいに唇を離すと、がっかりして目を開けた。次の瞬間、彼はイヴリンドが子供であるかのようにひっくり返してまたうつ伏せにし、ふたたび背中に膏薬を塗りはじめた。キスをしたのは力を抜いて楽にさせるためだったことにようやくイヴリンドは気づいた。

その効果はあったようだ。たった一度キスをしただけで、彼に抱かれた体は弛緩《しかん》し、ぐにゃぐにゃになっていた。もうキスをしてもらえないのだとわかると、ようやく頭がまた働くようになり、自分がカリンのまえに裸で横たわり、彼の目のまえにむき出しのお尻をさらしていることを思い出した。これはせっかくの弛緩状態によくない効果をもたらし、今の自分の顔がきっとそうなのと同じくらいお尻もピンク色に染まっているのかしらと考えるうちに、ゆっくりと体に緊張が戻ってきた。

カリンが手を離した。イヴリンドは顔をめぐらせて、彼がベッド脇にあるテーブルの上のボウルからべとべとしたものをすくうのを見た。しばらく手のなかで膏薬を温めてから、また彼女に向きなおり、背中にそれをのばした。

驚いたことに膏薬はあざだけでなく、背中全体に塗られ、背骨をのぼって肩にまでもみこまれたあと、背中をまたおりていった。やさしくもまれてようやく力が抜けはじめたとき、彼の手がお尻に近づいた。

その手が腰の脇をすべって、そのあたりの感じやすい部分に膏薬をすりこむと、イヴリンドはひるんだ。反射的に彼の手から身を引こうとしながら、小さな悲鳴をあげはじめる。カリンは何も言わず、痛みがやわらいで消え、イヴリンドの体が弛緩しはじめるまで、彼女の肌にひたすらやさしく膏薬をすりこんだ。やがて手は背中の下のほうへ、そしてついにお尻へと移動した。

イヴリンドは唇をかんで、さわられないように太腿をきつくとじ合わせた。彼の手がそのまま脚に向かい、腿のうしろに膏薬を塗りこんで膝のうしろにおりたので、おおむねほっとした。だが、その指がまた上に向かいはじめ、太腿の内側をたどると、体じゅうの筋肉が緊張した。

「仰向きになれ」

イヴリンドはボウルからまた膏薬をすくうことに集中しているカリンを見やった。一瞬、命令を無視してやろうかとも思ったが、彼は自分の夫であり、体はもうすっかり見られているのだと自分に言い聞かせた。婚礼の日に花嫁のドレスの着付けを手伝わなければならなかったのだから。

たしかに牛みたいよね。あのとき言われたことを思い出し、不機嫌になる。ため息をついてしぶしぶ仰向けになった。それでも、体を隠そうとして両手がとっさに動くのを止められなかった。

膏薬を手にしてイヴリンドに向きなおったカリンは、その慎み深い行為については何も言わず、首から肩へと膏薬をすりこんだ。手を動かす彼の顔を見ても、いつもどおりの無表情だ。だがその目はちがった。目が合ったとき、彼の目のなかでとろとろと燃える炎にイヴリンドは魅せられた。

カリンが乳房をおおう腕を取って、そこに膏薬を塗りこみはじめたときも、イヴリンドは抵抗しなかった。指からはじめて手、手首、肘までは、膏薬をすりこむ彼とのあいだに距離があった。上腕をゆだねているとき、イヴリンドは膏薬でべとべとの自分の手が、彼の上着の胸で交差しているプレードをかすめたのに気づいた。

「あなたのプレードに少しついたわ」イヴリンドは申し訳なさそうに言った。

カリンは自分を見おろして眉をひそめた。彼女の手を離し、その場所をこすったが、汚れは広がっただけだった。顔をしかめながら、プレードを留めているブローチに手をのばし、膏薬まみれの両手を見てはたと止まった。顔を上げて言った。「はずしてくれ」

イヴリンドはためらったあと、まだきれいなほうの手をのばしてすばやくブローチのピンをはずした。たちまちプレードは落ちて腰のまわりにたまったが、そこにゆるくかかっているだけで、今にもはらりと落ちてしまうのはわかっていた。

「シャツもだ」

イヴリンドはよくわからずに彼の顔を見た。その表情は何も教えてはくれず、ただ待っている。唇をかんでベッドの上に体を起こしながら、膏薬がついたほうの手を亜麻布でぬぐった。ひらひらしたシャツの裾をつかんで、彼の体がじりじりとあらわになるにつれて目を見開きながら、胸のほうに持ちあげた。

彼女のとちがって、カリンの胸はあざひとつなく完璧に見えたが、馬から仰向けに落下したせいだろうとイヴリンドは思った。彼女がシャツを脱がせやすいように、カリンは両手を上げてまえのめりになった。シャツを脱がせると、イヴリンドはまたもとのように座り、目のまえに突然出現した半裸の男性を見た。

ああ、なんてことなの！　カリンは美しかった。シャツから逃れて腕をおろすと、肩から胸にかけての筋肉がぴくぴくと動いた。彼の胸にさわりたくて、いてもたってもいられなかった。膏薬をすくって手を這わせる言い訳にしようかと一瞬考えた。

「寝ろ」

イヴリンドは言われたとおりベッドに仰向けになったが、すぐまえにある男性の胸という壁を目で追わずにはいられなかった。彼の胸幅は彼女の二倍はあるにちがいない。

カリンはかがみこんで作業を再開し、自分の胸から注意をそらせた。まだ膏薬でべたべたする手で、いちばん大きなあざのある脇腹のマッサージにとりかかった。最初に触れられたとき、イヴリンドはひるんだが、膏薬がすぐに痛みをやわらげた。彼の手がその上のもっと広い範囲に移動しはじめたことにすら気づかなかった……片方の乳房の下側を指が軽くかすめるまで。

イヴリンドは舌をかんで、手を動かす彼の顔にじっと目を据えた。最初はうっかり触れてしまっただけだろうと思った。そうでないことをほのめかす表情は見当たらなかったが、彼の指がまた乳房の脇の、今度はもう少し上のほうを軽くかすめた。

三度めに触れたとき、カリンの目はふいにイヴリンドの顔に移動し、しっかりと目を合わせたまま指をまた上にすべらせた。今度はかなり上のほうだったので、もう少しで乳首に触れそうになった。イヴリンドが息を詰まらせると、カリンは手を離してさらに膏薬をすくい、それをまた手のなかで温めた。イヴリンドは彼の手と顔を見比べながら、その工程を興味深く眺めた。彼女が彼の顔を見ていると、膏薬はもう充分温かくなったと判断したらしいカリンは、ふいに彼女の腕を払いのけ、両手で乳房をつかんだ。

イヴリンドは息をのんだ。そこの肉をもまれはじめると、体がびくっと動いた。目を閉じているうちに彼の指は魔法を奏《かな》で、息ができなくてあえぐしかないという反応を彼女から引き出した。興奮させられると同時に怖くもあった。彼にはまえにも触れられているけれど、あのときはこんなに無防備で……その……裸ではなかった。こうしているあいだもずっと彼に見られているのだ。まぶたを閉じかけた、飢えたような目に。

やめてほしいと言いたかったし、やめないでとも言いたかった。キスもしてほしかったが、カリンは手でつかみ、もみ、引っぱり、さするのをくり返すだけだった。イヴリンドがもうこれ以上耐えられないと思うまで。もうやめて、せめてキスをしながらさわってと言おうとして、口を開けたちょうどそのとき、彼の手がすっと離れて、さらに膏薬をすくうために向きを変えた。

彼が膏薬を温めているあいだ、イヴリンドはしゃべるまいと唇をかみ、手をにぎりしめて彼に手をのばすのをこらえた。カリンは彼女に向きなおると、上半身をまったく無視して脚の下のほうに注意を向けた。足をもんでさすり、さらに足首、ふくらはぎ、膝へと……

また膏薬を手に取る彼を見ながら、イヴリンドは自分の呼吸が不規則に荒くなっているのに気づいた。彼にされていることに、これからされることへの期待が加わったせいだ。戻ってきた彼の手は、脚をのぼって膝のすぐ上まで来た。イヴリンドは板のように硬くなった。体じゅうが待っていた。その手が太腿の上部へとのぼり、股間に向かうと、彼女は息をのみ、体の下の亜麻布を両手でつかんだ。

膏薬のせいなのか、それをすりこむ手の動きのせいなのかわからなかったが、うずきや痛みはすっかり消えていた。彼女が感じているのは心地よい期待だけだった。

「力を抜け」とまたうなるように言われ、イヴリンドはため息をついた。彼の手がまた下におりていく。さすり、もみ、筋肉の凝りをほぐしながら。その手がふたたび腿をのぼってきたとき、彼女は体をこわばらせなかったが、かすかな悲鳴をあげた。彼の手の下で脚がゆっくりと開いていく。

彼にされていることのせいでまぶたが重くなり、イヴリンドはかすかに開けた目の隙間から彼を見た。その顔に浮かんだ真剣さと思いやりを目にして、またもやキスしてほしいと思った。彼にキスされるのが好きだった。口に舌が差しいれられたときの味が、舌をこする動きが好きだった。だがそんなもの思いはクモの巣のように散った。彼の手がまた太腿を上へと向かって、指が股間をそっとかすめると、イヴリンドはあえぎ声をあげて亜麻布をにぎりしめていた。

イヴリンドはふいに、マッサージを受けながら脚を大きく開かされ、そこをすっかり見せていることに気づいた。一瞬恥ずかしさを覚えたが、脚を閉じて彼の手を拒むことはなんとかこらえた。すると、彼の指がまた核の部分をかすめたので、思わずぴしゃりと脚を閉じて愛撫を阻止し、同時に彼の手をはさみこんだ。

反射的な行動だった。どうしてもがまんできなかった。唇をかみながら目を開けると、彼が見返していた。しばらくのあいだ、ふたりはどちらも動きを止めて見つめ合った。そして、目を合わせたまま、彼が両手でゆっくりと脚を開かせ、そのあいだに膝をついて、閉じられないようにした。そうしているあいだにプレードが落ち、イヴリンドは布を押しあげていた硬いものを危険なほど間近で見ることになった。

カリンの指がまた肌をすべり、イヴリンドは速く浅い呼吸に自分の胸が上下しているのを意識しながら黙って彼を見つめた。脚を閉じようとしたが、彼の存在に阻まれたので、目を閉じてうめきながらこぶしをにぎりしめた。体の表面で彼の指が踊ると、腰が反射的に動き、浮きあがった。

ダムズベリーの川辺で体に火をつけられたと思っていたが、今されていることはそれとは比べものにならなかった。イヴリンドの体は自分でも理解していない、川辺でわずかに味わったただけのものを求めてうずきはじめた。腰がひとりでに動き、その衝動は彼が押さえつけても完全には止められないほど強かった。そのとき、カリンがふいに魔法の指を引っこめた。

イヴリンドはそれを敏感に感じ取り、すぐにぱっと目を開けた。カリンと目が合い、彼の唇が笑みを形づくるのを見たと思ったら、突然彼は脚のあいだに頭をつっこんで、手の代わりに口を使いはじめた。びっくりして悲鳴をあげ、体を起こして彼の頭をつかみ、引き離そうとしたが、熱くなった感じやすい部分を舌でこすられると、動けなくなり、呼吸さえ止まった。二度めの愛撫で止めていた息をふーっと吐き、頭のなかの衝撃が体に伝わって、イヴリンドはベッドに倒れこんだ。

膝が浮き、かかとがベッドにめりこみ、腰がのたうち、甲高い遠吠えのようなうめきが口からもれはじめた。やがてその声はいくぶん大きな、ああ、ああ、ああ、と言う声になり、さらに、ああ神さま、ああ神さま、ああ神さま、に変わった。

ベッドの上でやみくもに頭を左右にひねりはじめたころ、何かがなかにはいってきた。彼の指だろう。高まっていた興奮が突然はじけ、波が襲いかかって、どんなささいな声すら出せなくなった。襲いかかる感覚にわれを忘れていたため、彼が体を起こしたことにも、プレードを脱ぎ捨てて床に落としたことにも、脚のあいだで姿勢を変えたことにもまったく気づかなかった。

やさしくつつかれているのがぼんやりとわかった。次の瞬間、カリンがいきなり押し入ってきて、体のなかが裂けるのではないかと思うほどに彼女を満たした。そして彼は動きを止めた。イヴリンドが困惑して目を開けると、カリンは目を閉じて、まるで痛みを感じているかのような表情を浮かべていた。やがて目を開け、黙って彼女の顔を見ると、ゆっくりと半分ほど腰を引いた。

出ていかれたくなくて、イヴリンドは体に力を入れて彼をくわえこんだ。すると彼はまたゆっくりと戻ってきた。彼女はまた目を閉じて、自分のなかで激しくよみがえった感覚に身をゆだねた。

お尻をつかまれて腰が持ちあがるのを感じ、また突き入れられてうめき声をあげた。彼の体が感じやすい核にこすれる。イヴリンドのうめきでカリンは迷いが消えたようだった。スピードがあがって彼の腰の動きがどんどん速くなり、何度も何度も彼女のなかに突き入れた。そしてふたりは情熱の炎のなか、ともに声をあげて果てた。

6

目を開けたイヴリンドは、夫が眠っていた場所を見て微笑み、幸せな気分でのびをした。結婚というのはかなりいいものだ。これほど興奮させられる刺激的な冒険を、彼女は今まで知らなかった。カリンが相手だからだろう。夫にも結婚にもしごく満足で、もしエッダがここにいたら、抱きついて頬に盛大な感謝のキスをしたくなったかもしれないと思った。

でもまあ、それはちょっとやりすぎだろうから、まずは感謝を伝える手紙を書くのがいいかもしれない。明るく幸せな手紙を読んだら、継母は髪の毛を引きむしってかんしゃくを起こすだろう。

その考えに眉をひそめた。いや、それはやめておいたほうがいい。イヴリンドがどんなに幸せかをエッダが知ったら、それこそ怒りくるってダムズベリーの人びとにつらく当たるはずだ。そう思ってイヴリンドは鼻にしわを寄せた。自分の幸せの代償をだれにも支払わせたくなかった。継母に幸せのおすそ分けをするのは見合わせるしかない。

まあ、しかたないわ……冷静になって肩をすくめ、うきうきとベッドから起き出す。ためらったあと足を動かすと、ほとんど痛みがないことに気づいた。膏薬のせいなのか、もう馬に乗っていないせいなのかはわからなかったが、ずっと楽になっていた。

すばらしい日だわ。そう思いながら衣装箱のほうに向かおうとしたが、それを持ってこなかったことに気づいて足を止めた。着てきた服しかないのだ。そして今はそれさえないのだと暗い気分で思った。ビディが洗濯するためにドレスとシュミーズを階下《した》に持っていったのだから。

笑みがゆっくりと消え、イヴリンドはベッドに腰をおろした。着るものが何もないことに気づき、どうしたらいいのかわからずにしばらくそこに座っていた。選択肢はいくつもあるというわけではない。裸でドノカイを歩きまわるわけにはいかなかった。かといって、裸でここに座っているだけというのはどうにもいたたまれない。そこでシーツをつかんで体に巻きつけた。

そして座っているうちに、なんだかぼんやりといやな気分になってきた……閉じこめられている気分に。

顔をしかめて立ちあがり、部屋のなかを落ちつきなく歩きまわりながら、広い部屋のなかに点々と置かれたわずかなものを見るともなく眺めた。ベッドと小さなテーブルふたつをのぞけば、見るべきものは三つの衣装箱だけだった。

いちばん大きな箱に視線を据えて、じっくり考えた。夫の衣装箱をのぞくのは自分がするべきことではないと重々承知していたが、もしかしたら自分にも着られるものがあるかもしれない。たとえば、夫のシャツとか。シーツを巻いて歩きまわるよりはいいだろう。

いちばん大きな箱に近づいてひざまずき、ふたを開けて中身を見たイヴリンドは目を丸くした。箱はドレスでいっぱいだった。これが夫の衣装箱なら、ほんとうに妙な性癖があるということだと思い、小さく笑った。ドレスから逃れようとしたカリンが破ってしまったのだとミルドレッドに説明しようとして、彼がドレスを着ようとしていたのかと尋ねられたことを思い出したのだ。ここにあるたくさんのドレスを見たら、ミルドレッドはおもしろがるだろう。そう思うと、ずっと自分付きの侍女だった彼女の不在が応えた。これからはミルドレッドが恋しくてたまらなくなるだろう。

ため息をついて、いちばん上のドレスに手をのばした。箱から出して立ちあがり、掲げてよく調べた。美しいダークブルーのドレスだ。胴着《ボディス》は体に沿うデザインで、歩くときにだけ見えるスカートのひだの内側は淡いブルーだった。

見つけたものに心が浮き立ち、ドレスをベッドに運んで広げたあと、シュミーズをさがしに衣装箱のところに戻った。

すぐに見つけて衣装箱のそばに立ったまま頭からかぶり、顔のまえをすべる布のすえたにおいに顔をしかめた。長いことしまいっぱなしのシュミーズだったようだ。おそらくこれらの衣類はカリンの最初の妻のもので、彼女の死後は一度も取り出されなかったのだろう。

その考えはイヴリンドをためらわせた。わたしが死んだ妻の服を着たら、カリンがいやな思いをするかもしれない。シュミーズを脱ごうかとも思ったが、裸で寝室に閉じこめられたままなのかと思うとおもしろくなく、怒りがふつふつと湧いてきた。わたしに着替えを持たせるだけの常識が夫にあったら、これを着なくてもよかったんだから、と自分に言い聞かせて背筋をのばした。

着るべき理由が見つかって満足し、シュミーズを着た自分を見おろした。イヴリンドにはかなり大きかった。カリンの最初の妻はどうやらわたしよりずっと背が高かったみたい、豊満だったのは言うにおよばず。ぶかぶかの胴着とぱっくり開いた襟元を見ながらイヴリンドは思った。ここにある衣類を着るつもりなら、すべて寸法を詰めなければならないだろうが、今はこれで間に合わせるしかない。今夜から暖炉のまえでドレスの直しをすることになるだろう。でも今は新しい住まいを見てみたかった。

ベッドに行ってドレスを着た。ドレスの胴着もシュミーズ同様ぶかぶかなのがわかって唇をかんだ。裾も足元でたるむほど長い。スカートをつかんでうしろにたくしあげ、その問題が解決するかどうか試した。なんとかなりそうなことがわかると、あたりを見まわして、たくしあげたスカートを留めるものをさがしたが、役に立ちそうなものはなかった。また衣装箱のまえに膝をついて、中身を調べた。何も見つからなかったので、ふたつの小さい箱も調べた。最初の箱には夫の衣類、キルトと白いシャツがはいっていた。だが、最後の箱には、まったくわけのわからないものがごちゃごちゃとはいっていた。

イヴリンドは白と黒の羽根が交互に配された矢を取りあげ、乾いた血に染まっているのに気づいて顔をしかめた。ほとんどの血は時がたったためにはがれ、箱の底に粉となってたまっていた。ほかのものを見ようとそれを脇にどけると、さらに多くの血がはがれ落ちた。残りのもののなかに大きなブローチを見つけ、イヴリンドはひどくほっとした。夫が肩にかけたプレードを留めるのに使っていたのとよく似たブローチだ。

衣装箱のふたを閉じ、その上にブローチを置いて、手早くスカートをたばねてうしろにたくしあげ——ちょっと苦労したが——それをなんとかブローチで留めた。

満足すると、髪をとかすブラシはないかとあたりを見まわしたが、もちろんそれも持ってきていなかった。またカリンの衣装箱のまえに膝をつき、小型ナイフその他のあいだをかき回してブラシをさがしたが、見つからなかった。

イヴリンドはお尻をぺたりとつけて座りこみ、憤慨しながら箱のふたを閉じた。たしかにエッダから逃げられたのはうれしい。でも――

でもじゃないでしょ、と自分に言い聞かせる。何もかもよくなるわよ。前妻のドレスを直して、ブラシを見つければ。彼がブラシを持っているのはたしかなんだから。あの人の髪は長いし、もつれてくしゃくしゃになってるわけじゃないんだから、ブラシを持っているはずだ。何もかもそのうちわかるわ、と自分を励ます。これは幸せにつづく小道でちょっとつまずいただけのことで、文句を言ってもしかたがないのだ。こんな小さな問題、残酷で無情な夫に殴られ、ベッドでの歓びをないがしろにされることに比べたらずっとましだ。

その考えに励まされ、イヴリンドは立ちあがって両手で髪をなでつけた。そして、なんとか見られるだろうと思いながら、扉に向かった。探検の時間だ。

部屋から出ると、そこはひどく薄暗い廊下だった。前夜到着したとき、夫が暗いなかを難なく部屋まで行けたのもうなずけた。日光を入れる窓がないので、今も同じくらい暗かった。どうやら彼は乏しい明かりで廊下を歩くのに慣れているらしい。日中は廊下に火をつけたたいまつを置いてはどうかと提案しようと記憶にとどめ、イヴリンドは慎重に階段の上まで進んだ。

大広間の高い壁に間隔をあけて穿《うが》たれた矢狭間《やざま》のおかげで、そこはもう少し明るかったのでほっとした。イヴリンドがドレスのたっぷりしたスカートを踏んでしまわないようにつかみ、階段をおりはじめたとき、城の玄関扉が開いて、ファーガスがはいってきた。彼は階段のイヴリンドには気づかず、大股ですばやく大広間を横切った。長い脚で一気に進み、昨夜彼女がカリンに運ばれながら厨房につづいているのだろうと思った扉に近づく。彼がその扉の向こうに行ってしまうと、大広間にはまただれもいなくなった。

イヴリンドは階段をおりていきながら、大広間が無人なのはずいぶん妙だと思った。ダムズベリーの大広間にはいつもだれかしらがいたような気がする。食事のために城の住人や召使たちがテーブルのまわりに群がっていないときは、掃除をしている召使たちや、城壁の警備に戻るまえにエールを楽しんでいる騎士たちの一団がいたし、暖炉のそばにはエッダが座り……そんなことはいくらもあった。

階段をおりたイヴリンドは、何をすればいいかわからずにためらった。ここの女城主として……自分の役目はなんなのか見当もつかないことに気づき、唇をかんだ。ダムズベリーではするべきことがわかっていたが、ドノカイではどういうしきたりなのかわからない。

厨房につづいていると思われる扉のほうを見て、一歩足を踏み出したが、また立ち止まった。ダムズベリーでのイヴリンドの役目のひとつは、料理人と献立について話し合ったり、何か必要なものはあるかときいたりすることだったが、ドノカイでは彼女が到着するまえからものごとはうまく運んでいるようだ。だれがそういう仕事をしているのかはわからなかったし、他人の領分を侵したくはなかった。

いらいらと舌打ちし、左右の足に交互に体重を預けながら、ビディに入浴を手伝ってもらっているあいだにいくつかのことを尋ねておけばよかったと思った。次のときはそうしよう。そして機会があれば、わたしに何を望んでいるのか夫にもきいてみよう。とにかく今は探検して、新しい住まいに慣れることにしよう。

計画ができたので気分がよくなったイヴリンドは、スカートを持ちあげて大広間を横切り、ファーガスが消えた扉に向かった。扉の向こうに足を踏み入れると、予想どおりそこは厨房だった。予想外だったのは、女性しかいなかったことだ。ダムズベリーの厨房には男性の使用人も女性の使用人もいる。厨房を仕切る小太りの男性料理人以外にも、イノシシを串刺しにする準備などの力仕事をする、若くて屈強な男の召使が何人かいた。だが、見たところドノカイの厨房に男性はひとりもいない。ファーガスさえ姿を消していた。おそらく厨房から出られるもうひとつの扉があるのだろう。はいったところからは出ていっていないのだから。

さまざまな年齢の女性たちをじっと見ているうちに、ビディを見つけた。驚いたことに、イヴリンド付きの侍女のようにふるまっていた彼女が厨房を仕切っているようだ。鶏肉を切り分ける手を止めて大きなナイフを振りまわし、せかせかと動きまわるほかの女性たちに大声で指示を出しているところをみると。

ふいに日の光があふれ、ファーガスが出ていくのに使ったらしい扉に目が引き寄せられた。そしてはいってきた男性を興味津々で眺めた。やせて、年のせいかいくぶん節くれだった男性だ。彼はビディを目でさがすと、足音をしのばせるようにして厨房の壁沿いを歩き、焼き《パス》菓子《ティ》を冷ましている盆らしきもののところまで来た。

「そのパスティから離れなさい、スカッチー。さもないと指をちょん切るわよ」ビディが顔を上げずにどなった。「ファーガスにもやられかけたわ。今朝はあなたたち男に容赦しませんからね」

老いて白髪まじりのスカッチーはそばにある盆を悲しげに見つめたあと、ビディにしかめつらをして見せた。「あなたはひどい女《ひと》だ、奥さま《ミレディ》。これを作っておいてわしたちにはひとつも食べさせてくれないなんて」

イヴリンドはその呼び方を聞いてびっくりした。奥さま？　急いでビディに視線を戻し、そのドレスを見て目を丸くした。寝室にいたときに目に留めたのはエプロンだけだった。その下のドレスが、侍女のものにしては豪華すぎるということには気づいていなかった。いったい彼女は何者で、どうして侍女のふりをし、厨房で働いているのだろう？　夫は女性の親戚がいるとは言っていなかった。でも、男性の親戚がいるとも言っていなかったけれど。タヴィスという名のいとこがいることは知っている。少なくともタヴィスはいとこだとイヴリンドは思っていた。ドノカイに来る途中でファーガスがカリンに、ほかの者たちのもとにあなたのいとこを残していくべきではなかったかもしれない、あの男は最初に出会った好ましい女に足止めされて、戻るのを忘れるだろうから、と言ったことがあったからだ。カリンは不満そうな声をあげ、ほかの者たちがタヴィスを行儀よくさせておいてくれるだろう、と言った。

「パスティならほかの人たちといっしょにお昼に食べられるわよ」ビディは同情をみせずに言った。「さっさとここから出て、厩に戻りなさい。わたしがあなたを鶏肉とまちがえるまえにね」

そう言うと、感嘆符代わりにナイフをたたきつけ、死んで羽根をむしられた鶏の脚をすっぱりと切り落とした。

男性は首を振ると、歯のない大きな笑みを投げかけてイヴリンドのまえを通りすぎながら扉に向かった。

ビディは「さっさと行きなさい！」と叫んで、男性をにらみつけようと顔を上げたが、扉のそばにイヴリンドを見つけると、その顔に驚きの表情が浮かんだ。

「あら、あなた！」ナイフを置き、腰に巻いたエプロンで両手を拭くと、急いでそばにやってきた。「起きたのね。カリンが階下《した》に来たとき、あなたは午後じゅう眠っているだろうといましたから」

言っていたけど」

イヴリンドは赤くなるまいとした。「いえ。わたしはここに来る道中のほとんどを眠って

「そう。では朝食をいかが？」

「ご面倒でなければ」イヴリンドは言った。

「全然面倒なんかじゃないわよ」ビディが安心させた。「大広間に出てテーブルについてちょうだい。侍女にハチミツ酒とパスティを持っていかせるから。それともチーズとパンのほうがいいかしら？」

「パスティがおいしそうだわ。でも、運ばなくてけっこうです。ここで食べますから。もしご迷惑でなければ、いくつかおききしたいことがあるんです」イヴリンドは説明した。

「もちろんききたいことはあるでしょう。それならこちらにいらっしゃい」ビディはイヴリンドがはいってきたときに作業をしていた場所に彼女を連れていき、そこから遠くないいくぶんきれいなカウンターのそばで立ち止まると、あたりを見まわし、野菜を刻んでいる若いブロンドの侍女に目を留めた。「メアリー、このお嬢さんにあそこのスツールをお持ちして」

娘が野菜を刻むのをやめてスツールを取りにいき、それを持って急いで戻ってくると、ビディは別の侍女にハチミツ酒とパスティを持ってくるようどなった。

カウンターのきれいなところに食べ物と飲み物が置かれ、イヴリンドがそのまえに座ると、ビディは言った。「さあこれでいいわ。それを食べて、知りたいことをきいてちょうだい。あなたさえよければわたしは作業をつづけさせてもらうわ」

「かまいません」と請け合ったあと、イヴリンドは疑問をどう表現すればいいかわからずに躊躇《ちゅうちょ》した。ようやく、単純にこうきいた。「あなたはどなたですか?」

ビディは手を止め、驚いた目を上げてイヴリンドを見ると、こう言った。「わたしはエリザベス・ダンカンよ、忘れたの? 馬から落ちたとき頭でも打った?」心配そうに眉をひそめ、ナイフを置いて、頭の具合を調べるつもりなのか、イヴリンドに歩み寄った。

「いいえ、そうじゃないんです。わたしは大丈夫です」イヴリンドは急いでそう言うと、両手を上げてビディを落ちつかせた。「あなたの名前は忘れていませんけど、スカッチーがあなたを奥さまと呼んでいたので。わたし、知らなかったんです——つまり、入浴を手伝ってもらったときはあなたを侍女だと思っていて、ここに来たら厨房を仕切っているようなのに、さっきスカッチーはあなたを奥さまと呼んでいて。でも女性の親戚がいるとは夫から聞いていなかったんです。男性の親戚がいるとも聞いていませんけど。実を言うと、あの人は命令するとき以外ほとんどわたしに口をきかないんです」いらいらと言い添えた。やがて、何も言わずに目を丸くして自分を見つめているビディを見て、申し訳ない気持ちでこう結んだ。

「だからと言って、あなたがだれだかわからないことの説明にはならないんですけど」

驚いたことにビディ――あるいはレディ・ビディ――は、笑うまいと苦労しているようだった。何がそんなにおもしろいのか、イヴリンドにはさっぱりわからなかった。こちらは自分の無知が恥ずかしくてたまらず、自分にこんな無作法なまねをさせた夫に少なからぬ怒りを覚えていた。

「甘いものを食べなさい、お嬢さん」ようやくビディはまじめな顔をなんとか保ちながら言った。「食べているあいだに全部説明してあげるから」

イヴリンドが小さなため息をつき、ハチミツ酒に手をのばしてひと口すすると、ビディは話しはじめた。

「わたしはカリンのおばなの」ビディは鶏肉に向きなおってまたナイフを手にしながら言った。「タヴィスが息子で、ダラクは夫だった」

それがカリンに死んだと聞かされたおじの名前だと気づいたイヴリンドは、信じられずに目を見開いた。唇をかんで、シチューらしきもののために鶏肉を切る作業に戻った女性を、黙って見つめた。「でも、どうして厨房で働いているんですか?」

ビディはにやりとした。「なんだかわたしが罰を受けてるみたいな口ぶりね」

「いえ……」イヴリンドは思っていることを口にして相手を侮辱するのは気がすすまなくて

あたりを見まわしたが、その表情が代わりに語っていたらしく、ビディが笑った。

「料理が好きなのよ」おもしろそうに説明した。「ずっとそうだった。子供のころはマクファーレンの厨房に入りびたって料理人を悩ませたものよ。もちろん母は娘の奇癖をよく思っていなかったから、厨房に近づけさせないようにした。うまくいったわ。わたしが自分の家庭をもつまではね。でもここに嫁ぐと、わたしはこの厨房でも料理人を悩ませるようになった。料理人はわたしから逃れるためだけに、ひとつふたつ料理を教えてくれたわ……彼女はそうするしかなかったのよ。わたしが女主人だから」皮肉っぽく付け加える。「年月がたつうちに、わたしはますます厨房で過ごすようになった」

「あなたのご主人は気にされなかったんですか？」イヴリンドは好奇心にかられてきいた。母が厨房で働いているのを知ったとしたら、父はぞっとしていただろう。

「わたしが幸せで、彼にうるさいことを言いさえしなければ、夫は何をしようと気にしなかったわ」ビディは皮肉っぽく言った。

「そうですか」イヴリンドはつぶやいた。

「それにわたしの作るパスティやいくつかの料理はとてもおいしかったから、殿方から苦情は出なかった」ビディはにやりと笑って付け加えると、今度はもっとまじめに言った。「ずっと厨房にいるわけじゃないのよ。ときどき手伝ったり、料理人に休みが必要なときに代わりをするだけ。ちょうど今、彼女は娘を訪ねるために二日間の休みをとっているから、戻るまでわたしが代役を務めているのよ」

「そうだったんですか」とまたイヴリンドは言った。そして咳払いをしてから告げた。「そんなときに入浴を手伝ってくださって、どうもありがとうございました」

ビディはくすっと笑った。「ほかにわたしに何ができて？　侍女たちをさがらせてしまったんだもの。それに、おかげであなたを少し知ることができたわ。わたしがだれなのかをあなたが知らないことに気づかなくて申し訳なかったわね。気づいていてたら説明していたのに。さあ」イヴリンドのために取ってこさせたパスティのほうにナイフを振って、命令した。「食べなさい。体を治すには食べ物が必要だし、パスティはわたしの得意料理なのよ」

イヴリンドはなんとか笑みを浮かべて焼き菓子を手に取った。ひと口かじっただけで、口のなかに広がる風味にため息が出た。舌の上でとけてなくなったかのようだ。「ああ、おいしいです、奥さま。とても甘くてさくさくしていて」

ビディは褒められたことに気をよくして顔を赤らめた。「わたしの得意料理よ。ドノカイの人たちはみんなこれが大好きなの。とくにファーガスはね。ひとつくすねようと日に十回はここにいるんだから。すぐになくなるから、これを作るときはあなたのためにふたつばかりとっておくようにしましょう」

「ええ、お願いします」イヴリンドはもごもご言うと、もうひと口かじり、おいしさに感嘆した。ずっとダムズベリーの料理人は腕がいいと思っていたけれど、こういうものは作ってくれたことがなかった。実のところ、彼が甘党だとは思っていなかったが。

「もうひとついかが？」イヴリンドが食べ終えると、ビディはきいた。

「いただきます。でも、自分で取ってきますから」イヴリンドは急いで言った。立ちあがって、できたてのパスティが置いてある盆のところに行き、ひとつ取ってスツールに戻る。そしてかぶりつくまえに尋ねた。「ではあなたはここの女城主なのですね、奥さま？」

「ビディと呼んでちょうだい」彼女は青い目をきらきらさせて言い張った。「それか、もしよければビディおばさまと」

「ありがとうございます……ビディおばさま」イヴリンドは寛大な容認の申し出に感動して、静かに言った。

ビディは満足げにうなずいて言った。「そう。わたしはここの女城主だった。もちろん、夫が領主だったときのことよ。夫が死んで、リアムがあとを継いだとき——リアムというのはカリンのお父さまのことよ」話をいったん止めて説明してから、またつづける。「リアムの妻はずっとまえに亡くなっていて、彼は再婚しなかったから、わたしは引きつづきここで女城主を務めたの。彼が死んで、カリンがあとを継いでからもね。少なくともカリンが結婚するまでは。それからリトル・マギーがここの女城主になった」

「その座をあけわたすことになってがっかりしましたか?」イヴリンドは自分もまた彼女にとって代ろうとしているのを気に病んできいた。

ビディはその質問に驚いた顔をしたあと、くすっと笑って首を振った。「実を言うと、この二年は重荷から解放されてせいせいしていたわ。それだけ長く厨房にいられるもの。でも」顔をしかめて付け足した。「リトル・マギーはわたしがそうするのを嫌っていた。わたしの身分にふさわしくないと思ったのよ」ビディはぐるりと目をまわしてから、まじめに言った。「あのねお嬢さん、楽しんでやれるなら、身分にふさわしくない仕事なんてないの。料理がとてもおいしくできたときは、ほんとうに楽しいものよ。自分で仕留めてきれいに捌《さば》いたものが、おいしいごちそうに変わるときはなおさらね。すごく達成感があるわ」彼女はなおも言った。「使用人に命令を出したり商人とやりとりするよりずっと達成感がある」

イヴリンドはまじめにうなずいた。自分の大きすぎるドレスを見おろしてから、鶏のもう一本の脚を切り落として鍋に入れるビディに向きなおる。「リトル・マギーとおっしゃいましたよね?」

ビディはその質問にくすくす笑った。「ええ。でもマギーは大柄だったわ。背が高くて、丸々として、豊満だった。でもお母さまのビッグ・マギーよりも一インチほど小さかったたから〝リトル・マギー〟ってわけ」

「まあ」イヴリンドはいま着ているドレスの持ち主よりも大きい女性を想像しようとしたが、それはむずかしかった。

「あなたは女城主になるべくお母さまにしつけられたのでしょうけど、もし手伝いが必要だったり、何かききたいことがあったら、わたしに言ってちょうだいね。あなたのご家族がいらして、わたしがときどきここをうろついているのを知られるのは恥ずかしいというなら、厨房に寄りつかないようにするから」

「ありがとうございます」イヴリンドはもごもごと言った。「でも、その必要はありませんわ。両親ともいないんです。母は数年まえに亡くなりましたし、父も亡くなって二年になります。残っているのは兄と継母だけですから」

「まあ、お気の毒に」彼女は心から言った。「愛する人を失うよりつらいことはないわ」

「ええ」年上の女性の顔に悲しみがよぎるのを見て、亡き夫を思い出させてしまったのだろうかとイヴリンドは眉をひそめた。おたがいを励ますようなことばをさがして頭のなかをさらいながら、パスティを口に運んだ。舌の上でとろける菓子が、彼女にこう言わせた。「それに、あなたがそうしたいなら、ここで働くことは全然まちがっていないと思います。そのおかげでパスティが食べられるならなおのこと」

ビディは微笑んだ。誇りとよろこびで悲しみを追いやりながら言う。「もちろん食べられるわよ、お嬢さん」

イヴリンドは熱心に働く彼女を見ながらハチミツ酒をもうひと口飲み、こうきいた。「どうして厨房に男性がいないんですか？　ダムズベリーでは力仕事をしてくれる男衆がいましたけど」

「ファーガスが厨房にいるときは、彼が手伝ってくれるわ」ビディはそう言って、さらに付け加えた。「彼はしょっちゅう厨房にいるの。鞭《むち》みたいに細いのに、いつも何かしらつまみ食いするのよ」

彼女の顔に浮かんだひねくれた愛情に、イヴリンドの眉がかすかに上がった。

「つねに男の人がふたりぐらいここにいればありがたいでしょうね」ビディはつづけた。「でも残念ながら、男性は城壁を警備したり、戦《いくさ》のための訓練でいつも忙しいのよ。だから女がそれ以外のすべてを受け持つことになるの」

「男性の数はそんなに少ないんですか？」と驚いてきいた。

「いいえ。でも……」ビディは口ごもってから言った。「たしかにドノカイでは女より男のほうが少ないわ。多くの立派な男たちが戦で命を落としている。でもそれも昔ほどじゃない。ダラクの死後、リアムは近隣の領主との同盟のために骨を折り、今はカリンがその努力をつづけている。もう戦はほとんどないわ。それによそ者と結婚した娘たちは家族を連れてドノカイに戻ってきているから、男の数も増えている。男女の数はほとんど同じに戻ったんじゃないかしら」

イヴリンドはゆっくりとうなずいてからきいた。「男性たちがもうめったに戦に行かないなら、どうして厨房を手伝う人がいないんです？　まだ戦のための訓練が必要なのはわかりますけど、ひとりかふたりぐらいいなくても大丈夫でしょうし、男性がいたら重いものを運んだりするのが楽になりますよ」

ビディはナイフを動かすのをやめて、驚いたようにイヴリンドを見てから、ようやく言った。「それはそうだけど……昔からずっとそうだから」

イヴリンドはそれ以上追及しなかったが、カリンと話し合うべきこととして頭のなかにしまいこんだ。もっといいやり方があるのに、〝昔からずっとそうだから〟では、それをつづけていく理由にならない。力仕事を手伝うためにふたりばかり男性を厨房にまわせない理由はないはずだ。

「では、男性たちは今、みんな城壁を警備しているか、中庭で訓練をしているんですね？」からのマグをカウンターに置いて、彼女はきいた。

ビディはその指摘を鼻で笑った。「いいえ。みんなあなたたちの結婚を祝うために放牧場のなかにいるわ」

イヴリンドは驚いて眉を上げ、こうきいた。「放牧場のなかで結婚のお祝いをしているんですか?」

「そうよ」ビディは彼女のろうばいぶりににやりとした。「エールを飲んで、老いぼれアンガスをからかってね。アンガスというのは雄牛よ」イヴリンドにきかれるまえに説明する。「やくざで気の荒い年寄りの雄牛。何か祝うことがあるといつでも、男たちはエールの樽をふたつ放牧場に持っていって、あの気の毒な牛をいじめるの。そして放牧場のなかを走りまわって、牛に自分を追わせるのよ。勇気と足の速さを証明するためにね。やくざな獣と取っ組み合う者もいるわ」

「彼らにとってはそれで祝っていることになるんですか?」イヴリンドはびっくりしてきいた。

ビディは笑って言った。「彼らは男だもの」と。それで説明になるかのように。

イヴリンドは首を振り、またきいた。「女性たちはお祝いに何をするんですか?」

ビディは手を止め、また驚いて彼女を見た。「わたしたちにお祝いをしている暇はないわ。ここではやることがたくさんありすぎて、そんな時間はないの」

イヴリンドは眉をひそめた。「では、男性たちが剣術の稽古《けいこ》をしたりお祝いをしたりしているあいだ、女性たちがすべての仕事をするんですか？」

「ええ」ビディはうなずき、鶏肉を捌く作業に戻った。「昔からずっとそうだから」

「なるほど」イヴリンドはつぶやいた。「夫もそこでお祝いをしているのかしら？」

「まちがいなくね」とビディは言った。「出かけるとき、エールの樽をひとつ持っていったから」

「彼に話をしに行かなければ。戻ってからもう少しわたしの質問に答えていただきたいんですけど、かまいませんか？　母が死んでからわたしはダムズベリーの女城主の役をしてきましたけど、城によってやり方もちがうし、わたしは――」

「お継母《かあ》さまは、あなたのお父さまと結婚なさっても女城主の役を務めなかったの？」ビディが驚いて口をはさんだ。

イヴリンドは鼻にしわを寄せた。「エッダは有閑《ゆうかん》夫人のほうが好みだったので」

「なるほどね」ビディは納得してうなずいた。「ともあれ、ドノカイへようこそ、お嬢さん。ここには有閑夫人はいないけど、あなたが来てくれてよかったわ。あなたがここに慣れて、いろいろなことがわかるようにお手伝いできるのがうれしくてたまらないの。いつでも好きなときに話をしに来てちょうだい」

「ありがとうございます」イヴリンドはビディの肩を愛情深くぎゅっとつかむと、立ちあがって厨房の出口に向かった。

大広間を横切りながら視線をめぐらせた。おもに女性だけによって管理されている城にしてはとても地味で、必要不可欠なもの以外はほとんどない。中央に長テーブルが大まかなU字形に並べられ、暖炉のそばには椅子が二脚あったが、どちらも直線的で、クッションのたぐいはまったくなかった。あまり心惹かれるものではない。大広間自体もそんな感じだった。床にむしろは敷いてあるが、壁にタペストリーはないし、しっくいさえ塗られていないことに気づいて眉をひそめ、カリンの前妻はほんとうにこのままがいいと思っていたのだろうか、それとも彼女が生きているあいだはもっと居心地のいい部屋だったのに、亡くなったあとでいろいろなものがとり去られたのだろうかと考えることになった。

殺風景な壁を見ると、置いてきてしまった二枚のタペストリーが思い出された。両親が結婚していたころ、父が母のために買ったものだ。一枚はエデンの園にいるアダムとイヴが描かれたもので、もう一枚にはユニコーンとレディが描かれている。どちらもエッダが来るまでダムズベリーの大広間にかけられていた。前妻への贈り物だとわかると、継母は取りはずすと言い張った。まえのレディ・ダムズベリーに関係したものはことごとく捨てられた。

イヴリンドの父は反論しなかった。タペストリーを巻いて片づけるようにとだけ命じ、イヴリンドには結婚して新居に輿入《こしい》れするとき持っていくようにと言った。

持ってくることができなくて残念だわ、と思って悲しくなった。ここの壁に飾ったらきれいだったろうし、部屋が明るくなっただろう。ある晩母といっしょに縫ったクッションもあった。あれがあったら椅子はもっと座り心地がよくなっていただろう。それに——

持ってこなかったものを思って悲しんでも無駄だと思い、考えるのをやめた。

いつでもまた作れるわ、と自分に言い聞かせて、城の玄関扉を押し開け、中庭におりる階段の上に立った。もちろんイヴリンド自身はタペストリーを作れない。そんな技術も、取り組む時間もないし、ましてやそれを作りあげるための機織《はた》り機もない。タペストリー職人はたいてい男性で、一フィート四方のタペストリーを織るのにふたりがかりで二カ月かかる。だからこそとんでもなく高価で、だからこそそれらを、そしてそれ以外のものも何ひとつ持ってくる機会を与えられなかったことが悔やまれるのだった。

そういった悩みを追いやって、夫に抱いているそのほかの不満ととりあえずいっしょにしておき、イヴリンドは顔をしかめながら、かさばるブルーのドレスのスカートを持ちあげて階段をおりはじめた。不満は頭のなかでどんどん増えていくようだった。夫に対する不満はすでにかなり長いリストになっている。まだ結婚して三日もたっていないというのに。

階段をおりると、足を止めて中庭を見わたした。ほとんど大広間と同じくらい人けがなく、それぞれに役目を帯びて思い思いの方向に歩いていく数人の女性たちがいるだけだった。ビディと話していなかったら、不思議に思っていただろうが、ビディから聞いていたので男性たちがどこにいるかはちゃんとわかっていた。放牧場だ。

前夜ファーガスが馬を連れていった方角を思い出し――おそらく放牧場は厩のそばだろう――そちらに向かった。すぐに見つかるはずだ。男たちをさがし、彼らの声に耳を傾けるだけでいいのだから。男性が〝祝いごとをする〟とき大声になり、荒っぽくなるということは経験上わかっているので、その声は彼らのもとに着くずっとまえから聞こえるだろうと確信があった。

厩を通りすぎるとき、イヴリンドは好奇心にかられてなかをのぞいていた。建物の端から端まで、仕切りがずらりと並んでいる。ざっと見たところ、マックがダムズベリーの厩を管理するのと同じくらいきちんと管理されているようだ。

ここでならレディもきちんと世話してもらえただろう、と思ったが、すぐにその考えを追いやった。怒りを抱えたまま夫に近づくのはよくないだろう。いやな気分にさせるだけであまり得るものはないからだ。話はどちらもいい気分でいるときに、おだやかに持ちかけるのがいい。

夫は今、いい気分でいるはずだった。イヴリンドも床入りの儀を終えてからかなり明るい気分になっていた。少なくともちょっとした問題が次々に発覚するまでは……ここには彼女の持ち物が何もないという問題とか。

もちろんカリンはそんな問題を抱えていないし、お祝いの最中なので、まだ機嫌がいいはずだとイヴリンドは判断した。彼が妻に何をさせたいと思っているのかという話題を持ちかける好機に思われた。少なくとも自分にはそう言い聞かせた。たしかにそのとおりかもしれないが、実のところ、話すのは今夜の夕食のあとまで待ってもよかっただろう。だが、イヴリンドは自分の夫になった男性に会いたくてたまらなかったし、自分に会えばよろこんでくれるだろうという確信もあった。きっと笑みを浮かべ、両腕を広げて彼女を迎え入れ、キスしてくれるはずだ。するとつま先が丸まって……

どっと笑う声が聞こえて、イヴリンドの白昼夢は中断した。思ったとおり、男性たちを見つけるまえに声が聞こえた。立ち止まってあたりを見まわすと、外側の城壁までつづく一連の放牧場のところに来ていた。最初の放牧場はからっぽで、それを囲む木の柵まで近づいて柱に寄りかかり、せまい草地をへだてた先に目をやると、次の柵のまえに男たちが集まり、中でおこなわれていることを見物していた。

集団に視線をめぐらせて夫をさがしているうちに、また大きな笑い声が起こった。なんだろうと思って囲いのなかに注意を向けたイヴリンドは、恐怖に目を丸くした。男たちは〝かわいそうな老いぼれアンガス〟をいじめ終え、あるいはその楽しみをまったく放棄して、暴れる裸馬に乗ることにしたらしい。その馬はほんとうに気がふれているように見えた。うしろ脚を蹴りあげ、胴体をひねり、跳ねまわり、力のかぎりを尽くして、いま背に乗っている男性を振り落とそうとしていた。

馬の背に乗っている人もその馬と同じくらいいかれているとしか思えない。そのとき馬が向きを変え、いかれた男が夫だということに気づいた。

一瞬、イヴリンドは柵の柱をにぎったまま、恐怖にあんぐりと口を開けて立ちつくした。馬から振り落とされ、踏みつけられて死ぬ夫の映像が頭のなかで踊りはじめる。結婚のよろこびを知ったあとで、こんなにすぐに未亡人になってしまうのかと思うと、気が遠くなりそうだった。するとほんとうに夫は空中を飛び、まるでごみのように馬の背から放り出された。唇から恐怖の悲鳴がもれ、イヴリンドはすぐに柵をのぼりはじめた。できるだけ早く夫のもとへ行かなければならないと思った。だがスカートには別の考えがあるらしく、木の柵に引っかかってばかりいた。あせってスカートを引っぱり、囲いのなかに飛びおりようとして、頭からつっこみかけた。びりっという音がして自由になり、うつ伏せに地面に落ちた。

衝撃にうめきをあげながら手をついて立ちあがり、ぶかぶかのスカートをつかんでたばねると、囲いのなかを突き進んだ。

みんな大声をあげていたにもかかわらず、男性たちの何人かは夫の名を叫ぶイヴリンドの声が聞こえたらしく、放牧場を横切って向かってくる彼女のほうを見た。彼らの顔に浮かんだ恐怖の表情を見て、イヴリンドの心臓はぎゅっと縮こまった。夫が着地するところは見ていないが、男性たちが彼女に向かってどなりはじめたので、きっとひどい落ち方をしたのだと思った。

治らないほどの大けがをしていませんようにと願い、走りながらミルドレッドに教わった治療法を思い出そうとした。骨が一本か二本……あるいはもっと折れているかもしれない。もしそうなら固定しなければならない。でもいちばん心配なのは頭だった。頭をかばって落ちていますようにと無言の祈りをとなえた。あの人はこのまえの落馬からまだ回復していないのだ。あんな暴れ馬に乗るなんて、いったい何を考えているのだろう？ 問い詰めなくては、とイヴリンドは思った。気がねなく小言を言えるほど回復したと判断したらすぐに。

男性たちのどなり声はほとんど錯乱状態で、何かの身ぶりをしたり、激しく手を振ったりしている。イヴリンドはカリンが再起不能のけがをしたという想像を押しとどめようとした。そんなはずないわ、と自分に言い聞かせた。神さまは絶対にそんな無慈悲じゃないわよね？

「イヴリンド！」

カリンの声だとわかってぎょっとし、心配を押しやって、柵の向こう側にいる人びとをもっとよく見た。今や柵に貼りついた男たちをかき分けて進んでくるカリンを見つけ、ほっとして心が躍った。

「ばか女め、走れ!」彼女のもとに行こうと柵をのぼりはじめながらカリンがどなった。

イヴリンドは激怒している夫の顔を見て、そもそも彼に会いたいのかどうか急にわからなくなった。自分が彼を激怒させるような何をしたのか見当がつかなかったが、彼が怒りを鎮めるまで会いたくないのはたしかだった。

引き返そうと振り向いたとき、雄牛が目にはいった。カリンが馬から投げ出されたのを見たとき、イヴリンドの心臓は飛びはね、脈は速くなったが、足音をとどろかせて囲いのなかをこちらに向かってくるアンガスを見たときの反応は、それとは比べものにならなかった。

イヴリンドはあまり運動が得意ではなかった。淑女《レディ》に求められるものではないからだ。馬に乗ったり川のなかを歩いたりするのは好きで、運動といえば普通はその程度だったが、鼻息の荒い雄牛に追いかけられているのだから、そんなことは言っていられない。スカートをつかんで持ちあげ、夫に向かって一目散に走った。あまりの速さに地面に足がついていないかのようだった。実際、柵までの最後の十数フィートは、天使が空から舞い降りてきて、彼女を運ぶのを見たとだれかに言われても驚かなかっただろう。かなり速く走ったので、カリンがのぼり終えるまえに柵にたどり着いた。

しかし、イヴリンドが柵をのぼるとなると、話はまったく別だ。柵をのぼるのとスカートをつかんで持ちあげるのは同時にはできない。背後に迫る蹄の音が聞こえ、怒ったアンガスの熱い鼻息を実際に背中に感じた。追いつかれるまえに柵をのぼることはできないだろう。アンガスに激突される。空中に投げだされて落ちたところをめちゃくちゃに踏みつけられるのだ。柵をつかみながらも、そう思って暗くなった……そのとき、カリンが柵の上から手をのばし、ドレスのうしろをつかんで囲いのなかから引きずり出した。

7

「いったい何をしていたんだ、このばか女！」カリンはどなった。そう言ってどなったのはこれが最初ではなかった。実際、震える妻を見おろして彼が言えることはそれしかないようで、彼女に答える機会すら与えずにまたそれをくり返すのだった。

カリンは自分を抑えられなかった。アンガスのいる放牧場を足早に横切る小柄な妻に気づいたとき、心臓がのどにつかえ、これまで経験したことのない恐怖で口が開いたままになった。アンガスが愚かな娘を見つけ、彼女に向かっていくのを見て、恐怖は増すばかりだった。

さらにまずいことに、分別のない女は彼を見ると立ち止まり、その顔にほっとした表情を浮かべた。いったいどうしてほっとしたような顔になったのか理解に苦しむ。カリンは離れすぎていたのでたいしたことはできず、走れとどなって、彼女を助けるために柵にのぼろうと急いだ。するとあのばか娘は何をしたか？　草地の上でちょっとうしろを向いたのだ。ろくでもない舞踏会にでも出ているかのように。それから柵に向かって疾走した。

実をいえば、最後の走りのスピードには感心したが、それでも怒りは消えなかった。ああ、このちょっとした冒険に震えあがって十年は寿命が縮まった……そう簡単に震えあがったりはしないこのおれが。実際、こういう恐怖や恐れはこれまでの人生で一度も経験したことがないと言っていい……だれのためであっても……こんな思いは二度としたくなかった。

「わたし――」

「いったい何をしていたんだ？」カリンはイヴリンドをさえぎってまたきいた。彼女を抱きあげて放牧場の外に出し、すんでのところで雄牛に激突されずにすんだ。そういえば、ばかげたふるまいのせいで彼女が自分の身を危険にさらしたのはこれが最初ではない。手綱を口にくわえて空き地で馬を走らせてもいた。この娘は危険なふるまいをする傾向があるようだ。

「あなたに話があって来たのよ」また同じことを言われるまえに、イヴリンドは急いで言った。

「おれに？」疑わしそうにきいた。

「ええ。最初の放牧場まで来たとき、あなたが暴れ馬から跳ね飛ばされるのが見えたの。あなたがけがをして、わたしを必要としているんじゃないかと思った。放牧場をまわっていくのは時間の無駄だから、突っ切ろうと柵にのぼった。放牧場はからっぽだと思ったのよ」イヴリンドは急いで説明した。

「からっぽだと？」カリンは信じられずにくり返した。「きみはろくに目も見えないのか？どうしてあいつが見えなかったんだ？」

それに対する答えはないらしく、イヴリンドはなすすべもなく彼を見返した。ファーガスがカリンの隣に進み出て、彼の腕に手を置いて落ちつかせながら、耳元でそっとつぶやくように言った。「放牧場はL字形をしています、領主。アンガスは曲がった先の奥にいたのでしょう。それで奥方には見えなかったのです」

それを聞いて、カリンは肩が落ちるのを感じた。事実、妻のばかげた行動は彼を心配してのことだと知って、怒りの多くは消え去っていた。ファーガスのことばでその残りも消えた。妻がばかではないと知ってひどくうれしかった。自分が心配されていたと知ってますますうれしくなった。なぜそれを気にするのかはうまく言えないが……おそらく彼女のことがとても好きだと気づいたからだ。それでアンガスの囲いのなかにいる彼女を見て、心配になった。実際、彼女に迫っている危険に気づいたときは、あわてふためいた。

咳払いに気づいてファーガスを見ると、ほかの男たちが彼らを取りかこみ、ぽかんと口を開けて彼の妻を見ていると目で示していた。カリンは男たちをにらみつけ、イヴリンドの腕を取ると、彼女を引っぱって草地を歩きながら小道に向かった。

「ごめんなさい、あなた。ほんとに雄牛は見えなかったの」城へと向かう小道を歩かされながら、イヴリンドは静かに言った。

カリンはため息をついて、厩を通りすぎながら妻を見やり、恐れや怒りが消えてから初めて彼女をまともに見た。たちまち口元にしわが刻まれた。妻の髪はくしゃくしゃにもつれ、着ているドレスは大きすぎて胸元が開き、彼女が持つものと持たざるものをだれかれかまわず見せていた。

「なんだそのドレスは？」暗い気持ちで尋ねた。

「わたし――」イヴリンドは自分の体を見おろして、ドレスの状態に気づくと息をのんだ。背中に手をやってひとにぎりのあまった生地をつかみ、胸元を少しぴったりさせて露出を少なくした。

カリンはドレスを見やって顔をしかめた。見覚えのあるドレスだが、イヴリンドのものでないのはまちがいない。少なくとも彼が妻のために荷造りしたもののなかにはなかった。

「領主殿！」

カリンは立ち止まって声のした城壁のほうを見た。警備兵のひとりが手を振っている。

「なんだ？」

「馬に乗った一団が近づいています」男がどなり返す。

カリンは顔をしかめると、イヴリンドを見た。彼女はそれに気づかなかった。ドレスのうしろを気にして、何かをさがそうと体をひねっていたが、何をさがしているのかカリンにはわからなかったし、今はそれを知る時間もなかった。

「部屋に行って体に合うものに着替えてこい」と命じると、城のほうに妻を軽く押した。

「おれはだれが来たのか見にいく」

イヴリンドは城に向かったが、足取りはそれほど速くなかった。スカートのうしろ側を調べるべく上体を真うしろまでひねったままでは、速く歩くのはむずかしい。カリンの衣装箱から――無断で――借りたブローチをさがしているのだ。どうやらブローチがはずれてうしろでたばねておいた生地が広がってしまったらしい。ドレスのひだのどこかに引っかかっていればいいのだけれど。残念ながら、生地のなかを徹底的にさがしても、やはりそこにはなかった。

立ち止まり、唇をかんで放牧場のほうを振り返った。男性たちのほとんどはいなくなっていた。そこから歩き去ろうとしている数人の人たちがいるだけだ。唇をかみながら、夫が向かったと思われる方向に目をやると、石の城壁に刻まれた階段を駆けあがっていく彼が見えた。こちらに向かっているのがだれなのか見るためにのぼっているのだろうと思い、また放牧場に目をやった。

どこであろうと雄牛のそばにはもう行きたくなかったが、ブローチを失くしたと夫に言いたくもなかった。大事な思い出の品だったとしたら？　父親のものか、母親のものかもしれない。そうでなかったとしても、高価そうに見えた。ルビーとエメラルドが両方使われていたのはたしかだ。

ため息をついてなかばまで進んだ小道を引き返し、また放牧場に向かった。ブローチをさがして地面を見ながらゆっくりと歩いたが、見あたらなかった。柵に着くころには、集まっていた男性たちはひとり残らずいなくなっていた。お祝いは終わったようだ。

イヴリンドはさっき最初にたどり着いた柵のまえで足を止め、囲いのなかを見て雄牛をさがした。アンガスはどこにも見えなかったが、それはさっきそう思っただけのことで、もう少しよく見てみると、放牧場は最初に思ったような長方形ではなく、L字型をしていることがわかった。奥が直角に曲がっていて、その先につづいている部分は視界にはいらなかったのだ。雄牛はその見えない部分にいたのだろう。今は囲いのなかを調べるのはやめておいたほうがよさそうだ。

唇を引き結び、いらいらと柵をにぎりしめた。するとふいに木の枠をのぼるときにスカートと格闘したことを思い出した。あのときブローチがはずれて落ちたのかもしれないと思い、上靴を前後左右に動かして草をかき分けながら、ブローチが現れるのを願って柵の外側の地面をさがしはじめた。うまくいかないとわかると、膝をついて手でじかに草に触れながら、そのあたりを這いまわりはじめた。見つけるためには鋭い針の先が刺さる危険もいとわなかった。ブローチを失くしたことをどうしても打ち明けたくなかったのだ。

それでも見つからなかったので、イヴリンドはため息をついてしゃがみこみ、囲いのなかを見つめた。ブローチは柵をのぼっているときにはずれたのかもしれないが、少しのあいだスカートの生地に引っかかっていて、ここから反対側の柵までのあいだのどこかに落ちたのかもしれない。

あるいは、カリンといっしょに城に向かって歩いているときまで引っかかっていたのかも。そう思うとふいに希望が湧いた。立ちあがって、地面をじっと見ながら引き返し、そのまま歩いて雄牛の囲いを通りすぎた。さきほど夫とふたつの囲いのあいだの草地を横切ったと思われる場所まで来ると、また両手と両膝をついて、ふたりが通ったあたりの草のなかをさぐった。

「妻よ！」

どなり声にイヴリンドは目を閉じた。返すことばはなかった。カリンは怒っているようだ……またしても。この場所を動きたくなくて、両手と両膝をついたまま夫を見あげると、彼がひとりではなかったので目を丸くした。男性ふたりと女性ひとりがいっしょにいるのを見てうろたえた……カリンを含めて全員が、イヴリンドには不可解な、ぎょっとしながらも魅せられたような顔つきで彼女を見つめている。まさかわたしが地面で何かをさがしているのを見てぎょっとしているわけじゃないわよね？

「妻よ、きみ——きみは——」あきらかに動転しているカリンは、胸の上部を身ぶりで示したあと、急いで進み出た。

イヴリンドはその身ぶりに自分を見おろし、恥ずかしさに顔が熱くなった。借り物のドレスの胸元が大きく開き——両手と両膝をついているせいで——襟ぐりからは膝までがすっかり見えていた。はっとしてあわてて上体を起こし、カリンに腕をつかまれてぐいと立たされるとまた息をのんだ。

ひだをたばねてドレスを見苦しくない状態にするべくうしろに手をやるまえに、カリンがすでにそうしていた。彼は大量の生地をつかみ、そのこぶしを使ってイヴリンドに自分のほうを向かせると、声を殺して叱責した。「何をしている？　着替えろと言ったはずだぞ」

「ええ、でもわたし、失くしものを——」ブローチを失くしたと言おうとしていることに気づいてイヴリンドはふいに口ごもったが、カリンは気づかなかった。またかみつくようにしかりつけていたからだ。

「おれがやれと言ったことはやれ」きつく、妥協を許さない言い方だった。

「わたしは――」

「服従はきみがした誓いのひとつだったはずだ」ときびしく思い出させる。

イヴリンドはそれを聞いて目をしばたたいたあと、鋭く言い返した。「わたしは何も誓った覚えはないわ、あなた。わたしは陸に上がった魚みたいにもがいていただけだから」

カリンはうなって口を開けた。また命令するのだろうと思われたが、女性の声にじゃまされた。「あらあら、それはおもしろいお話ね。聞くのが待ちきれないわ」

イヴリンドは目を丸くして女性を見た。夫が近づいてきたときその存在に気づいていた三人組をあらためて見る。

「あなたはイングランドの方ですね」背の高い豊満な女性を興味深げに眺めながら、驚いて言った。

「生まれも育ちもね」女性は微笑んで肯定した。「もう長いことここにいるから、スコットランドのアクセントになっているかと思ったけれど」

「たしかに少しはそうですね。でも、あなたのことばはそれほど苦労しなくても理解できます。ここにいるほかの人たちとちがって」イヴリンドは言った。

女性は笑ったが、カリンと男性ふたりはイヴリンドに侮辱されたかのように顔をしかめた。どうやら今日は何ひとつまともにできないみたいだわ。話すことさえ。そう思って悲しくなった。カリンが突然つかんでいたスカートごと彼女をまえに押したので、イヴリンドはわれに返った。彼のこぶしがお尻に当たっている——わざとじゃないわ、きっと。

「妻よ、カミン家のみなさんだ。みなさん、わたしの妻です」カリンはみんなを率いてまた小道を歩きだしながら言った。イヴリンドは彼の紹介のしかたにぐるりと目をまわしたが、できるかぎり優雅に微笑んで言った。「ようこそいらっしゃいました」

レディ・カミン——たぶんレディ・カミンだと思うけど、あんな紹介じゃわかりっこない——はくすっと笑ってイヴリンドのそばに寄ると、腕をからめて城へと導いた。

「エリーと呼んでちょうだい。名前はエリノアですけど、そう呼ぶのはわたしの嫌いな人たちだけなのよ」

「イヴリンドです」つぶやくように言い、落ちつきなく振り返って夫を見やった。彼はまだドレスのうしろをたばね持ち、それで妻を操縦しようとしている。彼の手を振り払って、あいている自分の手で持とうとしたが、彼はその努力を無視して顔をしかめただけだった。イヴリンドはにらみ返し、彼の手の甲をつねった。

「カリンが花嫁を見つけたと聞いて、どうしてもあなたにお目にかかりたくて来たのよ」とレディ・カミンが言って、イヴリンドの注意をそらした。

少しのあいだ夫のことはあきらめてまえを向き、その知らせに笑みを返した。「そうしてくださってうれしいですわ」

「わたしもよ」エリーはおもしろそうに言った。すると、カリンがつかんでいたドレスを引っぱってイヴリンドを右に寄らせ、ふたりを引き離した。

そのときになってようやく、イヴリンドは自分が水たまりに足を踏み入れるところだったのに気づいた。それでも振り返って夫をにらみつけ、また彼の手から逃れようとした。今度はつねるというよりも、彼の手の肌に爪をめりこませて。

低いしのび笑いが聞こえて、カミン家の男性たち――年上のほうはエリーの夫で、カリンと同年代の若いほうは彼らの息子と思われた――が背後を歩きながらこの滑稽な応酬を見てにやにやしていることに気づいた。

「そう、たしかにカリンは花嫁を見つけたと聞いたが、好敵手に出会ったとはだれも言っていなかったな」若いほうのカミンがおもしろそうに目をきらきらさせながら言った。「ドノカイの悪魔がほかの者たちとちがって自動的に服従しない妻をどう扱うのか見ものだな」

カリンはスカートを放し、きつい目つきで男性を見たが、男性は笑って彼の肩をぴしゃりとたたいただけだった。「ほらほら、カリン、元気を出せよ。さもないと、きみはスカートのひもで奥方に縛りつけられているとみんなに言いふらすぞ」

イヴリンドは男性のからかいに目を見開いたが、レディ・カミンを見ると、彼女はくすっと笑ってイヴリンドの腕を取り、またいっしょに歩きはじめた。「気にすることないわ。息子のトラリンとあなたのご主人はずっと昔からの友だちなのよ」

大丈夫だと聞いて微笑んだが、落ちつきなくうしろを振り返って、殴り合いになっていないかたしかめた。しかしカリンはカミンの男たちふたりにはさまれて歩きながら、年上の男性が何か言うのを聞いていて、少しもむっとしているようには見えなかった。それにもうスカートをつかんでいない。このあとは自分でその勤めを果たすことができると思い、イヴリンドはほっとした。

安堵は玄関の階段のまえに着くまでしかつづかなかった。立ち止まって、踏まないようにスカートを持ちあげたイヴリンドは、夫に抱きあげられて息をのんだ。

「そんなばかげたドレスでは転んでしまう」と言って、カリンは今やあからさまに笑っているレディ・カミンのまえを通りすぎた。

イヴリンドは歯ぎしりをしながら交差した腕で胸を隠し、いったいわたしはいつどこで威厳を失ったのだろうと思った。きっとイングランドとスコットランドのあいだのどこかだ。結婚式に至るまでの屈辱的な出来事を考えに入れなければ。川で転んだことから、カリンが落馬したときの大失態、結婚式のあいだじゅう支えられてようやく立っていたことまで、ドノカイの悪魔と結婚することになったとエッダに宣言されてから、災難にあってばかりのような気がする。きっとあのとき幸運に完全に見放されたにちがいない。

そして床入りの儀のあと、あの男と結婚した自分を幸運だと思いながらここで目覚めた。イヴリンドは浅はかで単純だった自分の考えを鼻で笑いながら、カリンに運ばれて城にはいった。その音を聞いて彼は鋭く妻を見たが、イヴリンドは問いかけるような視線を無視して、もっと早くにこの人の運の悪さに気づくべきだった、婚姻を破棄する方法をさがそうとするべきだったと思った。

たしかにカリンは運が悪い。玄関から階段へと運ばれながらイヴリンドは思った。父とおじと妻が亡くなり、どれも彼のせいだと言われているのだから。とても運がいいとは言えない。夫が呪われた人生を歩んでいるのはたしかなようだ。

この結婚からわたしを守ってくれる幸運のお守りを研究するべきかもしれないわ、と暗い気分で思った。

「着替えろ」カリンは城の二階につづく階段のまえで立ち止まり、イヴリンドをおろすと、一語で命令した。

「何に着替えろっていうの、領主さま?」イヴリンドはむっとして尋ねた。「部屋にはこのドレスしか着るものがないし、ほかのもこれと同じくらいぶかぶかなのよ」

「なんだと?」彼は急にぽかんとした顔になってきいた。

「聞こえたでしょ？」堪忍袋の緒が切れて、思わずどなった。カミン家の人びとに視線を向けて、心のなかでため息をついた。テーブルのまえで立ち止まっているあいだに、興味津々の彼らに話を聞かれていたのだ。

「ほかに着るものがあるはずだ」とカリンは言い張った。「自分のドレスを着ればいいだろう」

「わたしのドレスですって？」イヴリンドはさっと彼に向きなおってありったけのいらだちをぶつけた。「あなたはわたしの侍女も馬も、髪をとかすブラシはおろか着替えさえもなしに、わたしをダムズベリーから連れてきたのよ。これがわたしにできる精いっぱいだわ」と叫んだ。

カリンはいらいらとうめいて首を振った。「きみの着替えはもちろん持ってきた。床入りの儀をしていると思われているあいだに、おれが荷造りをしたんだ」

イヴリンドはカミン家の人びとが眉を上げるのに気づいたが、床入りの儀はそのあとちゃんとすませたとわめくわけにもいかないので、どうすればいいかわからなかった。それにもう恥は充分かいていた。

「ブラシも入れたぞ」カリンはそう付け加えて、さまよっている彼女の注意を引き戻した。

「どこに？」イヴリンドはわけがわからずにきいた。彼がわずかなあいだ見えないところに行って、がさごそと音をさせていたのを思い出した。あれは荷造りをする音だったのかもしれない。

「袋にだ。部屋にある」と彼は言った。

イヴリンドは夫を見つめ、このわずかのあいだに彼がしゃべったことばは、出会ってからこれまでに口にしたよりも多いと気づいた。いま聞いたことでほっとしたものの、猛烈に腹を立てずにはいられなかった――こういったことをここに来る旅の途中か、昨夜床入りの儀のまえにでも話してくれていたら、こんな屈辱的な午後はそっくり避けられたのだ。体に合う自分のドレスを着ていただろうし、ブローチで留める必要もなかったから失くすこともなかったし、うっかり隣人に体をさらすこともなく、威厳ある姿でしごくまっとうに彼らを迎えていただろう。何もかもすべて彼の責任だ。

イヴリンドは口を開けた。いくつかのことばが舌の先に出かかったが、また口を閉じて夫に背中を向けた。すでに隣人のまえで自分を貶《おとし》めるようなことをさんざんしてきたのだから、これ以上悪い状況にはならないだろう。だが、夫とはあとで真剣に話し合うことにしようと思い、スカートを持ちあげて足音を響かせながら階段をのぼった。

ずっとどすどすと歩きつづけて部屋にはいった。そのまま部屋のなかを歩きまわり、顔をしかめて問題の袋をさがした。最初、そんなものはないと思ったが、ここに到着した夜、べッドの反対側に行ったカリンがそこで動きまわっていたとき、しゅっと小さな音がしたのを思い出して床を見た。何もない。

どすどすと階下《した》に戻り、夫をどなりつけようときびすを返すまえに、ベッドの下から布の端がのぞいているのを見つけた。

そこに行って膝をつき、それをつかんで引っぱり出すと、袋だった。昨夜ベッドにはいろうとしたときか、今朝彼女に膏薬を塗りにきたときのある時点で、うっかり下に蹴りこんでしまったとしか考えられなかった。これがそこにあると言ってくれていたら、さがそうと思っただろう。

目を閉じてしばらく息を止めたあと、ゆっくりと吐き出した。

「辛抱よ」とつぶやき、立ちあがって袋を開けた。ベッドの上に袋を置き、手を入れて最初に触れたものを引っぱり出した。ダークグリーンのドレスだった。お気に入りの一着だ。次は赤のドレス。これも気に入っているものだった。次はシュミーズで、これはもう一枚あった。やがて手が取っ手をつかみ、ブラシを取り出した。袋をひっくり返して残りのものをすべてベッドの上にあけると、いちばんいいベルト二本と円錐形《コルネット》の帽子、腕輪《サークレット》、手袋、そして母の宝石類がはいった小袋といったいくつかのものが転がり出てため息をついた。

イヴリンドはその品々を見つめ、目に涙を浮かべてベッドに座りこんだ。カリンはすべてを考えてくれていたのだ。いや、すべてというわけではない。タペストリーやそのほかのものはここにないけれど、少なくとも二日はちゃんと身支度ができるだけのものはすべてある。彼から荷造りをしたと聞いたときに期待した以上だ。たいていの男性は手袋やサークレットのことまで思いつかないだろう。だがカリンは考えてくれた。しかも、何が必要なのか彼女が教えられない状態だったにもかかわらずそうしてくれたのだ。普通の結婚式よりもずっと緊張を要する事態だったにもかかわらず。少なくとも、平均的な結婚式よりは緊張を要したはずだと思うが、はっきりとはわからない。彼女にとっては初めてだったのだから。

少し気分がやわらぎ、イヴリンドは立ちあがってドレスを脱ぎはじめた。できるだけ速くドレスを着て髪を直したら、階下《した》に戻ろう。お客さまが来ているのだから。それも初めての。初対面ではぶざまな姿をさらしてしまったが、その印象を修復できるよう願った。もしできることなら。

8

結婚なんて全然いいものじゃないわ。

グリーンのドレスの小さなほころびを繕うために腰をおろしてから、その思いが頭のなかをよぎったのは百度めなのではないかと気づき、イヴリンドは顔をしかめた。カミン家の人びとの訪問から三日がたっていた。まともな服装をしたあとは、彼らと過ごすのはとても楽しかった。レディ・カミンであるエリーは、イヴリンドの母がそうであったように、魅力的で楽しくて優雅な女性だった。イヴリンドがなりたいと思っていたような女性だ。その試みはどうやらみじめにも失敗していたが。

ため息をつき、針をひと目進めながら、テーブルでファーガスと話をしている夫に目をやる。どうやらカリンは口がきけるようね。妻に対するときのようなうめきひとつではなく、文章ひとつぶんほども夫の口が動くのを見て、イヴリンドは苦々しく思った。

カリンが彼女にまともに話しかけることはほとんどなかった。イヴリンドは何度も会話に誘いこもうとしたが、うまくいかなかった。話す気になってくれることを願って、自分の生い立ちや、両親のこと、兄のこと、愛馬のことなどをぺらぺらとしゃべった。愛してやまないタペストリーや、それを持ってこられなかった悲しみについても、なんとか紛れこませて話した。だが、いちばん話したのはミルドレッドとマックのことだ。ふたりがいなくてとても淋しかったので、ことあるごとにそれを口にした。カリンはうなり声を返すだけだった。ドノカイにいる今、自分にどんな義務を果たしてもらいたいのかという問いにも、返事すら与えられなかった。いつもの沈黙にあってがっかりしながらも、かまわずビディとの約束を守ろうと、厨房や城内のどこかで力仕事をする女性のために、何人か男性を手配してもらえないかときいた。苦労して得られたものは、そんなことを考えるなんてどうかしているという目つきだけだった。

ほかの人と実際に会話をしているらしく唇が動くのを見たという事実がなかったら、夫は文章でしゃべることができないのだと思っただろう。しかし、話すのはちゃんと見ていたので、実は妻と話すのが面倒なだけなのではないかと思った。カリンは結婚したことを後悔しているのだ、とイヴリンドは思いはじめた。卑劣でも非情でもない人だが、床入りの儀以来一度として触れてくれない。美しくてわくわくする、世界が震えるような出来事だと彼女が思ったものは、カリンにとっては楽しいものではなかったようだ。もうしようとしないのだから。

それは夜になると闇のなかで夫の隣に横たわり、呼吸を聞いているイヴリンドの頭のなかにくり返し去来する疑問だった。どうして彼はあれからわたしに触れないのだろう？

みじめだった。ミルドレッドとマックがいない新居で、淋しくて途方に暮れ、なぐさめてくれる夫のキスや愛撫さえない。昼間は暗い気持ちであたりをぶらつき、夜はベッドのなかで眠れずに、これからずっとこういう生活がつづくのだと想像して、静かに涙を流した。無口な夫には相手にされず、話ができる友だちのひとりもないままに。

いいえ、ビディがいるわ、と自分に思い出させた。でもカリンのおばはつねに多忙で、厨房で奮闘し、使用人たちに指示を出したり、鶏肉を刻んだりといった作業をしていた。ドノカイの料理人が不在で、ビディがその代わりを務めるのに多忙をきわめているあいだはじゃまをしたくなかったので、あまりつきまとわないようにした。そのためイヴリンドは孤独で、ますます淋しくなり、とうとう昨夜は一瞬ダムズベリーに戻りたいとさえ思った。エッダのせいで生活は不快だが、少なくともあそこには話し相手がいたし、城から抜け出すというめったにない機会には、レディに乗ったり草地に座ったりして、ほっとしたり小さな幸せを見出すことができた。ドノカイではけっして得られないものだ。

そう、この結婚はここに着いた翌日から、思ったほどすばらしいものではなくなりつつある。縫ったばかりの数針が曲がっていることに気づいて、イヴリンドはため息をついた。顔をしかめながらほどきはじめる。もう何ひとつまともにできないようだ。少なくともここでしようとして、少しでもうまくいったことは何ひとつない。夫に話をさせることもできなければ、まっすぐ縫うこともできず、カリンのおじと父と妻が殺されたのはなぜかをさぐるのに役立つ、わずかな情報も得ることができないのだから。

イヴリンドはこの最後の項目について考えながら、またため息をついた。この数日、夫に話をさせようとしていないときや、レディ・ドノカイとしての義務を果たしていないときは、三人の死をめぐる問題についてずっとさぐっていたのだ。

実際にやったのは質問することだけだった。まずは何気ないふうをよそおってカリンのおばからはじめたが、すぐにイヴリンドのやろうとしていることに気づいたビディはこう言った。「そのままにしておきなさい。また妻に死なれることをカリンはけっして望まないわ」イヴリンドは問い詰めるのをしぶしぶあきらめ、ほかの人びとに質問することにした。数人の侍女、厩番頭だということがわかったスカッチー、ファーガス、ほかにも何人かにきいたが、その問題についてはみんなあまり協力的ではなかった。イヴリンドが得たのは、あなたの夫はだれも殺していないし、うわさやでたらめは信じるべきではないとさとす、ファーガスのきびしい説教だけだった。カリンは善人だと教えられ、彼のよき妻になることに専念すべきだと言われた。そうたしなめられるのももっともだと思い、イヴリンドはすぐにその話題を打ち切った。

というわけで、まだ何もつかめていない。またもや失敗だわと思い、どうしてわたしは例の問題のことをきいてまわったりしたのだろうといらだった。最初は親切にも妻に代わって荷造りをしてくれた夫のために、何かいいことをしたいのだと自分に言い聞かせていたが、ほんとうは前妻のリトル・マギーと同じように、夫の汚名をそそぐことで彼の愛情を手に入れたい、少なくとも関心を惹きたいと思っているのではないか。

これって悲しい状況じゃない？　イヴリンドはむっとしながら思った。どうして気になるのかもわからなかった。しょせんは結婚だ。結婚に愛がからむことはめったにない。たがいの利益のためのつながりなのだから。この結婚でカリンはかなりの持参金を手にし、イヴリンドは家と日々の安楽を手にする。そうしなかったら、彼女はダムズベリーでエッダのように兄の重荷となるか、尼僧院に送られるしかないのだ。愛は結婚の一部ではない。彼女の両親も初めて会ったときはおたがいを愛していなかった。愛し合うようになったのはそのあとで、そうなった両親は幸運だった。たいていの夫と妻は愛し合うようにはならないのだ。

「お嬢さま」

「なあに？」顔を上げたイヴリンドは、自分を呼んだ相手を見て息をのんだ。「ミルドレッド！」

侍女は陽気に笑い、イヴリンドは縫物を脇に放って椅子から飛ぶように立つと、侍女に抱きついた。

「ああ、ミルドレッド。すごく会いたかったわ！」

「わたしもですよ、お嬢さま」侍女は笑いながら安心させるようにそう言って、イヴリンドの抱擁に応えた。

「ここで何をしているの？」イヴリンドは相手の顔が見えるように体を離してきいた。

そうきかれてミルドレッドは眉を上げた。「わたしの居場所がほかにありますか？　わたしはお嬢さま付きの侍女ですよ。あなたのおそばがわたしの居場所です」

「そうよ、でも――」わけがわからずにイヴリンドは口をつぐんだ。説明を求めて夫のほうをうかがったが、侍女の二歩ほどうしろに立つ男性に視線を奪われ、信じられずに目をみはった。「マック？」

敬愛する顔が大きく笑って、彼女の疑念を打ち砕き、うなずいて言った。「そうですよ」

イヴリンドはミルドレッドの腕をすり抜け、今度はマックのもとに走って同じように抱きしめた。「あなたがここにいるなんて信じられない」

「わたしもですよ」彼は皮肉たっぷりに認めて言った。「愛するスコットランドがまた見られるとは思わなんだが、わたしはここにいる。うれしいことに」そして暗く付け加えた。「もっと早くダムズベリーを発ちたかったんですが、そうもできなくてね。不満や怒りをぶつける相手だったあなたがいなくなると、エッダさまはみんなに当たりちらしていたんで」

それを聞いてイヴリンドが顔をくもらせたので、マックはあわてて言い添えた。「心配にはおよびませんよ。ここに来る途中、少人数の旅の一行とすれちがったんで、止まってたしかめたところ、帰還されるアレクサンダーさまでした。エッダさまのこともなんとかしてくださるでしょう」

「お兄さまが戻ってきたの？」イヴリンドはよろこびと安堵で息をのんだ。兄はチュニスで重傷を負ったか亡くなったのではないかと思っていたのだ。それが無事で帰ってきたという。ミルドレッドとマックが自分のもとに戻ってきたことと同じくらいすばらしい贈り物だと思い、妻の腕をつかんでマックの抱擁から引き離した夫のほうを興奮気味に見た。「兄を訪問できるかしら？　三年も会っていないのよ」

「今はだめだ」カリンは応えて言った。「たぶんもっとあとで。だがそうしたければここに彼を招くことはできる」

イヴリンドはその計画にわくわくしながらうなずいたあと、ミルドレッドとマックのほうを示してきいた。「ふたりはずっとここにいることになるの？」

カリンはうなずいた。

「ミルドレッドはここにいていいのね？」はっきりさせたくてきいた。

「彼女はきみ付きの侍女だ」彼はさらりと言った。

「マックも？」

「きみの友だちなんだろう」カリンは肩をすくめた。「彼はスコットランド人だ。それにスカッチーはもう年だから、彼に代わって厩で娘の指導をする者が必要だ」

イヴリンドはそれを聞いて黙りこんだ。スカッチーが厩で働いていて、剣術の稽古以外のことを実際にしている数少ない男性のひとりだということも知っていたが、彼の娘もそこで働いていることは知らなかった。でもいま気になっているのはそのことではなかった。夫が彼女のためにしてくれたことのほうが大事だった。

「ふたりがいなくてわたしが淋しがっているのを知って呼んでくれたの？」ようやくわたしの話に耳を傾けてくれたのだと思い、目に涙を浮かべながら尋ねた。

「ちがう」

そのことばに視線をめぐらせたイヴリンドは、長身でとても魅力的なブロンドの美男子が近づいてくるのを見た。夫とともにダムズベリーに来て、自分たちが出発したときあとに残してきた側近のひとりだとすぐにわかった。が、だれなのかは知らなかった。

「タヴィスだよ」彼女の顔に混乱を読みとったらしく、美男子は自己紹介をした。「カリンのいとこだ。きみは彼と結婚したわけだから、きみのいとこでもある」

「そう」イヴリンドはなんとか笑みを浮かべて微笑んだ。「こんにちは、いとこのタヴィス」

タヴィスはとりすましたあいさつを受けて笑みをさらに広げ、目をきらめかせると、あとからやってきた男たちを示して紹介した。「ギリー、ロリー、ジャスパーだ」

イヴリンドは笑みを浮かべた男たちのひとりひとりにうなずいてあいさつすると、説明をはじめたタヴィスに注意を戻した。「カリンはダムズベリーを出るまえにきみの持ち物を運び出すようにと命じたんだ。きみたち三人は先に出発したが、おれたちは残ってきみの荷物を荷馬車に積みこんでから来るように言われていた」

「そうなんです、奥さま」タヴィスにギリーと紹介された、比較的小柄でそばかすのあるストロベリーブロンドの若者が言った。「できるだけ急いで来ましたが、荷馬車のせいで時間がよけいにかかってしまって」

イヴリンドは男性たちを見つめ、あのとき彼らがどこに消えたのかをようやく理解した。残ったのはドノカイに荷馬車を送り届けるためだったのだ。彼女の持ち物を積んだ荷馬車を。

「お嬢さまのものはすべてお持ちしましたよ」とミルドレッドが言って、またイヴリンドの注意を惹いた。「最初エッダさまはやめさせようとしたけれど、タヴィスさまとお仲間たちががんとして立ち入らせなかったんです。あなたのタペストリーもありますよ、それに——」

　そこでイヴリンドがくるりと背を向けて、玄関に向かって走りだしたので、侍女は話をやめた。

「まあ！」玄関の外に出て城の階段の上に立ち、荷物を山と積んだ荷馬車が停まっているのを見おろしたイヴリンドは声をあげた。荷台の上のなじみの品々をじっと見てから、背後で開いたドアを振り返る。最初に出てきたのはにっこり微笑むミルドレッドとマックで、カリンと、荷馬車を運んできた四人の側近たちがあとにつづいた。

「わたしの部屋から椅子を持ってきてくれたのね」驚いてそう言うと、向きを変えて足取りも軽く階段をおり、荷馬車に向かった。

「ああ。ミルドレッドはベッドも持っていきたがったけど、ここにはふさわしくないと思ってね」タヴィスはおもしろそうに言うと、側近たちを先導してミルドレッドとマックのあとから荷馬車に向かった。荷馬車のそばではイヴリンドが慣れ親しんだものに触れながら、歩きまわっていた。

　ほんの少しだけわが家を手にしたようだった。どの品にも思い出があり、いい思い出も悪い思い出もあった。いい思い出は両親のもので、悪い思い出はエッダのものだ。いい思い出だけを記憶して、悪い思い出は忘れることにした。過去について思い悩むまでもなく、今は充分問題を抱えている。過去はもうすんだことだ。エッダはもうイヴリンドを傷つけることも辱めることもできないのだし、そんな思い出を抱えていてもエッダのせいで自分が傷つくだけだ。

「わたしのタペストリー」とつぶやいて、巻いた布の縁をなで、その先に目をやる。「お母さまといっしょに刺繡《ししゅう》をしたクッションだわ！」

「衣類も全部持ってきましたし、お母上があなたのためにとっておかれた刺繡つきのリネン類もありますよ」ミルドレッドはにっこりしてそう言ったあと、いくらかまじめに付け加えた。「あなたのご両親の肖像画も」

イヴリンドはこみあげた涙をあわててこらえ、夫に小さく微笑んだ。

「ありがとう」心からの感謝の気持ちをつぶやく。

カリンはうなった。

イヴリンドは眉をひそめ、荷馬車に視線を戻した。首を振り、これらのものをもう見られないのだと思って、自分がどんなに落ちこんでいたかを思い出す。実のところ、ミルドレッドとマックさえいてくれるなら、ほかのものはすべてあきらめていただろうが、大事な侍女も友だちも私物も、どれも失わずにすんだらしい。あんなに落胆し、意気消沈することはなかったのだ。

「どうしてこのことを教えてくれなかったの？」イヴリンドは当惑してきいた。教えてくれていたら、この数日こんなに暗く憂鬱《ゆううつ》ではなかったのに。待ちに待った明るい出来事として、彼らの到着を楽しみに待つことができただろう。

カリンは肩をすくめた。「きみの荷物を運ぶことなどおれは考えてもいないと思っているようだったから、好きなように思わせておいたのだ」

「好きなように？」イヴリンドは信じられずにきいた。怒りが体内をかき乱す。「着てきたものしかないと思ったからって、わたしが好きであなたの亡くなった奥さまのドレスを着て、隣人のまえで大事なところをすっかり見せたと思っているの？　愛する人はひとりもいないと考えて、夜に泣きたくて泣いていたと思うの？　家族との絆《きずな》も思い出の品もすべて失ったと考えたかったとでも？」

「泣く？」彼はそのことばに注目し、眉を寄せてきいた。「いつ泣いたんだ？」

「あなたが眠っているあいだに」イヴリンドは言い返した。認めながら、恥ずかしさに頬が染まるのがわかった。ばつが悪そうにしているのは彼女だけではなかった。側近たちとマックはおどおどと視線を合わせながら、ひどく居心地が悪そうだった。ミルドレッドは恥ずかしいというよりも、主人を思ってろうばいしているようだったが。彼女が移動していつものように力になろうと背後に立ったときも、イヴリンドは驚かなかった。

「ふん」マックがふいにつぶやいた。「さてと、荷物をおろしにかかったほうがよさそうだな」ミルドレッドの腕をつかんで、荷馬車のほうに引っぱっていく。ミルドレッドが離してくれと文句を言うのが聞こえたが、マックは夫婦のあいだにはいるものではないとさとして彼女にクッションを差し出し、自分は椅子をつかんで階段のほうを示した。側近たちもそれぞれ荷物を持って足早にふたりのあとを追った。戦場から逃げ出すわけね、とイヴリンドは思った。

「泣くことなどなかったのに」一同が城のなかに消えると、カリンは顔をしかめて言った。「さまざまなことに気をつけるのがおれの役目なのだから、おれを信頼していれば、きみの幸福に留意していることがわかっただろう。それに」眉をひそめて付け加える。「家族の絆をすべて失ったわけではないぞ。今はおれがきみの家族なのだから」

「家族？　あなたが？」イヴリンドはびっくりしてきき返した。「いいえ、領主さま。あなたはわたしにとってまったくの見知らぬ人だわ。どうして見知らぬ人がわたしのために何かしてくれると信じられて？　わたしの継母だって——見知らぬ人ではないけれど——してくれないのに？」

「おれは見知らぬ人ではない」カリンはいらいらと言った。「きみの夫だ」

「夫かもしれませんけどね、領主さま、神父さまのまえで数回こっくりしたからって、見知らぬ人であることに変わりはないわ」イヴリンドはむっつりと言ったあと、さらに指摘した。「わたしはあなたのことを何も知らないのよ。自分のことは思いつくかぎり何もかも話したのに、あなたは何も返してくれない。あなたよりスカッチーのことのほうがよく知っているわ。彼について知っているのはパスティが好きなことだけだけど。でもあなたが好きなものも嫌いなものもわからない。たぶんわたしが好きじゃないんだろうってことを別にすれば」

カリンは驚いて身をこわばらせ、やがて怒りをあらわにした。「いったいどうしてきみを好きでないなどと思うんだ？」

「さあ、どうしてでしょうね」と言い返したとき、手ぶらになったマックが、ほかの男たちを従えて城の外に姿を見せた。「きっと床入りの儀以来あなたがわたしに触れないからか、うなり声以外はわたしにかけないからじゃないかしら」

男たちが階段の上で突然立ち止まり、カリンに見られるまえにきびすを返して城のなかに向かったのにイヴリンドは気づいた。そのあいだ夫は口を開けて閉じ、またそれをくり返したが、ことばは出てこなかった。

ようやく怖い顔でかみつくように言った。「きみを思いやってのことだ」

「思いやって？」信じられずにきいた。

「そうだ。あざが痛むといけないと思った。きみに触れるのはもっとあざがよくなってからにしようと思ったのだ」

イヴリンドはろうばいのあまり、現時点では彼の思いやり深い行動をよろこべなかった。もしそれがほんとうならと思うと、頭にきて言い放った。「それならそうとわたしに言ってくれていたらよかったんですけどね、領主さま、お勤めがあまりにお粗末だったからもう二度とお手がつかないんだと思わせておくんじゃなくて」

カリンは驚いて目を見開き、すぐに彼女の腕をつかむと、向きを変えて城のなかに引きずっていった。

「どこに連れていくつもりなの？」腕を引き離そうとしながらいらいらと尋ねた。大広間を横切って階段へと引きずられた。

「きみへの好意を示す」カリンがどなった。

イヴリンドはすぐにかかとでふんばり、ふたりは架台式テーブルのそばで止まった。「わたしの言ったことをひと言も聞いていなかったの？」疑わしそうにきく。「わたしは示してもらいたいんじゃないの。話してほしいのよ、領主さま」

カリンは彼女に背を向けた。おもてのけんかの目撃者になってしまうことを避けてテーブルについていたらしい男たちは、あわてて大広間から逃げ出して、はいってきたばかりの扉からまた急いで出ていった。

「妻よ」カリンは憤懣《ふんまん》やるかたない様子で言った。「男をことばで判断してはならない。行動で判断するのだ。「男は――そして女も」とすかさず付け加える。口ではうそをつくことができるが、行動は真実を語るからだ」

「たいていの人たちにとってはそうなんでしょうね、あなた。でもわたしはたいていの人じゃないの。あなたの妻なのよ。わたしは行動とことばの両方が必要なの」イヴリンドはきっぱりと言った。

カリンは初めて見る珍しい生き物であるかのように彼女を見つめたあと、いらいらと両手を上げ、彼女を通りすぎて城から出ていった。

イヴリンドは閉まった扉を数分間見つめていた。心は騒乱状態だった。自分の言ったことを悪いとは思わなかった。なんといっても、ビディが彼のおばだということも本人から教えられるまで知らなかったのだから！

それでも、してやったりとは思えなかった。カリンの言ったことも部分的には真実だからだ。行動で彼を判断していたら、夫は思いやりのある心やさしい男ということになる。イヴリンドがしてくれとたのんでさえいないのに、望んでいたことをすべてかなえてくれた……自分が何をしようとしているか彼女に話して安心させること以外はすべて。

気遣っているとうるさく言ったり、約束するだけで自分では何ひとつしない男よりはましかもしれない。それに、大酒を飲んで妻を殴る夫よりはたしかにいい。小さなため息をもらして、痛みはじめてきた額をさすり、もっとひどいことになっていたかもしれないのだと認めた。うそつきの暴力夫より、無口で思いやりのある夫のほうがずっといい。たぶん何も言ってくれないカリンにも慣れなければならないのだろう。そう思ってため息をついた。

少なくともマックとミルドレッドはまたわたしといてくれるんだわと思い、扉を開けると、イヴリンドが馬に乗れる年齢になってからずっと悩みや不安に耳を傾けてくれたマックが、小さな衣装箱を抱えてはいってきた。そのあとから、それぞれ荷馬車からおろした荷物を抱えて残りの男たちがつづいた。

マックはイヴリンドのそばで足を止め、ほかの者たちが通りすぎて階段をのぼりはじめるまで待ってから言った。「レディは四日間馬車につながれて歩きどおしで、乗ってもらいたがっています。あなたが発ってからいい乗り手がいなかったものでね」

「レディも連れてきたの？」イヴリンドはうれしくなってきいた。

「はい。厩にいます」

イヴリンドはすぐに彼の脇をすり抜けたが、小声で名前を呼ばれると、立ち止まって振り返った。

「あの方にあまりつらく当たってはいけませんよ、お嬢さま。男は女よりも話をするのが苦手ですから」

イヴリンドはそれを聞いて眉をひそめ、こう言ってやった。「おまえはいつでも話してくれたわ」

「はい」マックは薄く微笑んだ。「ですが、わたしは老人です。話すことの価値を知っています。でもカリンさまはまだ若い。それに誇り高い」肩をすくめて首を振る。「知恵のない者ほど口数が多いと言いますよ、お嬢さま。あの方は知恵のない者ではありません」

「ええ、そうね」彼女は静かに同意した。

　できることはしたと満足したのだろう、マックは荷物とともに背を向けた。「レディに会いに行かれるといい。あの娘《こ》はあなたに首ったけですから」

　イヴリンドは軽く笑みを浮かべて向きを変え、そのまま城を出た。中庭を横切りながら、愛馬の姿が見られると思うと笑みはさらに広がった。

　厩まで半分も行きつかないうちに、馬に乗って建物から走り出てくるカリンが見えた。彼はたちまち中庭を抜け、城門をくぐるやいなや猛然と馬を走らせた。

　どこに行くのだろうと一瞬思ったが、すぐにその懸念を追いやって厩へと急いだ。もしレディが疲れていないようなら、乗って出かけよう。このあたりのことはわからないので遠くまでは行けないが、短い距離でも早駆けをすれば気分も癒されるだろう。

「半時《はんとき》ほどまえにうちの者たちが城壁からきみを認めた。だから馬に乗って迎えに来たよ」

カミンの城がある丘を囲む森にさしかかるまえに、カリンは馬に乗ったトラリンに迎えられた。

カリンはうなった。このまえ近づいてくる一行があると警備の者から知らせを受けたとき、トラリンとその両親があれほど城の近くまで来ていなかったら、自分も同じことをしていただろう。城壁の警備兵は新しい馬を慣らそうとしていた城主を眺めるのに夢中で、近づいてくる騎馬の人影に気づかなかったのかもしれない。あるいはアンガスの囲いを突っ切って殺されようとしていた妻を眺めていたのだろうか。そう思うといらだちを覚えたが、彼女が放牧場のなかを走ってきたのは、自分が馬から跳ね飛ばされてけがをしたのではないかと心配したからだと思い出すと、すぐにそれも消えた。

この様子だと妻のせいでおれは頭がおかしくなりそうだ。カリンは憤慨しながら思った。恐怖に肝をつぶしたかと思うと、危険に乗りこんでいく彼女に激怒し、次には夫の安否を心配してくれたことに心を動かされている。まったく、結婚というものは悪天のなかで船に乗るようなものだ。上がっては下がり、また上がっては下がる。結婚すると男は船酔いするとだれか警告してくれるべきだったのに。

「それで？　うちに来たってことは、おれに何をしてほしいんだ？　教えてもらえるのかな？」

カリンは目をすがめた。「それはどういう意味だ？」

トラリンは肩をすくめ、眉を上げた。「ではあえてきくが、結婚生活はうまくいっているのか？」

「詮索好きなやつめ」カリンはつぶやいた。

トラリンは侮辱されても笑い飛ばしてきいた。「楽園に悩みありか？」

カリンが不機嫌そうにため息をつくばかりなので、トラリンは励ますように友の背中をたたき、彼に背を向けて馬をカミンの城に向けた。「来い、友よ。きみはエールを飲むべきだ。おれも相伴《しょうばん》にあずかるよ」

カリンはためらった。やっぱりここに来るべきではなかった。カミンの城までは馬で一時間近くかかり、帰りも同じだけかかるのに、彼にはやることがたくさんあった。が、それにはこの憤りと混乱を乗り越えなければならず、それはなんとかここで収めていく必要がある。こうしてカミンのところに来たのだから、酒を飲んでから戻ってもいいだろう。カリンはそう理由をつけ、うなずいて馬をまえに進めた。

「それで」カミンの城の大広間にある架台式テーブルにつくと、トラリンは言った。「美しいイヴリンドはどうしている？」

カリンはしぶしぶ微笑んで認めた。「たしかに彼女は美しい」

「そうだな」トラリンは友の顔を興味深げに見ながら言った。「だぶだぶのドレスを着て、ベッドから出たばかりのように見える髪をしていても美しかったが、着替えて髪を整えたあとにおりてきたときはさらに美しかった」

カリンはうなずき、彼の言うことは正しいが、妻がいちばん美しいのは、何も着ないで青い目をおれがかきたてた欲望に翳らせているときだ、と思って唇の端を笑みの形に上げた。

「きみにぴったりの人柄のようだった」カリンが黙ったままなので、トラリンはつづけた。

「ということは、ここに来た理由がなんであれ、問題はきみにあるとしか思えない」

裸の妻のイメージが砕け散り、カリンは突然背筋をのばして怒りの視線を友に向けた。

「なんだと？」

「だって……」トラリンは肩をすくめた。「彼女は頑固ではないようだし、誇り高いようにも見えない。だがきみはその両方だ」

カリンはそのことばの正しさに顔をしかめ、ため息をついた。「ここに来るつもりはなかったんだが、もう来てしまったからには……」肩をすくめて言った。「きみはおれより女の扱いがうまい。少なくとも女たちはきみと話をするのを好んでいるようだ」

「それはちゃんとこちらからも話しかけているからさ」トラリンはそっけなく言ったあと、こう尋ねた。「何があったんだ?」

「彼女は夜泣きながら眠っているらしい」カリンは不機嫌そうに認めて言った。

トラリンの眉が上がった。「なぜだ?」

「おれが彼女の衣類を持ってきたことを知らなかったんだ。自分は着てきたドレス以外何も持たずにドノカイに連れてこられたと思ったらしい」

トラリンは肩をすくめた。「どうして彼女にそうじゃないとわかる? 持ってきたと話したのか?」

「いや。だが、おれが身の回りのものも持たずに彼女を連れてくるわけがないとわかってくれてもよさそうなものだ」

「どうして彼女にそれがわかるんだ?」彼は驚いてきいた。「彼女はきみを知らないんだぞ、カリン。それに認めてもらわなければならないが、きみはあまり率直になんでも話す男とは言えない」

それは夫のことがまったくわかっていない妻にも非があると言ってもよかったが、言われたとおりだとわかってカリンは顔をしかめた。友は妻の不満をくり返しているだけだった。

「結婚してからふたりで少しは話したのか?」

「彼女は話している」カリンはこの数日ぺらぺらしゃべってばかりいるイヴリンドを思い浮かべ、口元に笑みを浮かべながら認めた。彼女は子供のころのことや冒険の数々、マックとの友情やミルドレッドへの愛情について語り、なるべく継母と顔を合わせないようにするための賢い方法の数々についてもあかした。

「彼女は話しているんだな?」トラリンは微笑む友を見て言った。「ではきみは何をしているんだ?」

「聞いている」カリンは答えた。たしかに彼は聞いていた。夢中になって彼女の声に耳を傾けていた。イヴリンドはとても話上手で、彼は話を聞きながら彼女の言ったことを頭のなかにそっくり思い描くことができた。

「ふむ」トラリンはエールを飲んでからきいた。「彼女が好きになったか?」

カリンはきかれたことについて考え、ゆっくりとうなずいた。「ああ。彼女は賢くてやさしくて……おれとドノカイにいるよりも、不愉快きわまりない継母のいるダムズベリーに帰りたがっている」嫌悪感とともに締めくくった。

トラリンは飲みこもうとしていたエールをのどに詰まらせ、カリンはその背中を何度かたたいてやった。当然の反応だと思った。それを知ったときは彼もぞっとした。イヴリンドが彼といてそれほど不幸せだとは受け入れがたかった。エッダに侮辱され、いじめられる場所に戻るほうがいいと思っているとは。

「なぜだ？」ようやくしゃべれるようになったトラリンが言った。「このあいだきみから聞いた話では、その継母は彼女にひどい扱いをしていたそうじゃないか」

カリンは陰鬱にうなずいた。トラリンと両親が来た日、イヴリンドが階上《うえ》で着替えているあいだに、継母のことは話していた。エッダの継娘に対する態度を、イヴリンドがひどい扱いを受けていたことがはっきりとわかるいくつかのことばで簡潔に説明したのだ。

だがおれはけっして彼女を侮辱していないし、いじめてもいない、とカリンは思った。実際、いろいろなことが楽になるように、できることはすべてやった。ダムズベリーまで長旅をしてきたのに、彼女を早くエッダから引き離したくて、ひと晩泊まらずに結婚式がすむとすぐに出発し、自分でできない彼女に代わってドレスやその他のものを見つくろって小さな袋に詰め、エッダがしつこく求める屈辱を妻に受けさせるよりはと、床入りの儀をしたと見せかけるために自分の身を切り、道中はずっと馬上の自分のまえに彼女を乗せて、けがをできるだけ悪化させないようにし……

「ベッドで彼女を手荒く扱っているのか？」トラリンがふいに尋ねた。カリンに驚愕《きょうがく》と怒りの目つきで見られ、あわてて言い添えた。「どうして彼女がダムズベリーに戻りたがるのか、問題を整理しようとしているだけだよ。きみが継母のように侮辱したりいじめたりしていないことはわかっている――」

「おれは彼女をばか女と呼んだ」カリンはそう言って、イヴリンドが雄牛の放牧場のなかにいたことを話した。

「まあ、それは許されると思う」トラリンは眉を寄せて言った。そして咳払いをすると、さきほど言いかけたことに戻った。「きみが女に手荒なまねをしないことは知っているが、おれが思ったのはだな――その、きみは処女の扱いには慣れていないだろう、カリン。もしかしたら、もう少しやさしくしたほうがよかったのかもしれない。それで彼女はその……行為に驚いたのかも」

「おれは彼女の体が癒えるまで夫婦の営みを控えている」カリンは苦々しく認めた。

トラリンの眉が吊りあがった。「まだ床入りの儀をすませていないのか？」

「いや、それはすませた」カリンはそう言って眉をひそめた。イヴリンドの体がすっかりよくなって、愛撫をしても痛みに顔をしかめなくなるまで待つつもりだった。それなのに城に着いた翌朝、エールをこぼしてチュニックを着替えようと部屋に向かうと、ビディに呼びとめられて、イヴリンドに塗る膏薬を持っていってくれとたのまれた。自分はすぐに行くと彼女に伝えてくれと。彼は承知し、膏薬をわたすだけのつもりでいたが、部屋にはいってイヴリンドが裸でベッドにうつ伏せになっているのを見たら、当初の意図はすっかり消えてなくなってしまった。

　気づいたときには両手が膏薬でべたべたになっていたので、その手で膏薬を塗ることになり、彼女に触れてしまうと、カリンはわれを忘れた。ビディが膏薬を塗りにくるということさえ言えないほどに。もしビディが来たのなら、カリンもイヴリンドも気づいていないようなので、ふたりのじゃまをせずに消えたのだろう。それはありがたかった。

　トラリンが咳払いをしてカリンの注意を惹き、慎重にきいた。「それで、どうだった？」

「ああ……よかった」カリンはつぶやいた。とてもそんなことばで言い表せないことはわかっていたが。あれはすばらしかった。自分は初めてではなかったが、妻と寝ることはこれまでの人生でもっとも興奮させられる経験だった。彼女によって引き起こされたような情熱を感じたのも、イヴリンドをよろこばせたいと思ったように女をよろこばせたいと思ったのも、初めてのことだった。その熱情のあまりの激しさに、礼節を保つのは至難の業で、痛む場所に触れないようにするにはつねに努力が必要だった。彼女にかきたてられた欲情を抑えるのはある種の拷問……甘美な拷問だった。目覚めたらすぐにくり返したいものでもあった。だが、次はやさしくやれないだろうと思い、彼女は体を治さなければならないのだからと、あえて自分を抑えてきたのだった。

「よかったのはきみだろう」トラリンが言った。「彼女はどうなんだ？　もしかしたら――」

「彼女もよかった」カリンはそっけなく言った。「どちらにとっても非常によかった。それなのに彼女は、体がすっかりよくなるまでは彼女をわずらわせたくないというおれの思いやりを、自分がおれをよろこばせることができなかったからだと誤解しているようだ」

「ふうむ」トラリンはつぶやいた。

「そして、なんでも説明してほしいと言う」カリンは文句を言った。「ことばなど気にせず、行動でおれを判断しろと言ったが、彼女はことばも行動も両方必要だと言い張っている」

「注文の多い娘だな」

カリンはうなずき、トラリンが笑いだしたのでようやく友にからかわれたことに気づいた。

「カリン」トラリンはわざとしかつめらしく言った。「きみが説明するのに慣れていないのはわかる。きみはドノカイの人びとを治める領主で、領主はだれかに何かを説明する必要はないが、彼女はきみの領民のひとりというだけではない。きみの妻なんだ。しかもきみたちはまだおたがいをよく知らない。まずはいくらか説明する必要があるよ」

カリンにじろりとにらまれると、こう付け加えた。「彼女の立場になってみろ。おまえが現れて妻にされ、すぐさま自分の城から連れ去られた。そしていま着ているドレス以外、自分には何もないと思っていた。きみは彼女と一度寝たあと、よかったとひとこと言って満足したと知らせることもせず、きみのことだからおそらく、ドノカイでの彼女の立場について何も教えずにいたから、彼女は自分なりにあれこれ考えるしかなかったにちがいない。新しい家で新しい立場に立った彼女は、勝手がわからずに心細い思いをしているんだよ」

「でもおれは、彼女が過ごしやすいように、できることはすべてしているぞ」とカリンは反論した。

「嫁に来てくれてうれしいと伝えること以外はな」トラリンが指摘する。「褒めことばこそ、ずっと継母に侮辱されてきた彼女に必要なものだ」

「だが——」

「きみの義務のひとつだと考えるんだ」トラリンがさえぎった。「きみは義務をけっしておろそかにしない男だ。だからこれもそのひとつだと考えろ。ドノカイは彼女を歓迎し、必要としていると妻に確信させるのがきみの義務だ」

「義務か」カリンはつぶやいた。

「そうだ」トラリンはうなずいた。「そうすれば、彼女は——したがってきみも——ずっと幸せになると保証する」

カリンはその提案について真剣に考えた。そしてうなずいて席を立った。

「どこに行くんだ？」トラリンが驚いてきいた。

「義務を果たしに戻る」カリンはそうつぶやき、扉に向かった。

9

「迷っちゃったわ。あなたのせいよ」

レディはいらいらした女主人のことばにも、そのしかめ面にも動じなかった。馬は彼女が進む方向を決めてくれるのを辛抱強く待っているだけだった。イヴリンドは愛馬の無関心ぶりに顔をしかめ、森のなかを見まわした。

今こうしてドノカイの城が建つ丘のふもとで、村はずれにある森の奥にいるのは、ほんとうにこの雌馬のせいだった。イヴリンドは森にはいる気などまったくなかったのだが、レディには別の考えがあった。雌馬の自由にさせた彼女がいけなかったのだ。公正を期するために言えば、ダムズベリーではそれはまったく問題ではなかった。だがドノカイでは話がちがう。どこに向かっているかわからないからと言って、丘を駆けおりて森のなかに向かうレディを止めることはできなかった。

イヴリンドは丘のふもとで雌馬を止めようとしたが、レディは止まらず、猛然と森のなかに駆けこんだ。なんとか並足にさせたころには、かなり森の奥にいた。

最初はそれが困ったことだとは思わなかった。雌馬の向きを変えて来た道を戻れば、楽にそこから出られると思っていたのだ。ところがもう二時間以上も駆足をさせているのに、森から出る道が見つからない。どこかで方向がずれ、まちがったほうに向かってしまったようだが、どうしてそうなってしまったのかわからなかった。

雌馬の上で体をひねり、自分たちを取り囲む森を今一度見まわした。森の外は日が照っていたが、森のなかは木があまりにも密生していて、頭上の天蓋《てんがい》は石の壁のようだった。日光はほんのわずかしか射しこまず、小さな森のまんなかにいると夕方のように感じられた。もしかしたらほんとうに夕方なのかしら、とイヴリンドは不安になった。谷から出る道をさがしているあいだに過ぎた時間を、少なく見積もりすぎていたのだろうか。そうでないといいけど。ここで夜を過ごしたいとは思わないもの。

木の葉や枝を踏む音が聞こえてレディが神経質に身じろぎすると、イヴリンドはさっと横を見たが、そこにはだれもいなかった。音ももう聞こえなかった。だが、イヴリンドにもレディにも聞こえたということなので、ゆっくりと森のなかをうかがいながら待った。ぞくぞくする感覚がうなじから背筋をおりていく。

こうなったらこれ以上ここにとどまって、問題を解決する方法を考えているわけにはいかない。動いているほうが――たとえまちがった方向であっても――一カ所にとどまっているよりもいい。

音がしたと思われるほうと逆方向にレディを向け、振り返りたいのをこらえながら馬をまえに進ませた。

「たぶんただのウサギかハタネズミよ」と言って、雌馬の首をなだめるようになでた。「オオカミでもその仲間でもないわ」

それでレディが安心したかどうかはわからなかったが、イヴリンド自身はあまりいい気分とは言えなかった。背筋はまだぞくぞくしているし、今にも獰猛《どうもう》な動物か何かが飛び出して襲いかかるのではないかと、体じゅうが緊張していた。

じりじりと襲う不安を無視しようとしながら、イヴリンドは頭上に目を向け、左右を仰ぎ見て、森のはずれが近いことを示す木々の切れ目はないかとさがした。自分たちの向かう方向がまちがっていないことを願うしかない。

心を決めてふたたび手綱を取った。ドノカイに到着した夜、谷を抜けたときは、これほど長くかからなかった気がした。もちろん今は迷ってしまったので長く感じるのだろうけど……

やっとのことで森から出ても、谷の反対側に出てしまったとわかったら目も当てられない。

そうなればまた森を抜けて城に向かわなければならないのだ。

城が見えさえすれば……

だがもちろん、木々がじゃまで見えなかった。

イヴリンドは頭上の木々の葉を見あげた。高い木のひとつを葉のあまり茂っていないところまで登れば、城が見えるかもしれない。そうしたらどの方角に向かえばいいかわかるだろう。

その考えが浮かぶと、イヴリンドはやってみずにはいられなかった。レディの首をやさしくたたき、雌馬から降りて地面に立った。そして腰に両手を当て、上を見ながらその場でゆっくりと回り、いちばん高くて、登れば城が見えそうなほど高くまでそびえ、それでいて登りはじめるのに彼女が届くほど低いところに枝がある木はどれか、判断しようとした。

登る木が決まると、その根元に行って立った。そこにたたずみ、木とスカートを見比べたあと、かがんでスカートのまえ側の裾に手をつっこんだ。うしろ側の裾をつかみ、川にはいったときしたように、脚のあいだからまえに引っぱってくる。前回はスカートがベルトからはずれて問題が起きたことを思い出し、とくに注意してしっかりベルトにはさむと、選んだ木に近づいた。

その木の枝は低いので楽に登れるだろうと思ったのだが、これまで木に登ったことはなかかなかった。

ったので、それがどんなにたいへんなものかは知る由もなかった。ダムズベリーでは難なく木によじ登る子供たちを見たことがあったが、イヴリンドの場合、彼らのように楽にとはいかなかった。

選んだ木のいちばん低い枝は、両腕をかけられるほど低かったので、すぐにそうした。そして脚を枝の上に持ちあげようとしたが、脚はそこまでは上がりそうもなかった。顔をしかめながら、枝を伝ってその根元まで行き、腕で枝にぶらさがりながら幹に片方ずつ足をつけ、歩くようにして登った。脚も枝にかけることができるとひどく得意になったが、ぶら下がった体勢からどうやって上に登ればいいのかわからなかった。

しばらくそのままぶら下がったまま、なんとかしようとしてみたが、筋肉が抗議の声をあげはじめたので、脚をおろして木から離れ、また森の地面に立った。そこに立ちつくして両手を腰に当て、木をにらんでいると、レディがそばまで来てイヴリンドの肩をつついた。走ったので水が飲みたいのだろうと思ったイヴリンドは、すぐにしかめ面を雌馬に向けた。思いきりレディを走らせたあとは、いつもダムズベリーのそばの川に連れていったものだった。最初にドノカイに来たとき谷を抜ける途中で川をわたっていたが、残念ながらそれがどこにあるのかイヴリンドにはわからなかった。

「水は飲ませてあげるわよ。もしわたしが――」と言いかけて、ある考えが頭に浮かび、ことばを切った。頭のなかで花開いたその考えに微笑みながら、イヴリンドは雌馬のそばに寄り、また鞍に乗った。

「この木に登るのを手伝ってくれたら、すぐに水を飲ませてあげると約束するわ」イヴリンドはそう言いながら、登ることに決めた木に雌馬を近づけてさらに言った。「できればドノカイの厩でね」

枝に届くまで雌馬を近づけると、手綱を放し、やさしく雌馬の首をたたいてささやいた。

「お願いだから動かないでよ」

鞍の上で体を起こし、そばの枝をつかんで体を支えながら、慎重に雌馬の背の上に立った。ほっとしたことに、雌馬はじっと立っていてくれたので、イヴリンドは直立姿勢を保つことができ、すんなりと枝に乗り移ることができた。残念ながら彼女の上靴はこういう作業向きにはできていないので、両手で上の枝につかまっていなかったら、きっと滑り落ちていただろうが。

「ありがとう」ようやくあたりを見まわせるほどの安定感を覚え、レディが何歩かあとずさって主人が落ちてきそうな場所を避けるのを見て、イヴリンドは雌馬につぶやいた。「この苦行のなかでも、あなたのおかげでふたりとも助かりそうだとわかってうれしいわ」

レディの返事は、頭を地面に下げて、土の上の枝のにおいをかぐことだった。

イヴリンドは首を振ると、木の幹にもたれて片手でつかまり、まずは片足、次にもう片方の足の上靴を脱ぎ、地面に落とした。

そうするとずっと足元が安定したので、重大な作業である登ることに注意を向けた。それはつらい体験だった。これほどたいへんなものだとはまったく知らなかった。枝はあらゆる方向にのび広がり、枝同士がくっつきすぎているものもあれば、離れすぎていてとうてい届きそうにないものもあった。しかし、何度も枝に引っかかり、こっちで肘を、あっちで膝をすりむきながらも、固い決意に押されて登りつづけた。

半分ほど登ったにちがいないと思ったところで小休止をした。上を見たあと下を見ると、半分にはほど遠いことがわかってがっかりした。そこでようやく、すばらしい考えがそれほどすばらしいものではなかったとわかった。

ため息をつき、どれがいちばん楽に届きそうか判断しようと、上にある枝を吟味した。あの枝にしようと決めたとき、小枝の折れる音がしたので動きを止め、あたりを見まわした。登っている最中だったら、聞こえなかったような小さな音だ。だが、イヴリンドには聞こえたし、レディにも聞こえたらしい。雌馬もさっきのように不安げに横に跳ね、音がしたと思われるほうを見たからだ。

少しまえに小枝を踏む音が聞こえたときと同じぞくぞくする感じが戻ってきて、イヴリンドはまわりの木々を見わたした。が、薄暗い森のなかにどんなに目を凝らしても、音をたてたものは見えなかった。やがて、しぶしぶあきらめ、自分が登っている木をまた見あげた。向かう先の方向がわかる高さまで登ることができたら、すぐにこの森から出よう。

歯ぎしりしながら意を決してまた登りはじめ、次の枝の上に立ったとき、何かがシュッと通りすぎ、左のほうでバスッというこもった音が聞こえた。びっくりして左手を枝から離し、なんだろうとそちらのほうを見たが、その瞬間、足の下の枝が折れた。

叫び声をあげ、あいているほうの手をばたつかせて夢中でつかむものをさがした。ひどく細い枝をさがしあて、必死でつかまりながら、引っかかりを見つけようと足を動かした。足がかりが見つかると安堵がどっと押し寄せ、ゆっくりと息を吐いたあと、木にしがみついてざらざらした幹に頬を押しつけたまま、狂ったように鼓動する心臓が落ちつくのを待った。

動悸《どうき》が収まり、レディのほうを見おろすと、雌馬はさらに数歩あとずさって、落ちてきた枝をよけており、非難するようにこちらを見ていた。

「そんなふうにわたしを見ないでよ。全部あなたのせいなんだから」イヴリンドはつぶやき、ため息をついてまた木に頬をつけた。

もう絶対ひとりでこの森にはいったりしないわ、と心に誓い、枝につかまろうと顔を上げた。収まっていた鼓動が、今度は完全に止まってしまったようだ。イヴリンドがつかんでいるのは枝ではなく、矢の軸だった。

それを知ってあまりに驚いたため、考えもなしにすぐに手を離し、もとの枝につかまった片手だけで体重を支えることになった。恐慌に陥りながら急いで別の枝をつかむ。すると「妻よ、きみか?」という声が聞こえ、どっと安堵が押し寄せた。

しばし目を閉じたあと、イヴリンドは頭をまえに落として下を見た。やっぱり夫はわたしを見つけてくれたのだ。彼はレディの横に止めた馬から早くも降りようとしていた。

すごいわ。イヴリンドはむっとしながら思った。どうしていつも最悪のときに彼に見つかってしまうの?

「何をしているんだ、このばか女?」彼女のいる木の下に来てカリンはどなった。

どこかで聞いたことのあるセリフね、と思い、咳払いをして言った。「あら、何もしていなくてよ、領主さま。戸外で午後を楽しんでいるだけですわ」

「木にぶらさがってか」彼はがみがみと言った。「手だけで」

「脚を休ませているのよ」急いでそう答えたあと、脚を動かして枝をさぐった。片足を枝につけ、もう片方もつけると、ほっとして小さく息をついた。

「降りてこい!」

カリンはひどく怒っているようだわ、と思いながら、次に降りるのはどの枝が安全そうか見極めた。

「いいから飛びおりろ。おれが受けとめてやる」彼は命じた。

「いいえ。登れたんだから降りられるわ」イヴリンドは彼を安心させると、その作業を進めた。あまり急がないよう気をつけながら。またカリンの怒りに直面するのは気が進まなかったので、時間をかせぐことで彼が落ちついてくれればと願いながら。

最後の枝にたどり着いたイヴリンドが、そこに座って体をまえに押し出し、森の地面に飛びおりようとすると、力強い二本の手につかまれてゆっくりと地面に降ろされるのがわかった。

「ありがとう」地面に降り立った彼女はつぶやいた。

「どういたしまして」カリンはうなるように言った。そしてすぐにかみついた。「さて。きみはいったい何をしていたんだ？」

イヴリンドは口を開け、また閉じ、咳払いをしてから言った。「木に登っていたのよ」

「それは見ればわかる」彼はいらいらと言い返した。「なぜだ？」

「道に迷ったからよ」彼女はいやいや白状し、かがんで上靴を拾うと、カリンを押しのけてレディのそばに行った。「木に登ってお城の方角を確認するほうが、このいやなハイランドに閉じこめられた頭のたりないイングランドの幽霊みたいに、森のなかをさまよいながら今日の残りを過ごすよりいいと思ったの」

その説明のあとは、短い沈黙がつづいた。やがてカリンは咳払いをして言った。「それは利口だな」

イヴリンドはレディの横で立ち止まり、不安げに振り返った。するとカリンがついてきていたので、一歩あとずさった。けげんそうに彼を見あげてきいた。「ほんとにそう思う?」

「ああ」それ以上褒めるつもりはなさそうだったが、その顔は皮肉っているようにもあざけっているようにも見えなかった。

唇をかみ、彼の馬を見やったあと、また彼を見てきいた。「じゃあ、さっき森のなかで聞こえた音はあなただったの?」

「たぶんな」カリンは肩をすくめて言った。

イヴリンドは彼に怖い思いをさせられたと知って顔をしかめた。「どうして声をかけてあなただと知らせてくれなかったのよ? つけまわして死ぬほど怖がらせたりするんじゃなくて」

「つけまわす?」彼の眉が上がった。「おれはきみをつけまわしてはいない。城に戻る途中できみの雌馬を見かけたので馬を止めたら、木の上にきみが見えたのだ」

イヴリンドは眉をひそめ、自分が登っていたはずの木をもう一度見あげた。地面からでは矢は見えなかったが、そこにあるのはわかっていた。カリンの馬に目を移すと、弓も矢も携えていなかった。カリンの手にもない。矢を射ったのは夫ではなかったのだ。今日射られたものではないのだとしたら？　あれは何年もまえから木に刺さっていたもので、あの音は別の枝が折れたか、わたしが登ったせいで木が揺れ、上のほうの枝から鳥の巣が落ちた音だったということも充分考えられる。

残念ながら矢をよく見ていなかったので、古びていたかどうかははっきりしなかった。なんだかよくわからないうちに手を離してしまい、そのあとは落ちないようにするので忙しかったからだ。

「なぜ森にいる？」カリンがきいた。

「レディを遠乗りに連れていってやろうと思って」イヴリンドはぼんやりと答えた。まわりの木々に視線をめぐらせたが、見たところだれもいないようだ。それでも彼に向かって言った。「木に矢が刺さっていたわ」

カリンは肩をすくめた。「この森にはたくさんあるはずだ。狩りのあいだになくなった矢が」

「そうよね」とつぶやいたが、どうしても言っておかなければと思って付け加えた。「わたしは登りながらその矢をつかむまで、そこにあることに気づかなかったの」

カリンはかすかに微笑んだ。「そういうこともあるだろう。おいで」

彼は片手でレディの手綱をつかみ、もう片方の手でイヴリンドの腕をつかんで自分の馬のほうに連れていこうとした。イヴリンドは目を丸くしたが、逆らわなかった。彼はそこに着くとレディの手綱を放し、イヴリンドの腰をつかんだ。そして、持ちあげるために力をこめようとして思いなおした。「まだかなり痛いか?」

「もう全然痛くないわ。ドノカイに着くころにはあざはほとんど治っていたの。つらいのは筋肉痛ぐらいだったけど、ビディの膏薬とあなたがもんでくれたおかげでうそみたいによくなった」イヴリンドはもんでもらったあとどうなったかを思い出し、頬を染めながら打ち明けた。

カリンはうなずき、彼女を抱きあげて自分の馬に乗せたあと、またレディの手綱を手にして彼女のうしろに乗った。イヴリンドはこのまま城に戻るのだろうと思っていたので、彼が川沿いの草地で馬を止めると驚いた。

「ここではイングランドでしたように川のなかにはいりたいとは思わないだろう」カリンはそう言って馬から降り、イヴリンドも降ろした。ふたりで川岸まで歩き、水のなかをのぞきこむ。

「どうして?」しぶきをあげながら流れていく澄んだ水に目をやりながらイヴリンドはきい

た。

「山から流れてくる水だから冷たい」

「そう」と言ったが、実は気にしていなかった。草地は小さく、川幅もダムズベリーよりせまい。ここには滝もないが、それでもあの場所によく似ていた。くつろぎが必要になったときにはいい場所になりそうだ。

「これからはひとりで城を離れるな」と言うと、カリンはイヴリンドの肩をつかんで自分のほうを向かせ、ドレスのひもに手をのばした。

イヴリンドは彼が何をしているのかわからず、その手をつかもうとしたが、言われたことに気づくと動きを止めて眉をひそめた。ひとりでここに来てはいけないってこと？　思い描いていたひとりで過ごす平和なひとときが消え、彼が何をしているのかも忘れて、眉間にしわを寄せた顔を彼に向けてきいた。「どうして？」

「おれはきみが好きだ」手早くひもをほどき、彼女の肩からドレスをはずしはじめながら、カリンは言い放った。

「あなたがわたしを好きだから、わたしはひとりでここに来てはいけないの？」と混乱してきいた。そうしながらも彼は何をしているのだろうとぼんやり考え、ドレスが肩から落ちないように押さえていた。

「いや、というか、そうだ」彼は言いなおした。「きみがひとりでここに来てはいけないのは安全ではないからだ……そしておれはきみのことが好きだ」と付け加えると、ドレスをあきらめ、両手を上にやって、その朝イヴリンドが後頭部で結ったまげからピンを抜きはじめた。

「どうして安全じゃないの？　それと、あなたは何をしているの？」イヴリンドは髪から彼の手をはたき落とそうとしながらきいた。

「おれはきみが好きだ」彼はまた言った。

イヴリンドは口を開け、そのことばを理解するとまた閉じた。カリンはわたしが好き。夫はわたしが好きなのだ。それはまるで……どう感じればいいのか、どう考えればいいのかさえわからなかった。すると彼の手がまたドレスを脱がせようとしたので、もう一度きいた。

「何をしているの？」

「おれはきみが好きだ」カリンはそれしか言わなかった。初めて会った日に、彼が自分はダンカンだと言いつづけたことが思い出された。あのときイヴリンドはどういう意味なのかわからなかったし、今も彼の言うことが理解できなかった。どうやら〝おれはきみが好きだ〟は暗号か何かのようだが、解読する手がかりがない。するとカリンが言った。「ことばで言ったから、これから行動で示す。どちらもほしいと言ったから、どちらもきみにやろう」

いきなり納得がいって、イヴリンドは目をぱちくりさせた。この人はそういうつもりで——

「ここで?」あっけにとられてあえぎ声になる。

「そうだ。ここで、ベッドで、暖炉のまえの毛皮の上で……おれがきみにそれを示したいと思っている場所はたくさんある。もうきみに痛みはないということだから、おれにはそれができる」

それを聞いてイヴリンドは目を見開いた。夫が自分を求めていないのではないかと思ってわたしが鬱々としていたとき、彼が想像していたのはそういういろいろな場所で——

「あなた——」

「妻よ」カリンはため息をついてさえぎった。「おれが無口すぎると思っているのかもしれないが、きみはしゃべりすぎる。黙っておれにきみを愛させてくれ」

イヴリンドはその命令に口をつぐんだ。すると彼がドレスをあきらめ、かがみこんでキスをしてきたので息をのんだ。

黙っておれにきみを愛させてくれ。そのことばが耳のなかで鳴り響いた。ため息をつきながら、彼の唇にうながされて唇を開く。ほんとうにこれが愛ならいいんだけど。夫はイヴリンドのことが好きで、彼女と寝ることを楽しんでいるが、それが愛だとは思えなかった……

彼女にしてみれば。彼女のほうは……そう、実のところ、自分の気持ちがわからなくなっていた。この人は怒りっぽくて、すぐいらいらして、思慮深くて、魅力的で、やさしくて……それにああ、今みたいに彼に飢えたようなキスをされると、つま先が丸まってしまう。ひとりの人間が一度にこれほど多くの矛盾する要素をもつことなどありうるのだろうか。そこで考えようとするのをやめ、両腕を彼の首にまわした。

この人はほんとうにキスがうまいわ。体が興奮してくるとイヴリンドは認めた。彼の手がまたドレスに戻ったのがわかったが、今度は彼の作業のじゃまをしないでおいた。脱がせやすいように両腕をおろすことさえした。ドレスが足元に落ちて広がると、着ているものはシュミーズだけになったので、イヴリンドは両手を彼の胸に這わせ、プレードを留めているブローチを手さぐりした。先端に指を刺されながら懸命にそれをはずそうとし、ようやくはずすことができた。プレードがほどけて地面に落ちたドレスに加わると、イヴリンドはカリンの口のなかにため息をもらした。

キスを中断したのは、下を見てプレードの上にブローチを落とし、これも脱がそうと彼のシャツをたくしあげるあいだだけだった。ほとんど衣類を脱がせられないまま、カリンの腕に抱きあげられ、また口づけをされた。キスをされたままなので、彼がどこに向かっているのかわからなかったが、巨石か倒木と思われるものに腰をおろした彼に膝の上で横抱きにされると、唇を合わせたまま笑みを浮かべた。初めて会ったときのこと、あのときは抱擁を解かねばならずに残念だったことを思い出したのだ。今回その必要はない。結婚しているのだから。

「微笑んでいるな」カリンが彼女の首に唇をすべらせながらつぶやいた。

「ええ。わたしもあなたのことが好きだから」イヴリンドが無邪気に言うと、カリンは顔を上げて彼女をじっと見たあと、またキスをした。今度のは有無を言わさぬキスで、髪のなかに片手を差し入れて、好みの位置に頭を固定しながら唇を奪った。彼女がうめき、体をそらせて、もしそのとき考える余裕があったら気恥ずかしくなっていたような熱っぽさと貪欲さで応えるまでキスはつづいた。

カリンの片手が脇腹から一方の乳房にのびると、イヴリンドはよろこびのあえぎをもらし、シュミーズ越しに肉をもむ手に体を押しつけた。その手が離れると落胆のうめきが口からもれたが、やがて彼がシュミーズの襟元をいらいらと引っぱって、開こうとしていることに気づいた。

イヴリンドはすぐに動いてそれを手伝い、体を揺すってシュミーズを落とすと腰のあたりでたるませた。たちまちカリンの手が片方の乳房をおおい、軽くつかんだあと指で乳首を重点的に攻め、つまんだり転がしたりしたので、イヴリンドは深いうめき声をあげてさらに熱っぽくキスをした。だがそれも彼が口を離して頭を下げ、唇のあいだに乳首をはさむまでのことだった。

カリンがそっと乳首をかんで舌を這わせると、イヴリンドは彼の髪にさし入れた指で幾筋かの髪をにぎりしめた。快感が体のなかを突きぬけ、彼の膝の上で身をよじりながら、大きくなっていくのがわかる硬いものにお尻をこすりつけた。

彼の手が脚をのぼっていくのがわかっても、今度はその手から逃れようと膝から転がり落ちたりしなかった。それどころか彼のために脚を開いた。呼吸が速く浅くなりはじめ、わくわくしながら彼の膝の上でじっとしていた。腿の付け根にたどり着いた指が縮れ毛をそっとかすめて愛撫がはじまると、イヴリンドはあえぎ、うめいた。カリンはたちまち彼女を欲望のあまりすすり泣かんばかりにし、彼を求める体はしずくをしたたらせながら膝の上でもだえた。

愛撫をやめて膝の上から彼女をおろしたのはそのときだった。なぜやめたのだろうとちょっと困惑していると、イヴリンドは彼のまえに背を向けて立たされた。腰に引っかかっていたシュミーズが地面に引き落とされ、体に震えが走った。カリンのほうを向かされ、片手でお尻をつかまれて引き寄せられ、もう片方の手で脚を開かされた。

イヴリンドは唇をかみながら彼の頭につかまってバランスをとった。彼が何をしているのかわからなかったが、彼の手はふたたび脚のあいだにはいりこみ、愛撫を再開した。

カリンが腰に沿ってキスしはじめ、よろけないように支えながらふいに彼女の右足を持ちあげて、自分の座っている丸太の上にのせると、イヴリンドは息をのんで彼の髪に指をからませた。彼が愛撫していた手を引っこめて彼女のお尻をつかみ、まえに身を乗り出して手のあった場所に口を押しつけると、イヴリンドは衝撃とびっくりするような快感に声をあげた。立っているのがつらかった。実際、彼が口で快楽を与えながら手をお尻に移動させて支えてくれていなかったら、立っていられなかったかもしれない。

この上ない楽しみを見出しながらも、罪悪感のせいでイヴリンドの歓びはいくらか抑えられていた。カリンに快感を与えられながら、自分は彼をさわるでも愛撫するでもなく、口を動かす彼の髪を必死につかんでいるだけだと頭ではわかっていたからだ。体を離せば少しは彼にキスしたりさわったりできるかとやってみたが、カリンにしっかり押さえつけられていてまったく動けない。彼は口の動きをさらに速め、舌でイヴリンドの頭から罪悪感を洗い流し、地面につけた彼女の片足をつま先立ちにさせた。

「カリン」彼女は解放を求めて張りつめた自分の体に、無意識のうちに彼の頭を押しつけながらせがんだ。彼の片手がお尻から離れるのがぼんやりとわかったが、それが舌に加わったときははっきりとわかった。歓びの中心を吸われながら、一本の指が自分のなかにすべりこむのを感じると、体を突きぬける波に声をあげた。体内で増大した情熱が一気に爆発し、イヴリンドは頭をのけぞらせて叫びながら体をけいれんさせた。

そこでようやくカリンはやっていたことをやめ、彼女のお尻から手を離した。イヴリンドの片足を丸太からそっとおろして、自分の脚のあいだに立たせると、彼女はへなへなとくずおれてカリンのまえで膝をついた。

カリンはイヴリンドの髪をやさしくなでて、彼女の息が整うのを待った。彼女は目を閉じて彼の膝にしがみついていた。やがて目を開けると、彼の動きにあわせてゆらゆら揺れている屹立《きつりつ》が目のまえにあった。興味津々で見つめるうちに、床入りの儀のときそれを挿入されて感じた快感のことが思い出され、考える間もなく手をのばしてつかもうとした。

軽く触れただけでカリンがうめいたので、急いで上に目をやると、彼は目を閉じて硬い表情をしていた。イヴリンドはその顔を見ながら、上下に手をすべらせた。髪のなかで彼の指がこわばり、彼が彼女に与えたものに似た快感を経験していると知って、体に力がみなぎるのがわかった。

わたしがされたことと似ているけれど、同じではないわ。そこでイヴリンドは身を乗り出して肉棒の先端にキスをし、そうしながら彼の様子をうかがった。カリンの目はたちまちかっと見開かれ、やがて驚きと期待と思しきものでらんらんとしてきた。その期待に応えてもう一度キスをしたあと、好奇心から舌を出して、キスした場所をなめた。彼を味わいたかった。そんなことを望むのは変だと思い、彼に気づかれないことを願ってすばやく舌を動かした。が、カリンは気づき、びっくりするような反応をした。腰を浮かし、興奮で手に力がはいり、つかまれている彼女の髪が痛いほどだった。

自分は何かを発見したにちがいないと思ったイヴリンドは、もう一度なめた。今度はもっとゆっくりと、もっと広い範囲にわたって。するとカリンが声をあげ、苦しげともいえる顔つきをしたのがわかったので、それに気をよくして彼を口のなかに含んだ。すると彼は丸太の上で跳びあがりそうなほど反応し、突然彼女を引っぱって立たせた。

「わたしのしたことはまちがっていたのね」彼と向き合うように膝の上に座らされたイヴリンドは、後悔と申し訳なさを同時に感じながら言った。

「そうじゃない」カリンはうなるように言うと、片手をふたりの体のあいだに入れて彼自身をつかみ、膝から彼女を抱きあげて自分をまたがせた。「きみがしたことは正しい。正しすぎるほどだ」

「じゃあどうして――?」と言いかけたイヴリンドのことばは、あえぎ声で終わった。彼女の腰をゆっくりと落とさせて、彼がなかにはいってきたからだ。

「きみは話しすぎだ、妻よ」カリンはつぶやくと、彼女の口を口でおおい、上下に動くよう彼女をうながしはじめた。満足のいく速さで彼女が動けるようになると、両手を移動させて乳房をつかみ、存分にキスをしながらつかんだりもんだりした。

最初は自信がなくて、うまくこつをつかめずにいたイヴリンドだったが、すぐに気持ちのいいリズムと速さを見つけて楽しくなってきたとき、ふいにカリンが体勢を変えた。丸太から立ちあがってイヴリンドを抱えたまま草の上に膝をつき、腰と口でつながったままの彼女を地面に横たえた。

カリンは両手で彼女の両手をつかみ、それを横たわった彼女の顔の両側でひんやりした草の上に押しつけて動きを封じながら挿入した。イヴリンドがうめき、弓なりになってそれに応え、自分からぶつかるように体を動かすうちに、カリンは最後に待つ爆発するような快感へとふたりを駆り立てた。

10

カリンはイヴリンドの頭のてっぺんにキスをすると、ベッドから出ようと彼女の下から体をすべらせはじめた。

「もう起きるの？」

残念そうなイヴリンドの声を聞いてひそかに微笑み、プレードを見つけると、長い布を広げて折り、身につける準備をする。早朝ではあったが、キスと愛撫で妻を起こし、愛を交わすのに早いということはなかった。さきほどの記憶がよみがえり、カリンの目は、ベッドのなかで猫のように優雅にのびをする彼女に釘づけになった。

「がっかりしてる？」

カリンはシーツを引きあげて体を隠すイヴリンドの顔を見た。「何に？」

「わたしはリトル・マギーみたいに豊満じゃないし、大きくないし、背も高くないから」彼女は静かに指摘した。

彼は笑いそうになったが、すぐに彼女がまじめに言っていることに気づいた。女というのは妙な生き物だ、とカリンは思った。実際、彼は彼女の体が気に入っていた。マギーの体も気に入っていた。どちらもそれぞれに美しかった。イヴリンドは大地からのびつつある薔薇《ばら》のつぼみのようにほっそりと優雅だ。マギーは満開の薔薇のようにふくよかで円熟していた。どちらも薔薇にはちがいなく、どちらも美しかった。

「どうなの？」イヴリンドはきいた。声に現れた不安がさらに目立つ。

「がっかりしていないさ」カリンは答えた。それでも安心していないようなので、自分の義務を思い出してしかめ面をした。「おれはきみの体が好きだ。ちびだが、おれをよろこばせてくれる」

「ちびですって？」気分を害したらしく、金切り声で言う。

「ああ。きみにキスするときは腰を曲げてかがまなければならないから、腰の曲がった老人のような気分にさせられるが、それだけの価値はある」とからかった。

それを聞いたイヴリンドはなんともいい表情をした。口を開けては閉じることを何度かくり返したあと、小声でぶつぶつ文句を言ったが、頰は憤慨したせいで赤らみ、彼が見慣れたあの、困って落ちこんだ顔つきではなかった。満足した安らかな顔に見えた。

肉の交わりとわずかな褒めことばだけで、これだけのものが得られるとは。カリンは首を振って思った。彼女を継母から救うために三日間寝ずに馬を走らせたのに、そのことに感謝している様子はなかった。それでも彼は褒めことばをいくつか言って、彼女と寝た——それは苦役でもなんでもなかった——すると彼女はよろこんだ。

おれが女を理解することはないだろう。カリンはプレードを身につけながら思った。妻にまた目をやって、プレードの端を肩にかけ、まえで留めようとしたとき、自分を見つめる彼女の様子に気づいて手を止めた。

「やめてくれ。この部屋から出られなくなるだろう」イヴリンドの貪欲な視線に体が反応するのがわかって、うなるように言った。彼女が微笑むと、カリンは首を振り、いつもプレードを留めているブローチをさがすことに注意を向けた。プレードが置かれていたあたりのむしろの上にそれが見つからなかったので、口元にしわが刻まれた。

「何をさがしているの?」イヴリンドは興味をそそられてきいた。

「おれのブローチだ」とつぶやき、いらいらと肩をすくめると、衣装箱に向かう。あのなかにもうひとつある。失くなったほうはあとでさがせばいい。カリンが膝をついて箱を開けたとき、突然イヴリンドが叫んだ。「ここにあるわよ!」

動きを止めてベッドのほうを見やると、彼女はベッド脇のテーブルから何かを取って、急いでベッドから出た。

カリンは体を起こし、それをわたそうと急いで近づいてくるイヴリンドを見やった。彼女が自分のまえで立ち止まると――ブローチを受け取ることはせずに――あいているほうの手で彼女を胸に抱き寄せ、頭をかがめて音高くキスをした。キスをしながら尻をぎゅっとつかんでさらに引き寄せたが、イヴリンドはうめいて彼から逃れようともがいた。カリンは自分の体が反応しているのがわかった。誘惑に負けてしまうまえに、急いで彼女を放してブローチを受け取った。

「昼食は外に運んで食べよう。用意をしておけ」誘惑に小突かれつつ、プレードが着くずれないようにブローチで留めながら、カリンは命じた。

「どうして？」

彼は彼女の驚いた顔つきを見たが、こう言っただけだった。「おまえとまたあの草地に行こうと思っている」

イヴリンドが興奮気味に息を吸いこむのを聞いて、カリンは彼女に背を向け、ひそかに微笑みながら部屋を出た。昼食が楽しみでしかたがなかった。

夫が出ていくのを見たイヴリンドは、口元にゆっくりと笑みを刻み、むしろに足の指をからませながら、彼が自分をまたあの草地に連れていきたい理由について考えてみた。が、かたわらの開いた衣装箱を見おろすと、その笑みも消えた。

いろいろなことがあったせいで、カリンがさがしはじめるまでブローチを失くしたことをすっかり忘れていた。でもそれを思い出した今、見つけなければならないとわかった。またあの放牧場まで行かなければならないということだ。そう思ってイヴリンドは顔をしかめたが、それがいやなら失くしたと夫に話すしかない。

見つけるに越したことはないだろう。意を決して胸を張り、身支度をするまえに急いで体を洗おうと、テーブルに置かれた水鉢のところに行った。シュミーズを着て、この日着るドレスを選んでいると、ミルドレッドが現れた。

侍女はイヴリンドの身支度を手伝いながら、ドノカイの印象についてしゃべりつづけた。ブローチさがしのことが心配で上の空だったイヴリンドは、ミルドレッドがこう言うまでちゃんと聞いていなかった。「女たちがここで重労働を一手に引き受けているあいだ、男たちは剣術の稽古で出払っていると彼女に聞いたときは、まったく信じられませんでしたよ」

ドノカイの不公平な役割分担についてカリンに話すつもりだったことを思い出し、イヴリンドは顔をしかめた。今夜か、戸外での昼食のときにでも話をするべきだろう。夜にすることに決めた。午後の外出を台なしにしたくないし、夫がまたわたしを〝好き〟だと示すつもりなら、やる気を失わせたくない。好きだと示されるのがとても気に入っていたからだ。これまでのところそれは結婚の最良の部分になりつつあった。

「んもう」少しあとで、イヴリンドのあとから部屋を出たミルドレッドはぶつくさ言った。「こんなに暗くてどうやってものを見ればいいんでしょう。この廊下はもっと明るくしないとけがをしてしまいますよ」

「そうね」イヴリンドはため息をつき、ミルドレッドの腕を取って階段に導いた。「今夜そのことについてカリンに話してみるわ」

ミルドレッドは不満げに賛同すると、階段をおりながらさきほどのおしゃべりを再開した。イヴリンドは失くしたブローチさがしをはじめるためにすぐに城から出たかったが、彼女が朝食をとるのを見るまでミルドレッドはそれに耳を貸すつもりはないようだった。侍女は女主人をテーブルにつかせ、ハチミツ酒とビディのおいしいパスティを取ってくると、腰をおろして、イヴリンドが食べるのを見守りながら、ビディはすてきな人だと話した。

イヴリンドはやさしい気持ちで楽しくその話を聞いた。侍女がまたそばにいてくれることをうれしく思い、そうさせてくれた夫に感謝した。カリンはほんとうに思いやりのある人だ。話も少しはしてくれるようになったので、いずれ何も問題はなくなるかもしれないという気がしてきた。この先も長いことどっぷりと話しこむような関係にはならないだろうが、それはどうでもいいことなのかもしれない。よくわからないが。

食事を終えると、ミルドレッドが急いで寝室を片づけに行ったので、イヴリンドはやっと城から抜け出すことができた。

放牧場に向かう途中、夫の姿を目にすることはなかった。イヴリンドはそれをうれしく思った。どこに行くのかと夫にきかれたら、あからさまにうそをつきたくはないので、真実を話すことになるだろう。できればそうしたくなかった。見つけたあとでちょっと失くしていたと説明するのはかまわないが、見つけるまでカリンには知られたくない。

カミン家の人びとがやってきたときにいた場所から、城に戻るのにたどったと思われる小道の捜索をはじめた。カリンに引っぱり出された柵のところまでずっとたどっていったが、さがし物は見つからなかった。

見つからないまま柵にたどり着くと不機嫌にため息をつき、体を起こして囲いのなかをのぞきこんだ。アンガスは見えなかったが、このまえ囲いのなかを突っ切ったときに学んでいたので、柵の端まで歩いて放牧場全体を調べた。カリンが馬を慣らしていた放牧場の先に十フィートの距離をおいてふたつめの放牧場がつづき、そこを曲がった奥に小さな家畜小屋があった。家畜小屋の正面にはふたつの扉があり、馬の放牧場に出られるようになっている。脇にある別の扉からは、アンガスの放牧場に出られるようになっていた。

アンガスの放牧場につづく扉は今のところ閉まっていて、雄牛がいる気配はなかった。放牧場のなかでブローチをさがすつもりなら、たぶん今が絶好のときだと思い、閉じた扉をもう一度見てから、また柵をたどってカリンに引っぱり出された地点に急いで戻った。

スカートをたくし上げてすばやく柵にのぼり、囲いのなかに飛びおりた。そこで足を止め、もう一度あたりを見まわしてアンガスがまだ家畜小屋のなかにいることをたしかめてから、両手両膝をついて囲いのなかの草を捜索しはじめた。今回はかなりすばやく動き、両手を草のなかにすべらせては、次の場所に移って同じことをしながらブローチをさがした。必要以上に長く放牧場のなかにいたくはなかった。捜索中の姿を見られるのも避けたかった。彼女がここにいるのを見たら、カリンは烈火のごとく怒るに決まっている。彼女がブローチを失くしたことを知らなくても。

放牧場のなかばまで進んだとき、失くしたブローチが見つかった。イヴリンドはよろこびの叫びをあげ、さっと拾って調べようと座りこみ、無傷だとわかると小さく安堵の息をもらした。ついにブローチが見つかったのはもちろんのこと、放牧場に雄牛がいないときにここに来てよかったと思いながら立ちあがる途中、雷のような蹄《ひづめ》の音がして頭をめぐらせた。怒ったアンガスが猛然とこちらに向かってくるのを見て、イヴリンドは目を見開いた。

一瞬硬直したあと、一目散に走りはじめた。カリンのブローチをお守りのようににぎりしめて。

「なんとかやれそうか？」自分の馬を厩から出しながら、カリンはマックにきいた。彼に厩を見せ、新しい厩番頭としてスカッチーとその娘のローアに紹介したところだった。スカッチーは新体制になることをよろこんでいるようだった。カリンはもっともだと思った。馬の病気や出産のためにひと晩じゅう働くのは年とった身にはきついと何度も相談されていたからだ。

だが、驚いたのは、ローアが新体制をあまりよく思っていないらしいことだった。マックを紹介し、その新しい立場を説明してからずっと、彼女はむっつりしてよそよそしかった。だれかが重責を肩代わりしてくれれば、彼女はほっとするだろうとカリンは思っていた。スカッチーはここ数年あまり役に立たず、厩の管理の仕事は彼女の肩にかかっていたからだ。ローアのほうを見ると、彼女は今、厩の扉の陰に立って、カリンたちをにらんでいた。

「そのうち落ちつきますよ」とマックが言った。

カリンが視線を戻すと、マックも彼女を見ていた。

「ちょっとした操縦法が必要ってだけでね」厩番頭はおだやかに言い添えた。カリンが眉を上げると、彼は肩をすくめた。「女は馬みたいなもんです。つねにえさと水をやり、一日の終わりにはなでてやり、やさしいことばをひとつふたつ耳元でささやいてやれば、どこにでもついてくるようになりますよ」

　カリンは思わず笑いだしたが、スカッチーが厩から出てくるのを見て笑いをかみ殺した。老人はにこやかに近づいてきたが、左のほうに何かを見ると、その顔は困惑した表情に変わった。

「奥方さまはまたアンガスと遊んでやしませんよね、領主さま？」ふたりのところにやってくると老人はきいた。

　カリンは鋭く放牧場を見やった。赤いドレスを着たイヴリンドが猛然と走りながら、雄牛から逃れようとしているのを見て、心臓がのどから飛び出しそうになった。雄牛は今にも彼女に追いつきそうだった。

　悪態をつきながら馬に飛び乗り、拍車を入れて全速力で駆けさせた。絶対に追いつけないのはわかっていながら、放牧場に向かって突進した。イヴリンドが雄牛から逃げ切れる可能性はないだろうと思っていたカリンは、すぐに彼女を見くびっていたことを知った。イヴリンドは雄牛より速くも強くもなかったかもしれないが、賢さでは確実にまさっていた。雄牛の角にとらえられて空中に投げだされると思った瞬間、突然横によけ、地面に体を投げ出したのだ。

　予期せぬ動きにアンガスは彼女からかなり離れたところで足踏みをして急停止し、うしろを向いた。そのときにはすでにイヴリンドは立ちあがって、いちばん近い柵に向かってまた走りだしていた。アンガスは赤いドレスに誘われて、すぐにまた彼女を追いかけた。

カリンは馬の背にかがみこむようにしながら、まっすぐ柵に向かった。馬が柵の上を飛び越えたとき、イヴリンドが雄牛に突かれるのを避けてまた横に身を投げた。しかし今度はアンガスも予期していたらしく、さっきより早く立ち止まって向きを変えた。身を投げたのはもう少しで柵にたどり着くという場所だったが、カリンが恐れたように立ちあがってあと数歩走り、柵をのぼろうとするのではなく――そうしていたら彼が追いつくまえに雄牛に突き刺されていただろう――賢い妻はそのまま何度か転がり、柵の下を抜けて安全地帯に出た。

アンガスはすぐに足を止め、鼻の穴から息を噴き出しながらイヴリンドをにらんだ。彼女は安全地帯から雄牛を見返した。妻の無事にほっとしてカリンの心臓の鼓動がやっとゆっくりになってきたとき、アンガスがふいに頭をめぐらせて彼のほうをにらんだ。

今度は自分が危機に立たされたことをさとったカリンは、すぐさま馬を横に向け、柵の向こうの安全地帯を目指した。アンガスは猛然と彼を追いはじめた。囲いから出るまえに雄牛に追いつかれたら、愛馬ともども困ったことになるのはわかっていた。馬の脇腹にかかとを押しつけ、もっと速く走らせようとしたが、そうする必要はなかった。馬は突き刺されるのなどまっぴららしく、カリンがこれまで見たことがないほどのスピードで、柵までの短い距離を飛ぶように走っていた。

それでも逃げ切れるという自信はなかった。雄牛の鼻息が耳元に迫り、今にも角を突き立てられると思ったとき、馬がいきなり柵を飛び越えた。カリンは鞍の上で上体を低くし、馬とともに空中を飛んだ。踏切地点が手前すぎたような気がして、柵を越えられないのではと思ったが、なんとか越えられた。カリンと馬が大きな音とともに反対側の地面に着地しても、アンガスは恐ろしいほどの力で内側から柵に激突し、揺さぶった。しかし柵は持ちこたえ、雄牛はそこで彼らをにらみつけ、怒りに鼻息を荒くするしかなかった。

まだ馬が止まらないうちからカリンは馬を降りてイヴリンドのもとに走った。

「けがはないか？」彼女を立たせながら心配そうに尋ねる。

「ええ。大丈夫よ」イヴリンドは息を切らして答えた。まだ雄牛が柵から出て追ってくるのではないかと恐れているように、見開いた目で用心深く雄牛のほうをうかがいながら。

カリンはほっとして一瞬目を閉じ、首を振って、この女はおれの命取りになると思った。イヴリンドはやっかいごとにみずから飛びこんでは、彼の寿命を縮めてばかりいる。こんなばかげたふるまいをしていてはいつか命を落とすことになると思うと、安堵は怒りに変わった。気づくとこうどなっていた。「いったい何をしていた、このばか女？」

イヴリンドは見開いた目をカリンに向け、口を開けたり閉じたりしたあと、いらいらと舌を鳴らして彼を押しやり、小道に向かった。

カリンはすぐにあとを追った。これまでこれほど頭にきたことはなかった。彼の半分はばかなことをした妻を殴ってやりたいと思っていたが、残りの半分は彼女を地面に押し倒してスカートをたくし上げ、また危ないまねをしようにもそんな力もなくなるまで愛してやりたかった。もちろんそのどちらもするわけにはいかないので、イヴリンドの腕をつかんでこちらを向かせ、くり返した。「何をしていた?」

イヴリンドは上向きにため息をつき、まげからほつれて顔のまわりにたれた髪を吹きあげると、ぼそぼそと言った。「どこかで聞いたことのある質問ね」

「妻よ」やっとの思いで自分を抑えながら、彼は怖い声で言った。

「このまえ、リトル・マギーのブルーのドレスががばがばしないように、あなたのブローチを借りたの」

カリンはわけがわからず眉を寄せて彼女を見た。なんのことだろうと思ったが、城に近づいてくる一行がいると城壁の見張りが大声で知らせたとき、彼女がしきりにスカートのうしろを気にして、何かをさがしていたのを思い出した。おそらくブローチをさがしていたのだろう。

「でも柵をのぼったときにはずれて囲いのなかに落ちたのよ。だからあの日あなたとカミン家の人たちがわたしを見つけたとき、地面に這いつくばっていたの。今朝あなたがブローチをさがすまでそのことを忘れていた。それで朝食のあとさがしにきたの。ちゃんと見つけたわ」彼女は手に持ったそれを掲げて明るく言い添えた。「見つけたとたん、アンガスが向かってきていることに気づいたの」

カリンは彼女の手のひらの上のブローチを驚いて見つめた。「きみはおれのブローチのために雄牛に立ち向かったのか？」

「ええ。いいえ」イヴリンドは言いなおした。そしてため息をついて言った。「そのときアンガスは囲いのなかにいなかったわ」

そのときカリンは、囲いがL字形だと彼女に話していなかったことに気づいた。あの日彼をなだめるためにファーガスがそのことを口にしたが、かなり声をひそめていたので、彼女には聞こえなかったはずだ。イヴリンドは家畜小屋の長さのぶんだけ見わたして、雄牛の姿がなかったので、囲いのなかにはいないと思ったにちがいない。ことばが足りないのはたしかに有害なことだとこれで実証されたな。カリンは暗い気持ちになりながら、あのときにしておくべきだった説明をはじめた。「放牧場はL字形なんだよ。アンガスはおそらく――」

「囲いのなかは全部調べたわ、カリン」イヴリンドがさえぎった。「アンガスは外にはいなかったし、わたしがはいったとき、囲いに通じる家畜小屋の扉は閉まっていたのよ」

「奥方さまのおっしゃるとおりです。アンガスは自分の檻《おり》のなかにいたはずです、領主さま」

声のしたほうをカリンが振り返ってみると、年配の男が不自由な足で跳ねるように近づいてきた。放牧場の管理をしているハミッシュだ。足を引きずっているのは、何年かまえにアンガスに負わされた古傷のせいだった。

「今日はまだやつを外に出していませんから」彼はそばまで来ると言った。「昨日の日暮れにアンガスをなかに入れてえさをやったあと、扉を閉めてかんぬきをかけました。今日はまだ外に出していません。放牧場に出ていたはずはないんです」

「それならだれかが出したんだろう」カリンは怖い声で言った。

ハミッシュはゆっくりとうなずいた。「ええ、そのようですね」

カリンは眉を寄せ、ふたりの男はイヴリンドを見た。視線を受けてイヴリンドは身を固くし、がまんしきれずに言った。「言っておきますけど、わたしじゃないわよ」

「それならほかのだれかだ」カリンは怒りをたぎらせてどなった。だれにしろその者は妻を殺すところだったのだ。そっと腕に触れられて視線を下げると、イヴリンドがなだめるように腕をたたいていた。

「アンガスを外に出した人は、囲いのなかにいるわたしを見なかったのよ、きっと」と言って、さらに説明した。「アンガスがやってくるのに気づくまで、わたしは草の上に両手と両膝をついてブローチをさがしていたんだもの。偶然にちがいないわ」

「そうだな」カリンは同意したが、この出来事の全容がまだ気になっていた。

「ねえ」妻が無理に笑顔をつくって言った。「わたし、これをあなたの衣装箱に戻してくるわね」

カリンに止められるまえに、イヴリンドは急いでその場をあとにした。

去っていく妻を見守るカリンの眉は、心配そうにひそめられていた。

「これは偶然じゃありませんよ、領主さま」ハミッシュが静かにつぶやいて、領主夫人から視線をそらした。「アンガスを扱えるのはわたしだけです。扉を開ける理由がある人間はひとりもいません……だれかが奥方さまが囲いのなかにいるのを見て、あいつをけしかけてやろうとしたなら別ですが」

カリンは長いことじっとハミッシュを見てから尋ねた。「どうしてそんなことをしたがる者がいるんだ?」

ハミッシュは肩をすくめた。「どうしてあなたのおじ上と父上と最初の奥方は殺されたんでしょうね?」

「あれはみんな事故だ」カリンは冷やかに言ったが、そうと確信しているわけではなかった。

だが、どうやってもはっきりしたことがわからないので、事故だったということにして先に進むしかなかったのだ。

「それなら今度も事故のように見せかけたんでしょう」とハミッシュは指摘した。

そのことばにカリンは体をこわばらせ、殴られでもしたように顔を上げた。

「考えてみる必要がありますよ」ハミッシュはそう言うと、囲い沿いに家畜小屋に向かって歩いていった。

彼を見送るカリンの頭のなかはさまざまな考えでいっぱいだった。最初に不審な事故に見舞われたのはおじだった。おじは狩りの最中に背中に矢を受けて亡くなった。その矢を射ったと認めた者はいなかったが、そのときはそうなるとは知らずに射られたものだろうと思われた。当時カリンは十四歳で、初めての狩りでの出来事だった。イノシシ狩りをしていて、イノシシの家族に出くわしたのだ。少なくとも二十人の男たちがいた。大人のイノシシ二頭が子供たちを守ろうとすると、男たちは全員それぞれ別の方角に散ってその場から離れた。イノシシを挑発するのは危険だからだ。

あの日、矢はあらゆる方向から飛んできた。イノシシは動くものならなんでも追いかけ、あっちに向かったかと思えばこっちに向かい、矢はすぐに突き刺さったものの、イノシシが大きすぎるハリネズミのようになるまでほとんどその姿は確認できなかった。イノシシが二頭とも倒れ、獲物を回収して城に持ち帰ろうとしたときに、自分たちの領主であるダラクがいないことにだれひとり気づかなかった。捜索が開始され、背中に矢を受けて茂みのなかに横たわるドノカイの領主が発見された。ダラクはまだ息があり、イノシシの一頭が向かってきて馬が棹立ちになったせいで落馬したと話した。矢が刺さるのを感じたのは、茂みのなかに転がり落ちたときだという。これは事故で、すでに射られた矢の軌道に落ちたせいだとダラクは思い、だれもがその考えを受け入れた。ダラクが傷による感染症で三日後に亡くなると、城じゅうがこれを悲劇的な事故だと思った。

そのあと領主となったカリンの父リアムは領民たちに平和と繁栄をもたらしたが、十年後にドノカイの裏手の崖の下で死体となって発見された。城が建っている丘は、城壁の外側から傾斜がはじまっており、城の正面と両側に面した斜面はゆるやかだったが、ドノカイの真裏は、神がゆるやかな傾斜を切り落としてしまったかのように、ひどく険しい岩がちな崖になっていた。カリンの父はそこから落ちて死んだ。それが起こった日、カリンはカミン家にいた。トラリンとカリンは幼なじみで、よくたがいの城を行き来していた。それでその日もそこにいたのだ。

カミン家から帰ったカリンは、父が亡くなり、その死亡現場付近でカリンの姿が目撃されている……おそらく事故ではないだろう、といううわさがささやかれているのを知った。カリンのおじが死んだときもカリンが狩りに同行していたと、人びとが思い出すのにそれほど時間はかからなかった。そして、あれはほんとうに事故だったのだろうかといぶかしみだした。ダラクを殺した矢はカリンが射たものだったのかもしれないと言われた。彼は当時から領主の地位をねらっていたのかもしれないとうわさされた。

うわさにもかかわらず、リアム・ダンカンの息子カリンは領主に選ばれた。公平な指導者でありよき父であった人物を失った悲しみに打ちひしがれ、新しい地位について忙しかったカリンは、うわさを放っておいた。父の死はほんとうに事故だったのかをさぐろうにも、それを知る方法はなかった。リアムの馬が主人を乗せずにぶらりと厩に戻ってきて、捜索が開始され、崖の下で領主が見つかった。それ以外は何があったのかわからず、うわさによるとだれかがその場から馬で走り去るカリンを見たということだが、その目撃者がだれなのか突きとめることはどうしてもできなかった。それがだれなのかを知る者はいないらしく、だれかが彼を見た〝と言われている〟だけだった。

自分がそこにいなかったのはわかっているし、うわさがいかにして生まれ、流れ、その過程でゆがんでいくかも知っていたので、目撃者などほんとうはいなかったのだとカリンは判断し、事実の究明をあきらめてドノカイの統治という仕事に専念した。そしてリトル・マギーと結婚した。父が決めた相手で、婚約が交わされたのはふたりがまだほんの子供のころのことだった。マギーは明るくてやさしい、申し分のない娘で、カリンはゆっくりと彼女への愛情を育んでいった。ふたりは、イヴリンドへの情熱や心配がもたらす浮き沈みとは無縁の、平和で満ち足りた人生を送っただろう。だが、婚姻が成立してから二年後に、マギーもまた同じ崖の下で死体となって発見された。

カリンはどうしても偶然とは思えなかった。ドノカイの人びとの多くにとってもひどすぎることだったが、カリンが人びとのなかに容疑者をさがす一方、残念ながら彼らはみなカリンを容疑者と見ていた。答えは見つからなかった。

カリンはため息をつき、いらだちを覚えながら片手を髪にすべらせた。表面上ドノカイはすべてうまくいっているように見えても、人びとの意見は実際くいちがっていた。三人の死はどれも事故ではなく殺人によるもので、すべてカリンのせいだと信じる人びとがいた。〝事故〟は殺人によるものかもしれないが、カリンは犯人ではないと信じる人びとも、どちらなのかわからずにいる人びともいた。そのため領民たちを従わせるのはときに困難がともなった。命令を出しても、なかなか従わない者や、反発する者がいるからだ。マギーが死んでからの二年間の領主生活は、船員が暴動を起こそうとしている船の船長でいるようなものだった。

無実を証明することもできず、うわさやささやきにすぎない暗黙の非難に抗議するわけにもいかないので、いずれ消えてくれることを願って、カリンはあえてうわさを無視することにした。しかし、うわさが立ち消えになりかけるたびに、いつも何かが、またはだれかが蒸し返しているようだった。そんなとき、イヴリンドとの縁談を勧められた。カリンは子供をもうけるために妻を必要としていたが、妻をめとれば領民たちは過去のことを忘れてそっとしておいてくれるだろうと期待してもいた。それなのに、今度はイヴリンドが事故にあってばかりいる。カリンは暗い気持ちで、彼女に会ってからの出来事を思い起こした。初対面のときの落馬はまちがいなく事故だろうし、婚礼のときにまちがった薬草を処方されたのもそうだろう。アンガスの囲いのなかでの最初の冒険が事故だったこともわかっている。だが、今日の件がそうでないことはほぼまちがいない。イヴリンドが囲いのなかでさがしものをしているときに、だれかが家畜小屋の扉を開けて、アンガスを放したのだ。カリンはもう少しでふたりめの妻も失うところだった。

カリンは眉をひそめて中庭を見わたし、歩きまわっている人びとに視線をめぐらせた。三人の死と今回のイヴリンドの事故がだれかに仕組まれたものだったとしたら、そのだれかは城内の者ということになる。訪問者は警備兵に止められずに城門のなかを自由に行き来することができないのだから。いま見ている人びとのひとりが妻を殺そうとしたのかもしれない……そして、おそらく今回が初めてではないのだ。そう思ったのは、カミン家から戻る途中、森のなかでイヴリンドに会ったときのことを思い出したからだった。

あのときイヴリンドは、登っていた木に矢が刺さっていたと言っていた。以前から刺さっていた古い矢だろうと思ったが、そのまえには気づかなかったと話したときの彼女の困惑した顔が、どうにも気になっていた。自分のあとをつけていたのはあなたなのか、どうしてそこにいることを知らせてくれなかったのかと尋ねられたのも思い出した。

その二点と今回の事故、そしてそれについてのハミッシュのことばが頭のなかで混じり合い、背筋を寒気がのぼってきて、口元が暗くこわばった。あの矢について彼女が言ったことには、あのとき思った以上の意味があったのではないかと思いはじめ、突然あの出来事について妻にいろいろ質問したくていてもたってもいられなくなった。

カリンはまた馬に乗り、小道に進路をとって城に向かった。イヴリンドと話そう。そして抱きしめよう。何も問題はないとおれがたしかめるまで城から出るなと注意しよう。リトル・マギーが死んだときは悲しかった。彼女が妻としてそばにいることに慣れ、二年間の結婚生活で愛情を感じはじめていた。だが、あのおだやかな悲しみなど、イヴリンドを失ったとしたら覚えるはずの悲しみにはとても太刀打ちできないだろう。それはまちがいない。あらたに迎えた妻の小さな笑い声と、絶え間のないおしゃべりと、よろこんで迎えてくれる体に、すっかり骨抜きにされていた。

カリンは妻が好きだった。好きどころではないかもしれない。だが今はそのことについてあれこれ思索している場合ではなかった。妻にそばにいてほしい。わかっているのはそれだけだった。

11

「どこに行っていらしたんですか」

イヴリンドが城にはいって扉を閉めると、暖炉のそばの椅子のひとつにミルドレッドが座っていた。

「レディ・エリザベスが少しまえにあなたをさがしておられましたよ」イヴリンドが近づいていくと、侍女はそう言った。

「ビディおばさまのご用はなんだったのか知っている?」ときいて、侍女が自分の緑色のドレスを膝にのせ、小さな裂け目を繕っているらしいのに気づいた。前日に着ていたドレスだ。木に登っているときに枝に引っかけて、小さな裂け目をつくってしまったらしい。

ミルドレッドは首を振った。「おっしゃいませんでしたが、一週間の献立のことじゃないかと思います。それか、料理人がもうすぐ戻ってきますから、食材を補充なさりたいのかも」

イヴリンドはうなずいたあと、ビディの用件をききにいくか、階上《うえ》に向かうかでしばし迷った。結局、先にブローチを戻しにいくことにした。このブローチのおかげでさんざんな目にあったのだし、このぶんだと幸運も長くはつづかないだろうから、ほかに気をとられたらまた失くすことになるのではと心配だった。

「ビディおばさまがまたさがしにいらしたら、階上《うえ》に置いてくるものがあるから、それがすんだらすぐにお話をうかがいに行きますとお伝えしてね」イヴリンドは向きを変えかけたが、ミルドレッドの舌打ちを聞いて動きを止めた。

「スカートが草で汚れていますよ」侍女はいらいらと指摘した。「ほんとにもう、何が起こっているのやら。以前のお嬢さまはいつもお召し物に気を使われていたのに、カリンさまと結婚なさった日から、毎日一着ずつだめにしていらっしゃるみたい」

イヴリンドは眉をひそめてスカートを見おろし、アンガスから無傷で逃れたものの、ドレスはそうでなかったのを知って顔をしかめた。ため息をつき、うんざりしながら首を振ると、ぼそぼそと言った。「階上《うえ》に行ったら着替えるわ」

「お手伝いします」ミルドレッドが立ちあがりかけたが、イヴリンドは手を振ってまた座らせた。

「ひとりでできるわ、ミルドレッド。今やっていることをつづけてちょうだい」

侍女がうなずいてまた椅子に腰をおろすと、イヴリンドは急いで階段に向かい、上を目指した。部屋にはいるとまずカリンの衣装箱のところに行った。見つけた場所にブローチを戻してため息をつき、箱のふたを閉じて立ちあがった。ドレスを脱ぎながら自分の衣装箱に向かう。

衣装箱のそばに立ち、少し時間をかけて着ているドレスを調べた。お気に入りの一着で、カリンもこれが気に入っているようだった。すべてのドレスのなかで、これとダークグリーンのドレスは、ダムズベリーから彼女を連れてくるときに彼が荷造りしたものだからだ。あまり多くを話してくれない人なので、それが彼の好みを判断する唯一の方法だった。

幸い、草の汚れはそれほどひどくなく、少なくともどこも切れたり裂けたりしていない。よく湿らせてちょっと強めにこすれば汚れは落ちるだろう。ほっとしてドレスを丸め、階下《した》に行くときに持っていって洗濯してもらおうと脇に置いた。それから衣装箱に向かってふたを開け、かがみこんで中身をかきまわし、別の着られるドレスをさがした。

寝室の扉が開く音にまったく気づかなかったので、うしろから腕をまわされたときは飛びあがるほど驚いた。

だれだか知るのに見る必要はなかった。いきなり乳房を包んだ手だけでなく、シュミーズの布地越しにつかんだりもんだりするそのやり方でもカリンだとわかった。

「きみに尋ねたいことがあって来た」カリンは耳元で低く言った。

「そうなの?」イヴリンドはため息をつき、目を閉じて彼に寄りかかった。彼の手に自分の手を重ね、ぎゅっとつかんで愛撫をせがむ。

「ああ。でもきみはおれの気をそらそうとしている」

イヴリンドはそれを聞いて目を開け、息を切らして唇から笑いをもらした。「わたしは何もしていないわ」

「シュミーズだけで衣装箱にかがみこんでいたじゃないか」カリンが説明する。

「それで気がそれたの?」イヴリンドは驚いて尋ね、頭をのけぞらせて彼を見た。

「ああ、そうだ」カリンはうなるように言うと、彼女に口づけし、そのまま抱きあげてベッドに運んだ。

「妻よ」

イヴリンドは目を開けたが、頭は夫の胸から上げなかった。彼の情熱のせいで消耗させられ、ぐったりしていたので、顔を上に向けるだけにして彼を見た。「なあに?」

「森にいた日の、おれに出くわすまえのことを話してくれ」

イヴリンドはその要求に片方の眉を上げ、半分彼の上にのった肩をすくめた。イヴリンドをそこにのせたのはカリンで、彼女はそこが気に入っていた。今こうして彼に話しかけられると、その位置にいることが気になって、彼の横に体をずらそうとしたが、突然彼の手に止められた。どうやらイヴリンドにそこにいてもらいたいらしい。また彼にゆったりともたれながら、イヴリンドは唇を結んで肩をすくめた。

「何を知りたいの？　迷子になって、お城をさがすために木に登り、そこにあなたが来たのよ」

「自分をつけてきたのかとおれにきいたな」彼は思い出させた。

彼女は鼻にしわを寄せた。ずいぶんまえの出来事のような気がする。つい昨日のことなのに、それからあまりにもいろいろなことが起こったので、遠い昔のことのようだ。あの日森のなかで恐怖を感じたことがばかばかしくなった。

「妻よ」カリンがしつこくうながした。

「人のたてる音が聞こえたような気がしたの」彼女はゆっくりと打ち明けた。自分に向けられた彼の目が鋭くなると、急いで付け加えた。「でもただのウサギかハタネズミだったんだと思う」

カリンは黙って、むずかしそうな顔をしていた。「それで矢のことは？」

イヴリンドは眉を上げたが、肩をすくめて言った。「たぶんずっと昔からそこにあったものよ。あなたが言ったとおり」

「あのときはそれを信じていないようだった」カリンが指摘した。

イヴリンドはそっぽを向いて肩をすくめた。「ほんとにばかばかしいんだけど」ことばを切り、いらいらと息をついてから説明した。「木に登っているとき、シュッ、バスッって音が聞こえた気がして、わたしは――」

「シュッ、バスッ？」

カリンの困惑した顔つきにイヴリンドはくすっと笑いながら説明した。「何かがわたしの脇をすり抜けたみたいにシュッと音がしたあと、それが木に刺さったみたいにバスッという音がしたの」

カリンの額で眉がくっつきそうになると、イヴリンドはあわてて言った。「たぶん木の枝か鳥の巣がわたしの脇を落ちていって、落ちる途中で木に当たったのよ。登りながらかなり枝を揺らしていたから」

彼の表情は晴れなかった。

イヴリンドはつづけた。「とにかく、わたしは反射的に枝から片手を離して、なんの音だったのかたしかめようとあたりを見まわしたの。よりによってそのときに足の下で枝が折れたから、つかまれるものを手さぐりした。ようやく安全な足場を確保して自分がつかんでいるものを見たら、矢だったの」肩をすくめ、恥ずかしげな笑みを浮かべた。「ばからしいと思うけど、そのときはさっきのシュッ、バスッはこの矢の音だったのかもしれないと思ったのよ」

夫がむっつりとけわしい顔つきになっているのに気づき、イヴリンドは眉をひそめた。いつもむずかしい顔をしている人ではあるが、これはいつもとちがって、彼女を落ちつかない気分にさせた。話題を変えるべきだと思い、最初に頭に浮かんだ話題を選んだ。

「あなた、階上《うえ》の廊下にたいまつを取りつけて、一日じゅう灯《とも》しておくべきだと思わない？　窓がないからとても暗いわ」

カリンは肩をすくめ、心ここにあらずという声で言った。「ずっとこうしてきたのだ。きみもすぐに慣れる」

イヴリンドは不機嫌に目をすがめたが、カリンは彼女に何も言う間を与えず、突然自分の上から彼女をおろすと、ベッドからすべり出た。

「どこに行くの？」ときいて体を起こし、服を着はじめる彼を見た。

「まだ昼ひなかだ。やることがある」

「でも――」窓を見ると、太陽は真上にあった。たしかに真昼だ。「草地での昼食は？」

カリンは手を止めたが、すぐに首を振って身支度を再開した。「別の日にしよう。今日はだいぶ時間を無駄にしたから」

「無駄に?」イヴリンドは甲高い声で言うと、ベッドから出て、扉に向かうカリンを追った。

「でも、あなたと話したいことがあったのよ」

カリンは扉のまえで足を止めて振り返り、彼女に視線をめぐらせたが、目のまえに立つ妻が全裸だということにはまるで気づいていないようだった。彼はもどかしげな声で尋ねた。

「どんなことだ?」

いざとなるとどうしていいかわからずにイヴリンドはためらったが、カリンが肩をすくめて扉のほうを向いたので、あわてて言った。「廊下のたいまつのことと、お城のなかの力仕事を男性たちに手伝ってもらうことと、わたしの義務はなんなのかってことよ」

「たいまつのことはもう話し合った。たいまつは必要ない。それに、どうして城のなかの仕事に男手が必要だと言いつづけているんだ?」

今はたいまつの問題をあとまわしにして、助っ人問題をなんとかしようと決め、イヴリンドは言った。「男性たちが剣で遊んでいるあいだ、女性たちはすべての仕事をしているのよ、カリン。男性たちが力仕事を手伝ってくれたら、女性たちの負担が減るわ」

「男たちは剣で遊んでいるわけではない」カリンは憮然として言った。「ドノカイの女子供を守るために剣術の訓練をしているんだ」

「ええ、もちろんそうよね」イヴリンドはなだめるように言った。「でもドノカイではもう長いこと平和がつづいているわ。男性たちがちょっと手を貸せばずっと楽になるのに、女性たちにきつい仕事をさせるのは不公平な気がするの。ときどきひとりかふたりの男性に、彼女たちの手伝いをさせてくれるわよね？」

カリンはいらだちの声をあげ、扉を開けた。「女たちは何十年もうまくやってきた。それを変える理由は見当たらない。ずっとそうしてきたのだから」

「でも――」

「それときみの義務はおれに従うことだ」と付け加えた。また足を止め、今度は扉を開けたまま振り向いて言った。「これからは城から出るな」

カリンが出ていき、扉を閉めた。残されたイヴリンドは信じられない思いで呆然《ぼうぜん》と木の板を見つめた。〝話〟の結末にもまったく満足していなかったが、最後の命令には完全に当惑していた。

扉に背を向け、のろのろとベッドに戻ると、腰かけてがっくりと肩を落とした。この結婚がこんなに早く、すばらしいものからひどいものに変わり、またすばらしくなってひどくなるとは驚きだった。いったい何が起こったのだろう？　ついさっきまで夫の胸の上で満たされて幸福すら感じていたのに、今はあのろくでもない首を絞めてやりたいと思っているなんて。

「〝ずっとそうしてきたのだから〟ばっかり」うんざりしながら声に出して言った。いったいどんな話し合いなのよ？　それに、わたしの義務は従うことですって？　結婚の誓いのなかにあった、〝なぐさめる〟や〝敬う〟や〝いたわる〟ということばが思い出された。とくになぐさめられているとも敬われているとも思えないが、とりわけいたわられているとは絶対に思えない。

ため息をつき、ベッドに寝転んで、天蓋からたれる布を見つめた。やはり結婚はかなり期待はずれなものになりつつある。少なくとも夫がらみではそうだ。彼にとってわたしは救いようがなくて役立たずで――

そうか！　イヴリンドは突然起きあがった。女性はみんなそういうものだとカリンは思っているのだ。女性は守ってやらなければならない弱い性なのだと教えられて育ったのだ。その場合、もとから強い者としてイヴリンドを見るのはむずかしいだろう。強くて有能で聡明なところを彼に示す必要がある。そうすれば彼女の思いつきや考えにもっと耳を傾けようとしてくれるかもしれない。

問題はどうやってそれをやるかだわ、と思いながら、立ちあがって水鉢のところに行き、体を洗った。もちろんわたしは肉体的には男性ほど強くない。

でも聡明さではひけをとらないわ、と励ますように自分に言い聞かせた。もう少し考えれば、きっと何か思いつくだろう。

やがて決断した。カリンがイヴリンドに何をさせたいのか言ってくれないなら、自分でやるべきことを決めよう……そして、彼女がする最初の仕事は、厨房に男性を入れる問題に取り組むことだ。男性二名をそこに常駐させるとなると夫もいい顔をしないだろうが、ほかの方法で彼らを確保することもできるはずだ、と思った。

ビディがパスティを焼く日は、男たちが口実を見つけては厨房に行っていることを、イヴリンドは知っていた。男たちを厨房におびき寄せるえさとして、もっと頻繁にパスティを作るようにし、それと引き換えに彼女とビディは、重いものを持ちあげたりする仕事を男たちにしてもらえばいい。やってみても害はないだろう。廊下のたいまつの件は、いくつか設置するようカリンが命じないなら、そのときはイヴリンドが自分でやるまでだ。最初はうるさいことを言われるだろうが、部屋までの道筋をはっきりと見通すことができれば、つまずいたり転んだりする危険もなくなり、その効果をきっとわかってもらえるだろう。せめてそうであってほしいと思いながら、イヴリンドは体を洗い終え、急いで身支度をした。

これらのことに気を配る一方で、聡明だということをカリンに示す最良の方法を考えなければ。彼の家族が巻きこまれた事故／事件の謎を解くなんてどうかしら。そうすれば、わたしの最近の〝事故〟の仕掛け人がわかるかもしれないわ、と真剣に考えた。今回の〝事故〟と森にあった矢についてのカリンの質問からすると、だれかが夫をもう一度やもめにしようとしているのかもしれない。彼女はまだ永遠の眠りにつくつもりはなかった。

そうよ、と扉に向かいながら考えた。問題を解決すれば、わたしはカリンが思っているような弱くて無防備な生き物じゃないってことを、彼に証明することになる。

部屋から出て扉を閉めると暗闇に包まれ、廊下を明るくするという決意はいや増した。「暗闇のなかを歩きまわるからって、強くもないし勇敢でもないわ」いらいらとつぶやいて、慎重に扉のまえから足を踏み出した。「愚かなだけよ」

首を振りながら階段に向かって進んだが、背後のどこかで衣擦《きぬず》れのような音が聞こえて足を止め、うしろを見た。最初は、どこかの部屋で仕事をしていた侍女のひとりだろうと思ったが、足を止めたとたんに音もやんだ。

「そこにいるのはだれ？」暗闇をのぞきこんで声をかけた。

静寂が答えただけだった。

イヴリンドは目を凝らして暗がりのなかを見た。廊下か空き部屋のひとつに住み着いているネズミにすぎないのかもしれない。この階には部屋が五つあった。ミルドレッドとマックが到着するまえのみじめな日々に、すべてめぐってみたのだ。夫婦の寝室の向かいに並ぶ三つの部屋は、もっと小さい寝室で、そのうちのひとつはビディの部屋だった。が、夫婦の部屋の隣は広い日光浴室だ。今は何もない部屋だが、いずれそれを変えたいとイヴリンドは思っていた。これも夫に話そうと思っていたことのひとつだ。今では自分でなんとかしようと決めていた。自分に課した義務のひとつとして。

音はもう聞こえてこなかった。ほんとうにネズミか何かだったようだ。それでも〝事故〟のせいで用心深くなっていたので、警戒しながらいつもよりさらにゆっくりと階段に近づいた。それがイヴリンドの命を救ったのかもしれない。床の上の何かにつまずいたのは、あと一歩で階段というところだったので、いつもの速度で歩いていたら、頭から階段につっこんでいただろう。階段に向かってつんのめりはしたが、勢いはついていなかったので、そのあいだに叫び声をあげ、手すりに手をのばす余裕があった。

イヴリンドの叫びに応えて、階下《した》の大広間から心配そうな叫び声がしたが、無我夢中で手すりをつかもうとしていたので、ほとんど気づかなかった。木の手すりに手をすべらせ、必死でつかんだ。落下は完全に止まりはしなかったが、速度はさらに落ちた。イヴリンドの上体は手すりのほうに投げ出されて、どっしりした木に肩を打ちつけ、体の残りの部分は落下をつづけた。脚が上体を追い越してまえに進み、その重みで何段かずり落ちたので、悲鳴のような音をたてて手のひらが手すりをすべった。すぐに手すりをにぎった手に力をこめ、完全に体を停止させた。

「妻よ！」

イヴリンドが止まったと思ったら、もうカリンがそこにいた。さっき聞こえた心配そうな叫び声は彼が発したのだろうと思ったが、恐怖にすくんで息ができず、目を見開いて彼を見つめるしかなかった。

「けがをしたのか？」カリンはそうききながら、イヴリンドを抱きあげて急いで階段をおり、架台式テーブルまで運んだ。そのあいだ彼の腕のなかで揺られていたせいで、質問に答えることはできなかったので、イヴリンドは答えずにいた。運悪く彼はその沈黙をイエスと解釈した。ミルドレッドも同様で、テーブルに寝かされたイヴリンドのもとに駆け寄った侍女の顔は、心配と激怒が入り混じっていた。

「大丈夫よ」妻をテーブルにおろしたカリンが体を起こすと、イヴリンドは少し息を切らしながら言ったが、ミルドレッドの怒った声が大きくてだれも聞いていなかった。

「あの暗い廊下のせいですよ。危ないったらないわ！　どうしてあそこにはたいまつがないんですか？」ミルドレッドは彼のそばにたたずみながらきつい口調で言った。

イヴリンドは〝ずっとそうしてきたからだ〟という忌まわしいセリフを待ったが、カリンはその質問に答えなかった。ドレスの上から彼女の体に両手をすべらせるので忙しかったたからだ。

「大丈夫ですってば」イヴリンドはくり返し、起きあがろうとしたが、押し戻されてまた寝かされただけだった。

「どこも折れていないかたしかめるまでじっとしていてください」ミルドレッドが言い張り、イヴリンドの肩をつかんでテーブルに押さえつけた。それからカリンのほうを見て、心配そうにきいた。「どこか折れていますか？」

「どこも折れてはいないようだ」カリンは検査を終えると体を起こしてつぶやき、妻の顔に目を向けた。「大丈夫か？」

「ええ――」と言いかけたが、ミルドレッドにさえぎられた。

「大丈夫じゃありませんよ！」侍女はぴしゃりと言った。「呪われた階段を転がり落ちたんですよ」

侍女はカリンを遠ざけ、みずからイヴリンドの体を調べた。カリンが手足のけがさがしに専念するあいだ、ミルドレッドは腹部に両手を這わせ、次に起きあがらせて、背中をなでた。

「大丈夫よ、ミルドレッド」イヴリンドはつぶやいて、侍女を追い払おうとした。

侍女は口を閉じたままだった。やがてこう言った。「大丈夫じゃありませんよ。黒や青のあざができます……このまえみたいに」ミルドレッドは重々しく付け加え、この最新の事故はあなたのせいだとばかりにカリンをにらんだ。

「今度は何があったんです？」

怒気をはらんだ質問が聞こえてイヴリンドが頭をめぐらすと、ファーガスがテーブルに近づいてくるところだった。タヴィスもそう遠くないところにいる。

「彼女が階段から落ちた」カリンがうなるような声で答え、イヴリンドの目はその顔に引き寄せられた。すべて彼女のせいだと言わんばかりにこちらを見て顔をしかめている。そう気づいてむっとした。

「彼女はいつもこんなにそそっかしいのか？」

タヴィスからの質問に、イヴリンドはすばやく顔をうしろに向け、からかうような口調だったにもかかわらず、彼をにらんだ。彼はおもしろそうに目を輝かせながらにこやかに見返すだけだった。

「ちがいます！」イヴリンド同様、あきらかにあまりおもしろがっていないミルドレッドがぴしゃりと言った。「実のところ、こちらの領主さまがダムズベリーにおいでになるまで、お嬢さまはほとんど事故なんて起こしたことはありませんでしたよ。それに、彼のそばで事故が起きたのは今度が初めてじゃありません」

イヴリンドは目を見開いたが、カリンの父とおじと最初の妻がどうやって死んだかを、ビディがミルドレッドに話したのだろうと気づいた。この城に来るまえに聞いたうわさでは、三人は不可解な事故の結果命を落としたのではなく、カリンに殺されたのだと思われていた。このことばをどう受け取ったのかたしかめようとカリンに目をやったが、彼はいつものように無表情だった。

「われらの領主がこれに関わっていると言うのか？」侍女をにらみつけるタヴィスを肘で制しながら、ファーガスがきいた。

「ミルドレッド」口を開いて答えようとする侍女に、イヴリンドは警告するような調子で言った。

侍女はためらったが、口をつぐんだ。ほっとしたイヴリンドをカリンがテーブルから抱きあげ、階段に向かった。

「何をしているの？」イヴリンドは眉をひそめてきいた。

「きみを部屋に運んで休ませる」

「休む必要はないわ、カリン。ほんとに大丈夫だから。今回はけがひとつしてないわ。自分の身は自分で守れたから」守る過程で負ったわずかな腕の痛みを無視して、急いで説得した。最悪の事態に比べたらささいなものだ。

「強壮剤を作るためのハチミツ酒を取りにいってきます」ミルドレッドはそう言うと、急いで厨房に向かった。

「あなた」イヴリンドはもどかしげに言った。「わたしは大丈夫よ。ほんとに」

「大丈夫ではない。首を折りかけたんだぞ。休んで体を回復させるんだ」

イヴリンドは反論しようと口を開けたが、もう階段のいちばん上に来ていたので、代わりにこう注意した。「気をつけて。さっきは階段のすぐ手前で床にあったものにつまずいたの」

カリンが立ち止まってイヴリンドを見ると、彼女はうなずいた。「それで転んだのよ」

彼が無言で見つめているので、一瞬イヴリンドは彼が信じていないのだと思ったが、やがて彼は肩越しにどなった。「たいまつを持ってこい」

すぐにタヴィスが火のついたたいまつを持って背後にやってきた。カリンが身ぶりで指示すると、タヴィスは夫婦のまえにまわって、階段最上部に足をかけた。

「待て」とカリンが言った。タヴィスは寝室に向かいかけていた。「階段の手前あたりの床をたいまつで照らせ」

イヴリンドは部下の額で片方の眉が上がるのを見たが、タヴィスはたいまつを低くして、ふたりのまえの床を照らした。何も見えなかったので、イヴリンドは眉をひそめた。じゃまなものは何もない。

「でも、わたしは何かにつまずいたのよ」イヴリンドはつぶやき、カリンの腕のなかで身をよじって、階段の上から数段あたりを見ようとした。つまずいたときに、その原因となったものを前方の階段のほうに蹴りとばしてしまったのかもしれない。

「じっとしていろ」とイヴリンドに言うと、カリンはタヴィスにうなずいて、前方を照らす作業をつづけさせた。

「でもほんとうに何かにつまずいたのよ」彼女は言いつのった。

「きっと自分の足だったんだろう」先にたって廊下を進みながらタヴィスがからかった。

イヴリンドは金髪の男性と夫を注意深く見比べた。カリンの顔はいつものように感情が読みとりにくく、目にすら何も現れてなかったので、タヴィスのからかいに同意して、彼女がほんとうに自分の足につまずいたと思っているのかもしれない。でも何かにつまずいたのは事実で、それがどこに消えたかはどうしてもわからなかった。

きっと階段から転がり落ちたんだわ、とむしゃくしゃしながら考えた。

「ありがとう」というカリンの低い声に、イヴリンドがあたりを見まわすと、寝室に着いていた。タヴィスが扉を開け、カリンがはいれるようにその脇に立っている。

カリンがなかにはいると、夫のいとこは外に出て扉を閉めようとしたが、そのまえにカリンに呼びとめられた。「今後は廊下にたいまつを置くことにする」

タヴィスは動きを止め、かすかに眉を上げた。「ここではこれまで廊下にたいまつを置いたことはないが」

「これからはそうするんだ」カリンはきっぱりと言った。「たいまつは毎朝灯し、みなが就寝するまでつけておくことにする。ファーガスにそう伝えて手配をさせろ」

タヴィスは詮索するような表情を浮かべてイヴリンドに目を向けたが、うなずいて扉を閉めた。

「ありがとう」イヴリンドはベッドにおろされると静かに言った。階段から落ちかけたことで、たのんでもだめだったことが実現したらしい。廊下に明かりが灯ることになったのだから。

カリンはうなり声で答えると、背を向けて扉に向かった。

彼の背後で扉が閉まり、イヴリンドはため息をついた。妻は何かにつまずいたのではなく、自分の足をもつれさせただけだと彼は信じているようだ。無理もないのかもしれない。彼女がつまずいたものをさがしても何もなかったのだから。イヴリンドは顔をしかめ、ベッドから足をおろした。体はぴんぴんしている。腕の筋肉はちょっと痛んだが、痛みはすぐに消えるだろうし、〝休んでいる〟つもりはなかった。彼女にはぜひ実行に移したい行動計画があり、それを実行するのは今をおいてほかになかった。

12

「あなたの計画は魔法みたいにうまくいっているわ」

厨房にはいっていくと、上機嫌のビディに声をかけられ、イヴリンドは微笑んだ。立ち止まって、ファーガスともうひとりの男性が野菜のはいった大きな布袋を運んでいるあたりを見る。夕食の材料に使われる野菜だ。

「よかった」ほっと息をついてイヴリンドは言った。ドノカイでの最初の成功だったが、これが最後にならないことを切に願った。

「実際、男手が多すぎて使いきれないこともあるくらい」ビディは皮肉っぽく付け加え、ファーガスが通りすぎざまにパスティを口に入れてにやりと振り返ると、唇のすみを上げて微笑んだ。

イヴリンドは興味深く彼を目で追った。彼の笑顔を見るのは初めてではなかったが、彼が微笑むのはビディのそばにいるときだけだということに気づいていた。あとの時間はふだんのカリンと同じくらいむっつりとしているのだ。

ビディの言ったことに注意を戻し、イヴリンドはこう言った。「男手があまってしまうなら、パスティを焼くのは一日おきにしたらどうかしら。あるいは、男手が必要なときだけ焼くとか」

「そうね。そうしましょう」ビディはそう決めると、首を振った。「わいろを使うことをもっとまえに思いつくべきだったわ。そうすればここ数年の負担がかなり楽になっていたでしょうに」まじまじとイヴリンドを見つめる。「あなたって頭がいいのね」

イヴリンドは褒められて赤くなった。「わいろじゃありません。男性たちは甘いものの誘惑に弱いというだけですよ」

ビディは彼女の困惑ぶりを見てくすっと笑い、こう言った。「あら、立派なわいろだわ。でもうまくいってるし、それでだれも困るわけじゃないし……」肩をすくめてきく。「朝食をさがしにきたんでしょう？　今できたばかりのパスティがあるわよ」

「ええ、でも、もしあればリンゴを一個いただきます」イヴリンドは言った。交渉を有利に進めるための大切な材料をもらって、ビディがまた作らなければならなくなるのはしのびなかった。

「いいからひとつお食べなさい。おいしいわよ」ビディはすぐにそう言うと、小走りで取りにいった。そして、ハチミツ酒のマグと最初に所望したリンゴとともに持ってきた。「これを持っていって、テーブルについて食べなさい。今週はずっと忙しかったんだから、自分をいたわることも考えてね」

イヴリンドは感謝のことばをつぶやき、貴重なごちそうとともに厨房を出た。いくぶん罪悪感を覚えながら。階段から落ちかけて以来、この一週間はたいして忙しくもなかったのだ。女城主としての義務を果たしただけだった。

テーブルに向かいながら大広間を見わたし、自分の手による変化を認めると誇らしさがこみあげた。殺風景だった壁は白く塗りなおされ、今や大切にしてきたタペストリーがかけられていたし、暖炉のそばの椅子にはイヴリンドが母とともに刺繍をしたクッションが置かれ、床には新しいむしろが敷かれている。ずっと明るく感じがよくなったわ、と思った。あとは夫がわざわざそれに目を留めてくれることを願うばかりだったが、彼はこのところまったく心ここにあらずだった。

イヴリンドは自分の考えに鼻を鳴らした。最近のカリンは心ここにあらずどころじゃないわ。彼は――

「ビディさまのパスティですか?」

憂鬱なもの思いから気をそらされ、ふいに横に現れたギリーを驚いて見た。テーブルまで付き添うつもりらしい。この一週間、彼とロリーがつねに自分につきまとっていることにイヴリンドは気づいており、少しうんざりしはじめていた。

「ええ」イヴリンドはテーブルにつくと、こう提案した。「ビディが何かやってもらいたいことはないか、見にいったら？　お手伝いをしたらパスティをくれるかもしれないわよ」

彼はものほしそうに厨房を見やったあと、首を振って彼女のそばのベンチに座った。「いいえ。腹はすいていません。ここに座ってあなたといっしょにいます」

イヴリンドは顔をしかめまいとしながら、パスティを半分に割ることに集中した。以前なら日中女性たちが働いているあいだ、城付近ではめったに姿を見ることのなかった男性が、今では少なくともふたりはかならず城にいるようだった。ファーガスは始終何やら言い訳を見つけては厨房に来ていたが、それにはイヴリンドも慣れていた。彼は最初からそうだったので、ビディに思いを寄せているのではないかと思っていた。だが、カリンまで日に何度も城にはいってくるようになり、彼女に会いにきてくれるならそれはそれでうれしいのだが、けっして声をかけてはくれなかった。それにロリーとギリーのこともある。荷馬車に付き添って戻ってきたあと、ふたりはいつも大広間にいるらしかった。それもただ通りかかるのではなく、いつも彼女についてくるのだ。彼らがつねにそばにいて、自分を見ているのでなければ、イヴリンドもそれほど気にしなかっただろう。彼らがなぜそうしているのかわからなかったが、やめてほしかった。頭がおかしいと思われているようだからだ。

どうせここにいるのだから利用してやろうと思い、イヴリンドはきいた。「ギリー、ダラクが亡くなったとき、あなたはここにいた？」

「ええ、でもまだ四歳でした。彼のことは覚えてもいません」ギリーはパスティをかじる彼女をものほしそうに見ながら言った。

イヴリンドは落胆のかたまりとともに口のなかの食べ物を飲みこんだが、さらにきいた。

「じゃあリアムが亡くなったときは十四歳だったのね？」

「はい。でもそのときは母の実家に行っていました」ぼんやりと答えると唇をなめ、イヴリンドがもうひと口かじるのを見守る。「それ、うまいですよね」

彼女はその質問は無視し、勢いこんできいた。「それならマギーが亡くなったときはいたんでしょ？」

ギリーはうなずきかけたが、すぐに首を振った。「いいえ。ロリーといっしょに狩りに出ていました」

イヴリンドはいらいらと舌打ちした。またしても答えが得られないなんて。これまで質問した相手はことごとく、当時どこか別の場所にいたか、質問をはぐらかした。イヴリンドは首を振ると、女城主としての仕事をつづけるほうがましだと思い、パスティの残りを口のなかに放りこんで立ちあがった。

「どこに行くんですか？」すぐにギリーが立ちあがってきいた。

イヴリンドはその質問に眉を吊りあげたが、焼き菓子を飲みこんでこう言った。「日光浴室を見にいって、また使えるようにするにはどれくらい手を入れなければならないか確認しようと思って」

「そうですか」ギリーはためらい、目を彼女から厨房の扉にやった。「じゃあおれはちょっと厨房に顔を出して、ビディさまにパスティをめぐんでもらえないかたのんでみようかな」

イヴリンドは眉を上げたが、そのまま階段に向かった。二階につづく階段をのぼりながら二度振り返ったが、どちらのときもギリーはテーブルのそばに立って彼女を見守っていた。まさに日光浴室の扉のところまで来たところで、ようやく厨房の扉がきしりながら開く音がしたので立ち止まった。一拍おいてからいま来た道を引き返し、大広間にだれもいないのを見ると、唇から安堵のため息がもれた。ギリーは厨房のなかにはいったようだ。

すぐにスカートをたくし上げ、一階に駆けおりた。急げば彼が戻ってくるまえにこっそり外に出られるかもしれないと前向きに考え、厨房の扉を不安げに見やりながら、大広間を駆けぬけた。ギリーやほかのだれかがそばにいるときなら脱出を試みたりしなかっただろう。カリンに報告されるのが怖いからだ。イヴリンドが城を抜け出したことを知ったら、カリンは騒ぎたてるに決まっている。命じられたことに反するからだ。城のなかにいるようにと、夫からはっきりと言いわたされていた。イヴリンドは彼がなぜそう言い張るのかわからなかった。また放牧場に行くのではないかと心配されているのかもしれないが、ずっと城のなかにいるのはもういいかげんうんざりだった。ちょっと厩まで行って、レディに会っても害にはならないだろう。少なくとも、見つからなければ大丈夫よ。イヴリンドはそうこじつけて考えながら、両開きの扉をすり抜け、階段の上に出た。

この時間の中庭はほとんど人けがなく、男性たちは夫とともに戦の訓練に忙しい。イヴリンドが外をほっつき歩いているとカリンに告げ口しそうな人にはまったく会わずに、厩にたどり着くことができた。

ひんやりした薄暗い厩にそっとはいり、あたりを見わたすと、そこも無人だったのでほっとした。少し緊張を解き、ポケットからリンゴを取り出して、愛馬の仕切りに向かった。レディは彼女を見てよろこんだ。最後に遠乗りに出てからかなりの時間がたってしまったので、イヴリンドは罪悪感を覚えた。雌馬も彼女と同じくらい退屈しているにちがいないと思って悲しくなり、ちょっと乗ってやることはできるだろうかと考えた。

「あなたがここにいることをご亭主は知っていなさるんですか?」

イヴリンドはうしろめたさに飛びあがり、声のしたほうに顔を向けると、マックがまだらの馬を連れて通路をこちらに向かってくるところだった。

「レディの様子をみたいと思っただけよ」と言って、イヴリンドは彼が馬を近くの仕切りに入れ、鞍をはずしはじめるのを見守った。

「あなたは城から出ることを禁じられていると聞いたばかりですが」

イヴリンドは顔をしかめ、レディの仕切りを離れると、マックが作業している仕切りまで行って扉に寄りかかった。「だれに聞いたの?」

「あなたのご亭主です」彼はそっけなく言った。

「そう」そうつぶやいて小さくため息をつく。「お城のなかでじっとしているのに飽きちゃったのよ。もう一週間以上も閉じこめられているんだもの」

こちらを向いたマックの顔を見なくても、自分の言い方が横柄だったことはわかっていた。だが、鞍を脇にやってマックが言ったのはこれだけだった。「時間つぶしにお城のなかでやるべきことが見つかりますよ」

「そうね」イヴリンドは認めて言った。「でも外に出るのも気持ちがいいわ」

「どうやって護衛から逃げてきたんですか?」馬にブラシをかけながらマックがきいた。彼女が困惑しているのに気づくとこう言った。「ギリーとロリーですよ。カリンはあのふたりの若者にあなたを見張らせてるんです」

「なんですって?」イヴリンドは憤慨して言った。「見張りなんて必要ないわ」

「ええ、そうですね。あなたはけっしてやっかいごとに飛びこんだりしませんから」マックは鼻で笑い、意味ありげにこうきいた。「最新の事故で負った傷の具合はいかがですか?階段から落ちたんでしょう?」

「階段から落ちたわけじゃないわ」イヴリンドはいらいらと舌打ちをして言った。「少なくともそんなに下までは。手すりをつかんで身を守ったもの。腕は何日か痛んだけど、それだけよ。それに、わたしのせいじゃなかったのよ。何かにつまずいたの……だれも信じてくれないけど。わたしがそそっかしいだけだと思ってるみたい」苦々しく付け加える。

「ご亭主はあなたを信じていますよ」マックが宣言した。

「ほんとに?」イヴリンドは熱心にきき返した。

「はい。だからあなたに見張りをつけているんです。だれかがあなたをつまずかせるために何かを置いて、みなさんがあなたのことで大騒ぎをしているあいだにそれを持ち去ったと考えておられる」

イヴリンドはそれを聞いて目を丸くし、先週自分でもそうではないかと思っていたにもかかわらずきいた。「どうしてそんなことをする人がいるの?」

マックは世話をしている馬から目をそらすこともせずに肩をすくめた。「なぜ最初の奥方は殺されたのか？　お父上は？　おじ上は？　カリンさまはそれをさぐろうとしておられるんです」

イヴリンドはさらにまじまじと老人を見た。「彼はあなたにそれを話しているのね」

「はい」

怒りのうめきが唇からもれた。「わたしにももっと話をしてくれればいいのに。わたしはあの人の妻なんだから」

「実をいえば、あの方はどなたともそれほど話されませんよ」マックは意見を述べた。「部下に命令を下したりはしますが――」肩をすくめる。

イヴリンドはマックをじっと見た。そのとおりだということはビディから聞いて知っていたが、厩番頭が進んでカリンと話していることに興味を惹かれていた。マックは馬同様に人間のことをよく理解している。だから動物のほうが好きだと言っていて、概して人間のことはあまり考えないのだ。ダムズベリーで彼が気にかけていた人間は彼女とミルドレッドだけだったが、今はその小さな輪のなかにカリンも含まれているらしい。

イヴリンドはマックがカリンを気にかける価値があると思っていると知って心強く思った。夫のことをよく思っているということだからだ。だが、夫がマックとは話すのに彼女とは口をきかないことに嫉妬してもいた。

「ここにはあの方が信頼できる人がいないんですよ」マックが言いだした。「わたしはよそ者で、このところ彼を悩ませている問題に関わっていませんからね。あなたの意見を尊重してわたしを信用したから、あなたが階段から落ちたあとで話しにきなすったんですよ」

イヴリンドは眉を上げた。カリンがわたしの意見を尊重してマックを信用した？　うれしい話だわ。少なくともそう思っていいはず。「どうしてここに信頼できる人がいないの？　三人が死んだこととうわさのせい？」

「はい。何がどうなっているのかわからないそうです。お父上とおじ上の死は事故だと思われたそうですが、リトル・マギーさまがお父上と同じ場所で亡くなって、殺人を疑った。三人とも殺されたのか、奥方だけが殺されたのかはわからないようですが。それにうわさのこともあります。あまりにも多くの人びとが、カリンさまのいるところでは、領主は彼らの死とは無関係だと信じていると言いながら、陰では〝いや、絶対に彼が裏で糸を引いているんだ〟と人に話しているのが聞こえてきて」マックは肩をすくめた。「彼はだれを信じたらいいかわからずに、自分の考えをずっと胸にしまっておくしかなかったんです」

イヴリンドはそれを聞いて唇をかんだ。自分を殺人者だと思っている人びとと、自分のまえとそうでないところでは言うことがちがう人びとのなかで暮らすなんて、ぞっとするような生き方だ。しかも彼らはカリンの配下にある。もっとひどいのは、カリンは領主として、彼らの幸福や安全に気を配らなければならないということだ。その義務を回避せず、自分の地位を利用して卑しい態度をとる彼らに仕返ししたりもしないことは、カリンについてさらに多くを語っていた。

「でも、あなたには話すのに、わたしは話すのにふさわしくないと思われるなんて、やっぱり理解できないわ」考えていたことを押しやって、イヴリンドは言った。「わたしだって当時ここにいなかったのに」

「口数の多くない男というのはいるものです」マックは馬に向きなおりながら言った。「ご亭主はあのやっかいごと以来、そういう男になるしかなかったんです。でも話すときはちゃんと話す。あなたとは話さないということなら、きっとまだあなたに知られたくないことを明かしてしまうのが怖いからでしょう」

それはどんなことかしらとイヴリンドが頭をひねっていると、マックがさらに言った。

「ですが、あの方はどこにいてもあなたを目で追っているし、日中は城に行く理由を絶えず見つけては、あなたのそばにいようとしている。あの方のあなたへの心配ぶりと事故に対する怒りは度を越しています。少なくとも、怒りのほうはね。深くあなたを思っているということです」

イヴリンドはしばらく無言だった。階段から落ちかけてからの一週間はかなり苦痛だった。

彼女は夫がふいに冷たくなったり怒ったりするのに気づいた。あの出来事以来彼女に手を触れないし、無愛想ですぐに怒った。それに加えてひと言も口をきいてくれないので、彼女が恐れているようにそそっかしいと思われていて、そのせいで怒らせてしまったのだと思っていた。彼女に腹を立てているのではなく、彼女が襲われたことに腹を立てているのだとわかってかなりほっとしたが、そこでマックが言ったことに気づいた。

「カリンは階段の件以外のこともわたしをねらってのことかもしれないと思っているの?」

自分ではすでにそう結論づけていたが、夫が同意してくれることを願うのはなんだか怖い気がした。それは彼にひどくそそっかしい愚か者とは見られていないのかもしれないということを意味した。

「はい。雄牛が放牧場に放されたのも、故意にではないかと思っておられます」とマックは言った。「あの家畜小屋は何年もハミッシュが管理しています。彼以外の人間がアンガスを外に出したことは一度もありません……あなたが放牧場にいた日までは。それにあなたが森のなかで木に登っているときに放たれた矢のこともあります。領主はだれかが森のなかであなたをつけていたのだと、そしてあの矢は木に登っているあなたをねらって射られたものだと思っています」

イヴリンドは仕切りの扉に力なくもたれた。「どうして彼はわたしに何ひとつ教えてくれないの？」

「もっと重要なのは、なぜあなたを殺そうとする人間がいるのかということです」マックはそっけなく言った。「カリンさまとわたしはそれを解き明かそうとしました。でもまるでわかりません。問題は、だれかがあなたを殺そうとしているなら、おそらく過去の死亡事故が関係してくるのでしょうが、共通の動機を見つけられないので、三つの殺人を犯した謎の人物を割り出すのはむずかしい。おじ上の死が殺人だったとすれば、もっとも犯人らしい人物はカリンさまの父上のリアムさまでしょう。ダラクさまの死で得をするのは彼だけです。そして彼は領主になった」マックは指摘した。

イヴリンドはその意見に目を見開いた。

「ですが、リアムさまの死が殺人だったとすれば、そして同じ人物が犯人だったとすれば、ふたりの男性の死で領主になったカリンさまがもっとも犯人らしい人物ということになります」

彼女は体を硬くしたが、マックはすでにつづけていた。「でも彼は犯人ではない」

確信に満ちた声に、イヴリンドは興味を惹かれた。「どうしてそう言い切れるの？」

「カリンさまはお父上のことを話してくださいました。その声には愛情と尊敬が感じられました。あの方は称号を得るために父親を殺したりする人ではありません。ですが、お父上にそういう思いを抱いていなかったとしても、彼はやらなかったでしょう」マックはおごそかに言ったあと、次のように認めた。「ここに向かう道々、彼の部下たちの話すことを聞き、ここに着いてからずっと彼を見てきましたが――」マックはイヴリンドのほうを向き、ひどくまじめな確固たる表情を見せながら言った。「あの方はわたしがこれまで会ったなかでもっとも高潔な男のひとりです」

イヴリンドはゆっくりとうなずいた。自分でもそう思うようになっていたし、彼の思いやりや親切さをうれしく思いはじめてもいた……いらいらするほど無口ではあったが。

マックは馬に向きなおると言い添えた。「強い男ならその地位を利用して自分を中傷した者たちを苦もなく懲らしめることができますが、カリンさまはうわさや風聞に報復するために何もしていない。それにあなたに対する扱いもそうです」

彼はまたことばを切り、イヴリンドを見やった。「カリンさまはすぐにエッダさまの正体に気づいたんですよ。屋外に寝泊まりしながら五日も旅をしてようやくダムズベリーに着いたというのに――一日も滞在することなく引き返した。あなたを連れてすぐに出発し、昼夜問わず馬を走らせたのは、あなたが彼女の虐待に耐える時間を一分でも少なくしたかったからです」

イヴリンドは信じられずに目を見開いた。「それで結婚式のあとすぐに出発したの?」

「はい」

「そう言ってくれればよかったのに」いらだちまぎれに言った。たしかにやさしくて思いやりのあるおこないだ。イヴリンドがあれ以上継母の侮辱に耐えなくていいように、彼は自分を犠牲にしていたのに、彼女はそれを知りもしなかった。

「あの方はいいおこないをひけらかすような方ではないんです」マックは肩をすくめて言った。「大事なのは、お父上の死を画策したのは絶対にカリンさまではないということです。つまり、彼はそれによって得をすると言えるただひとりの人間ということになっていますが、何かを得ることになった人間がほかにもいたにちがいないんです」彼はしばらく黙ったあと、付け加えた。「マギーさまの死をのぞけば、タヴィスがあやしいと考えられるでしょう。彼が受け継ぐことになる領主の地位を望んでいたのかもしれない」

「でもダラクが死んだとき、彼はまだ子供だったのよ」イヴリンドは抗議した。

「そうですが、あれはほんとうに事故だったのかもしれません」マックは指摘した。「もしそうだとしたら、タヴィスはひそかに恨みを抱いていたのかもしれない。ダラクさまの死後自分が領主になれずにリアムさまが領主になり、リアムさまが亡くなるとカリンさまが跡を継いだことに」

イヴリンドはかすかに眉を上げた。そのことは考えていなかった。

「しかし」マックはつづけた。「タヴィスが領主の地位を望んでいたなら、リトル・マギーさまではなく、カリンさまを殺すのが筋だ。これまでわかっているところでは、彼女の死で得をした者はだれもいない」首を振る。「彼女の死は説明がつきませんが、ほかのふたりの死が事故ではないことを示唆しているのはたしかです。それにあなたへの攻撃もあります。あなたの死で得をする者もだれもいないでしょう」

イヴリンドは唇をかんだあと、認めて言った。「マギーが殺されたのは、ほかのふたりの死についてみんなに尋ねていたからだとビディは考えているわ。リトル・マギーはカリンの汚名をそそぐことで彼の愛を勝ち取ろうとしていたんだと」

マックは作業の手を止め、驚いて彼女を見た。「そうなんですか?」

「ええ」と言うと、ふいに目をすがめられ、落ちつかなげに体を揺らした。

「あなたも同じことをなさるつもりじゃないでしょうね、お嬢さま?」

イヴリンドは彼の目を避けた。「同じことって?」

「あなたは三人の死についてきいてまわっている」彼の声にはあきらかな非難がこめられていた。

「そうよ」彼女はしぶしぶ認めた。「まだ何もわかってないけど」

イヴリンドはこちらを見つめるマックの顔に葛藤を認め、彼がしかるべきか何か尋ねるべきかで迷っているのを知った。結局彼は尋ねた。「だれに質問したんですか？　そのなかにタヴィスはいましたか？」

「いいえ。彼はそのとき近くにいなかったから。きいたのはビディと、城内にいる何人かの侍女よ。スカッチーにもきいたわ。ファーガスとギリーにも」

マックは眉をひそめた。「タヴィスが荷馬車とミルドレッドとわたしに付き添ってここに戻るまで、どの事故も起こっていなかった」

「そうよ」彼女は同意した。

「あなたに質問されたことを、だれかがタヴィスに話しているかもしれない」マックはけわしい顔で言った。

「じゃあタヴィスが犯人だと思うの？」イヴリンドは興味を惹かれてきいた。

マックは困惑した表情になり、やがて認めた。「わたしの直観は彼ではないと告げています。タヴィスは陽気な男で、領主としての責任よりご婦人に興味があるようですが……」彼は首を振った。「動機が領主の地位につくことなら、カリンさま以外で犯人像にいちばん近い人物です」

「それならカリンを殺そうとするんじゃないの？」イヴリンドはゆっくりときいた。

「ええ、そうするつもりかもしれません。でも、どの殺人も動機がはっきりしないままでは、判断するのはむずかしいですね」マックはゆっくりそう言うと、首を振った。「三人とも殺されたとすれば、殺人者は発覚を免れるほど頭が切れるだけでなく、恐ろしいほど辛抱強いことになります。おじ上の死からお父上の死まで十年、それからリトル・マギーさまの死まで四年もたっているんですから」

「そして彼女の死から今回の事故までは二年」イヴリンドはつぶやき、そのあと不安になった。「わたしを雄牛から助けようとしたとき、カリンはもう少しでけがをするところだったわ。あの日にあっけなく死んでいたかもしれない。もしアンガスが故意に放された人物は、カリンが近くにいてわたしを助けようとすると知っていたのかもしれないわ」

「それでは殺人者の側に希望的観測が多すぎやしませんか」マックが指摘した。「それに、あなたが階段から落ちたときは彼がねらいではなかった」

「たぶんね」イヴリンドは静かに言ったあと、こう指摘した。「でもあの日カリンはわたしのちょっとまえに部屋を出て階下《した》に向かったのよ。もしかしたらねらわれていたのは彼で、歩幅が広いから、あとでわたしがつまずいたものをまたいだだけかもしれないわ」

マックは眉をひそめ、こうきいた。「でも矢が射られたとき彼はそこにいなかったんですよね？」

「ええ、でもカリンはあの日言ったわ。何年も木に刺さっていた矢だろうって。わたしが耳にしたのはきっと何かほかの音だったんだって」

「そこがやっかいなところなんです」マックはうんざりしながら言った。「何が事故で何がそうでないのか、われわれにはわからない。何もかもがひどくあいまいなんです。われわれが想像しているだけで、殺人者など実際はいないのかもしれない。ずっと謎のままなのも無理ありません」

「そうね」イヴリンドはため息をついた。今は何を考えればいいのかわからなかった。

「どうやってギリーとロリーから逃げてきたのか、話していませんね」マックが話題を変えてきいた。いろいろなことを心配させまいとしているのだろうが、その試みはうまくいっていなかった。話題を変えてくれるのはいいが、カリンにまつわる心配は今や彼女の心にしっかりと根付いていた。

「日光浴室に行くと言って――」

「ここにいるのはわかっていた」

いらだちまぎれの声にさえぎられてイヴリンドは口を閉じ、やましい気持ちで通路の先を見た。カリンが厩の扉のまえに立って、怖い顔で彼女をにらんでいた。彼女が見返すばかりなので、近づいてきてのしかかるように立ち、間近でにらみつけた。

イヴリンドはにらみ返した。ほんとうにこの人はやっかいだ。話しかけるときは命令するか、狂犬のようにかみついてうなるだけなのだから。どうしてあんなに思いやりがあって親切な人がどならないと話せないのか、どうにもわからなかった。

「きみが護衛を巻いたとギリーが報告に来て、おれはひどく不愉快だった。城のなかにいろと命じたはずだ」

「そうね、なぜそうさせたいのか、あなたが話してくれていれば従ったかもね。でも、あなたが心配している事故のひとつがお城のなかで起こったんだから、あそこにいてもあんまり安全じゃないみたいね」

カリンは眉をひそめた。「だから部下たちにきみを見張らせているんだ。きみの身を守るために」

「そのうちのひとりが犯人だったらどうするの？」

「おじが死んだとき、ギリーとロリーはほんの子供だった」カリンは手を振って否定しながら指摘した。

「おじさまの死がほんとうに事故だったとしたら？　お父さまとマギーが亡くなったとき、彼らはもう大きかったわ」

「だからふたりに見張らせているのだ。ひとりが犯人なら、もうひとりはまちがいなく犯人ではないから、きみは安全だ。さあ、きみがいることになっている城に戻れ」カリンはどなり、イヴリンドを通り越して自分の馬がいる仕切りに行くと、鞍をつけはじめた。

　イヴリンドは命令を無視して彼についていった。「どこに行くの？」

「馬でカミン家に行く」

「ひとりで？」ばかなことをきくとでも言いたげにカリンが振り向いてイヴリンドを見ると、彼女はきいた。「わたしも行っていい？」

「だめだ」

「どうして？　あなたといっしょなら安全でしょう？」あなたもひとりじゃないほうが安全よ、と思った。彼もねらわれているのかもしれないと心配だった。

「妻よ――」カリンはそう言いかけて首を振った。途方に暮れているらしい。

　おもしろそうにふたりのやりとりを眺めていたマックが言った。「降参したほうがいいですよ、お若いの。お嬢さまのしつこさは天下一品ですから。それに、外に出て新鮮な空気を吸うのはお嬢さまにとっていいことです。一週間近くも室内に閉じこめられていたんですから」

　カリンはためらったあと、ため息をついて降参した。

「いいだろう」と言って背を向け、鞍をつける作業を終えた。「だがおれといっしょに乗るんだぞ」

イヴリンドは反論しなかった。自分の馬に乗るほうがよかったが、文句を言って彼の気が変わってしまったらたいへんだ。せっかく同行を許されたのだから。

「カリンとトラリンはいたずらばっかりしていたわ！　彼のお母さまとわたしはいつも半分やきもきしながら、ふたりのいたずらを笑っていたものよ」

イヴリンドはレディ・カミンに笑みを返し、好奇心にかられてきいた。「タヴィスはふたりといっしょに遊ばなかったんですか？」

レディ・カミンはためらい、考えこむようにハチミツ酒を見おろした。「タヴィスは四歳年下で、いつも置いてきぼりだった。たいていお母さまのそばにいたわね」

「カリンのお母さまが亡くなったあと、あなたとビディは友だちづきあいをつづけなかったんですか？」

レディ・カミンは悲しげに微笑んだあと、認めて言った。「最初はつづけていたわ。でも……」ため息をつく。「とてもつらかった。あのあとふたりでいるとなんだか淋しくて。わたしたちが失ったものを思い出してしまうのよ。それでもおたがいに行き来はしたけど、それほど頻繁ではなかった。ダラクが亡くなったあと、ビディは引きこもりのようになってしまってね。ますます厨房で過ごすようになった」エリー・カミンは肩をすくめた。「それで疎遠になってしまったの」

イヴリンドがまた質問しようとしたとき、大広間の両開きの扉が開いて、カリンとトラリンがはいってきた。

「帰る時間だ」カリンがふたりのところまで来て告げた。

イヴリンドはうなずき、レディ・カミンに楽しいひとときのお礼を言った。それから夫に付き添われて城の外に出た。そこにはすでに馬が待っていた。わずかののちには中庭を抜けてドノカイに向かっていた。

かなり長いことふたりとも無言で馬に揺られたあとで、突然カリンが尋ねた。「楽しかったか?」

イヴリンドは体をひねって夫を見あげた。めったに口をきかない彼に質問されるのはうれしい驚きだった。

「ええ。レディ・カミンはすてきな人ね。楽しくおしゃべりしたわ」と答えた。それはほんとうだった。カリンが新しい馬を見るために友人であるトラリンと厩に行っているあいだ、レディ・カミンはイヴリンドを庭に案内してくれた。気持ちよく散歩を楽しんだあと、休憩してハチミツ酒を飲みながらおしゃべりをした。ほんとうに楽しかった。以前は知らなかったいくつかのことを知った。トラリンとカミンはかなり古い友だちらしい。カリンの母がまだ生きていたころ、彼女とレディ・カミンは友だちだった。そして息子たちが幼いころは、よくおたがいに行き来していた。

「そうだったの？」夫が話をつづけてくれるのを願ってきいた。

「ああ。トラリンは親友だ」

イヴリンドはにやりとして言った。「あなたとトラリンが子供のころにやったという偉業のいくつかを彼女が話してくださったわ。あなたたちはいたずらばかりしていたみたいね」

カリンは唇の両端を上げて小さく微笑んだが、発したのはうなり声だけだった。

イヴリンドはためらってからきいた。「あなた、お父さまが崖から落ちた場所を見せてもらえないかしら？」

そのたのみにびっくりしたらしく、カリンは鋭く彼女を見おろした。「なぜだ？」

迷ったが白状した。「その場所を見たら、何があったのかぴんとくるかもしれないと思って。事故だったのか、そうじゃなかったのか、だれもわからないみたいだし、そのせいでよけい混乱しているから」

カリンはひどく長いこと無言で、そのたのみを無視するつもりなのはあきらかに思われた。

イヴリンドはひそかにため息をつき、また彼に背中を預けて、自分のたのみは実現しないのだとあきらめた。二十分後、自分たちが城の正面ではなく裏側に近づいていることに、城の裏とそこにある崖に向かっていることに気づいた。

カリンが城裏の幕壁のうしろにある吹きさらしの崖で馬を止めると、彼のまえで背筋をのばし、興味深くあたりを眺めた。

馬から降りたカリンに抱き降ろされながら、崖がかなり迫っていることにイヴリンドは気づいた。高い石の塀から崖の縁までの幅は十フィートほどしかなかったが、それがかなり長くつづいている。

イヴリンドが崖の様子を見にいくと、転落死したらいけないとばかりにカリンが腕をつかんで背中を支えた。見たところかなり急な崖で、下の地面までは相当な距離があったので、彼が支えてくれたことに感謝した。めまいがするような高さだ。強い風が彼女の周囲で渦を巻き、崖から吹きあげてスカートをとらえ、淵から引き離すようにドレスを引っぱっていたが、少しも気分はよくならなかった。

「お父さまは馬を連れていたの？」ゆっくりと淵からあとずさり、ずたずたになって崖下の石の上に倒れている年配版のカリンの姿を頭のなかから消そうとしながら、イヴリンドはきいた。

「そうだ」

「馬から降りた状態のときに崖から落ちたと考えられているの？　それとも馬が驚いて、鞍から投げ出されたの？」眉をひそめて尋ねた。

カリンは首を振った。「だれも知らない。少なくともおれはそれを知る人間をまだひとりも見つけていない。ほんとうに目撃者がいたなら、その人物が教えてくれるだろう」

「もし殺人だったとしたら、犯人も知っているはずよ」イヴリンドは静かに言った。

カリンはうなずいた。

イヴリンドはため息をつきながら崖に背を向けた。ここに来ても、〝事故〟がどんなふうに起こったのかを推測する助けにはあまりならなかった。ここにはわずかな草と重ねられた石しかない。動物——あるいは人間——が飛び出してくる場所もないので、リアムの乗っていた馬が驚いて棹立ちになるはずもない。それより、そもそも領主がここに来た理由がわからなかった。

好奇心旺盛な視線が積み重ねられた石に向かった。ただの地面から盛り上がっている岩だと思っていたが、自然によるものではないことにふいに気づいた。イヴリンドはそれに近づいた。「これは——？」

出かかった質問が唇の上で消えた。カリンの父親のための石塚かもしれないと急に思ったのだ。あるいは最初の妻の。

「ジェニーだ。ビディの妹の」彼は説明した。

イヴリンドはためらってからきいた。「その人がこの石の下に埋められているっていうこと？」

カリンはうなずいた。

「どうして？」イヴリンドはうろたえながら彼を見た。

「ビディがそれを望んだ」カリンは率直に答えたが、彼女が困惑した顔を向けるので、さらに説明した。「自殺だったから教会の墓地には埋葬できなかった。でもここが好きでよく長いこと過ごしていたから、彼女の永遠の眠りの地にふさわしいとビディは思ったのだ」

「自殺したの？」イヴリンドは石の墓に視線を戻した。「どうして？」

カリンは眉を寄せた。「当時おれは十四歳だったが、ジェニーがキャンベルと結婚するはずだったことをあとになって知った」

「キャンベル？」

「そうだ。今から五年まえに死んだが、残忍で非情な悪人だった。ジェニーは彼と結婚するのがいやで自殺したらしい」

イヴリンドはうなずいたが、頭のなかにあるのはキャンベルのことというわけではなかった。「彼女が亡くなったとき、あなたは十四歳だったのよね？　おじさまが亡くなったのも同じ年だったの？」

「ああ。彼女はおじが狩りの事故で亡くなる二週間まえに死んだ」

イヴリンドは崖の淵のほうをじっと見た。淋しく寒々しい、殺風景な場所だ。「彼女はほんとうにここが好きだったの？」

「ああ。最初に遊びに来たときは、よくここに来ていた」

「自殺したのは最初に遊びに来たときじゃなかったのね？」

「ああ。そのまえに一度来ていた。二カ月ほどまえに」カリンは言った。「ビディとはかなり年が離れていて、この城に来たのはそれが初めてだった。ひと月滞在することになっていたが、三週間しかいなかった。トラリンはひどくがっかりしていたよ。ジェニーをこれまで見たなかでいちばんきれいな娘だと思っていたから」と打ち明けた。

イヴリンドはその秘密に微笑んだ。彼がちゃんと自分と話してくれているのがうれしかった。なんとか話をつづけさせようときいた。「あなたもそうだった？」

「ジェニーはたしかにきれいだった」カリンは肩をすくめて認めた。「だがあいつほど夢中にはならなかった」

イヴリンドはそのことばにひそかによろこんだが、こう言うにとどめた。「すると、彼女はおじさまが亡くなる二週間まえにまた来たのね？」

「そうだ。ふいにやってきて、ダラクおじと話がしたいと言った」

「どうしておじさまと?」イヴリンドは驚いてきいた。「どうしてビディじゃないの?」

「ダラクは領主だ」カリンは肩をすくめて言った。「ジェニーをかくまってやれる者がいるとしたら、それは彼だったはずだ。おじは彼女を自分の馬に乗せて話を聞いてやれるところに行ったが、かくまうことは断ったようだ。彼女は泣きじゃくりながら戻ってきて、部屋に駆けあがると、出てこなくなった。翌朝ビディが彼女を見つけた。日光浴室で首を吊っていた」

イヴリンドは眉を上げた。それで日光浴室がからっぽだったのだ。ビディは部屋のなかのものを運び出したあと、二度と足を踏み入れなかったのだろう。はいるたびに、妹の最期の姿が思い出されるだろうから。

「行くぞ」カリンが彼女の腕を取り、馬に戻るよううながした。

彼がやっと話をしてくれるようになったのはうれしかったが、馬に乗せられて夫がうしろに乗りこむあいだ、イヴリンドは無言のままだった。知り得たことで頭のなかはいっぱいだった。ビディの妹がカリンのおじが亡くなる二週間まえに死に、のちにカリンの父と最初の妻が死ぬことになる場所に埋められた。奇妙な偶然だ……もしほんとうに偶然だとしたら。

13

「ありがとう」ミルドレッドがマグにハチミツ酒のお代わりを注ぐと、イヴリンドはつぶやいた。そして大広間に視線をめぐらせた。この朝カリンはイヴリンドが眠っているあいだに出かけてしまい、彼女が階下《した》におりるころにはみんな朝食をすませていた。今ここにいるのはイヴリンドとロリーとギリーだけだが、男性ふたりはテーブルのうんと離れたところに座って、静かに話をしている。いつものように彼女を警護しているのだ。

「今朝はずいぶん気もそぞろのようですね」テーブルのイヴリンドの隣に腰をおろしてミルドレッドが言った。「実際、きのうカミンさまのお城から戻られてからなんだかおとなしいし。あそこで何かあったんですか？　楽しくなかったとか？」

「いいえ。楽しい時間を過ごしたわ」イヴリンドは請け合った。それは事実だった。しかし、ドノカイに戻ってからはたしかに気もそぞろだった。どうやってビディに妹のジェニーの話をもちかければいいかずっと考えていたのだ。ダラクが亡くなる二週間まえにジェニーが死んだことと、カリンの父と最初の妻が死ぬことになった場所にその若い女性が葬られたのは偶然のはずがないとイヴリンドは思っていた。

きっと何か関係があるはずだ。それがなんなのかはさっぱりわからないので、ビディをできるだけ動揺させずにそれを知りたかった。

「さてと」イヴリンドが黙りこむと、ミルドレッドは言った。「奥さまがまたドレスを台なしにしたことを隠しているんでなければ、繕い物は終わりです。今日は日光浴室にとりかかりましょうか？　あそこをきれいにしてできればまた使えるようにしたいとおっしゃっていましたよね」と思い出させる。

イヴリンドは眉をひそめてうなずいた。そうしようと思っていたが、それはジェニーがあの部屋で自殺したのを知るまえのことだ。それを気にしているわけではなかったが、ビディを動揺させたくなかった。

「きっとすてきなお部屋になりますよ。人の多い大広間から逃れて、夜カリンさまと過ごすのにぴったりの。寝室にさがらなくても静かにお食事を楽しむこともできますし」

「そうね」そうつぶやいたあと、ため息をついて言った。「でも、ビディがよろこぶかどうかわからないわ。いやな思い出がよみがえるだろうから」

「いやな思い出？」

イヴリンドは黙ったまま、この状況についてじっと考えた。するとある考えが浮かんだ。ミルドレッドとビディはこのところかなり長いこと話をしている。夕食のあとよくふたりで暖炉のそばに座り、繕い物や刺繍やそのほかの仕事をしながら、あれこれしゃべっていた。貴婦人が自分付き侍女と友だちになるのは珍しいことではないが、別の貴婦人付きの侍女と友だちになるのはちょっと珍しい。とはいえふたりは同年代だし、イヴリンドはなんとも思っていなかったが、ふときいてみた。「ミルドレッド、ビディは妹さんのことをあなたに話したことがある？」

侍女はぽかんと主人を見つめた。「妹？」

「ジェニーというの」イヴリンドは説明した。

「いいえ。妹さまがいらっしゃるとは知りませんでした」

侍女が傷ついたような顔をしたので、イヴリンドは静かに言った。「ジェニーは何年も昔に自殺したのよ、ミルドレッド。きっとビディは話すのがつらいのよ」

「まあ」ミルドレッドは言った。傷ついた表情のいくらかは同情に変わり、彼女はきいた。「どうして日光浴室をきれいにすると、いやな思い出がよみがえるんですか？」

「ジェニーは日光浴室で首を吊ったの。ビディの夫のダラクが亡くなる二週間まえに」イヴリンドはつぶやくように言った。

ミルドレッドは信じられないとばかりに目を見開き、小さく息をもらすと言った。「おかわいそうなレディ・エリザベス。おつらいときを過ごされているんですね」

「そうね」イヴリンドは同意すると、朝食に選んだパンとチーズの最後のひと切れを口に入れた。それをかんで飲みこみ、ぼそぼそと言った。「ビディにおうかがいを立てたほうがいいわね。自分では日光浴室を使いたくなくても、わたしたちが使うぶんには気にしないかもしれないし」

ミルドレッドは少しためらったが、すぐにうなずいた。「きっと気になさらないと思いますよ」

イヴリンドはハチミツ酒を飲み干すと、うなずいて立ちあがった。同時にギリーとロリーも立ちあがった。彼らがそうするのを見てふといらだちがよぎったが、無理に笑みを浮かべて、また座るようにと合図した。「わざわざついてくる必要はないわ、紳士方。階上《うえ》の日光浴室に行って、何をするべきか確認するだけだから。階段の上と日光浴室の扉はここから見えるでしょ」

男性ふたりはためらい、たがいに目を合わせたあと、また腰をおろした。イヴリンドはすぐに向きを変えて階段に向かった。ミルドレッドがついてくるのがわかった。

階段と二階の廊下は、たいまつが取り付けられてから歩くのがずっと快適になった。廊下が長くて何もなく、いくつもの扉がつづいているだけのただの廊下であることに変わりはなかったが、少なくとも行く先は見えるようになったし、見えないものにつまずく心配もなくなった。

イヴリンドはそう考えて顔をしかめた。このところさんざん転落したり転んだりしているので、しばらくそれが避けられるのはありがたかった。もしそうできればだけど、と思いながら、日光浴室の閉ざされた扉に向かった。

部屋のなかはまえに見たことがあったが、扉を開けて異臭の波が押し寄せるとやはり少しぎょっとした。すえたカビのにおいが流れ出て、ふたりの女性はむっとして鼻にしわを寄せた。だから前回イヴリンドは、たいまつを掲げて部屋のだいたいの広さと形状を確認しただけで、そそくさと退散していたのだ。今回はそんなことはしていられない。この部屋を使うつもりなら、掃除と換気をしなければならないのだから。

「廊下からたいまつをひとつ持ってきてちょうだい、ミルドレッド」イヴリンドはそう命じると、片手を振って目のまえのクモの巣を払いながら、部屋のなかに向かって慎重に数歩進んだ。初めて部屋のなかをのぞいたとき、窓によろい戸があったのを思い出した。早くよろい戸を開ければ、それだけ早く自分のしていることが見えるようになるばかりか、新鮮な空気で悪臭もいくらか散るはずだ。

「持ってきましたよ」

イヴリンドは戸口に戻ってきた侍女を見てほっとした。手に持ったたいまつが、部屋のなかに影を躍らせている。たいまつを受け取ってまえに掲げ、それを左右に振ってさらにクモの巣を払いながら、いちばん近いよろい戸まで歩いた。閉めきってから十七年たつので少しがたがきていたが、開けると部屋にどっと光が射しこんできた。だが、風もはいってきて、ほこりとクモの巣を舞いあげ、細かいちりが煙のように部屋のなかで渦を巻いた。

ミルドレッドはふたつめのよろい戸のまえに立ってそれを開けていた。さらにほこりが立つだけなので、開けないように注意するべきだったが、そうするまえに空気中のほこりが鼻と口にはいってイヴリンドはくしゃみをし、体を折って激しく咳きこんだ。

自分が開けた窓のほうを向いて、咳の発作が治まるまで新鮮な空気を吸いこんだ。体を起こし、恐る恐る窓に背を向けて、部屋の内部を見わたした。

正直な話、よろい戸を開けなければよかったと思いかけた。たいまつの火のもとで見たときはそれほどひどくなかったが、よろい戸を開いた窓から射しこむ容赦ない日光のもとではちがった。

ジェニーが死んでから十七年間使われていなかったのはあきらかだった。そのすべての時間が部屋のなかに見てとれた。あらゆるものの水平面に層をなすほこりに、風でうねる繊細なクモの巣に、時の流れで半分腐り、半分石化したむしろに。部屋にはいると波のように襲ってきた不快なカビ臭さにも。

「これは大仕事ですね」ミルドレッドがつぶやいた。

その声の調子に、イヴリンドは侍女を見た。そして眉を上げた。侍女の視線は高い天井に向けられており、ジェニーが首を吊った場所をさがしているのはあきらかだった。イヴリンド自身もそのことを考えていたが、その若い女性が死んだ話を聞いてからこの部屋にはいるのは今回が初めてだ。あらためて部屋のなかに視線をめぐらせたが、首を吊るジェニーの姿を想像してしまうので見たくないと思い、天井から注意をそらしてむしろに向けた。運び出さなければならないだろう。これがなくなれば悪臭はかなり解消されるはずだ。でも、そのためには何度もクモの巣のあいだを通りぬけなければならないので、まずはクモの巣を取り払おう。

「ほうきや何かを取りにいってきましょう」ミルドレッドが判断して言った。

イヴリンドは出ていく侍女を見送ると、また部屋を見わたした。ここをきれいにするのはかなりの大仕事になるだろうが、その価値はある……と思いたかった。

考えが悪いほうに向かうと鼻にしわを寄せ、向きを変えて窓から身を乗り出し、下の中庭に目を向けた。この部屋のにおいはほんとうにひどい。ここには普通の空き家よりもたくさんのネズミがいるのではないかとイヴリンドは思った。ひとつやふたつは巣があるだろうし、むしろのあいだには小さなネズミの死骸だってありそうだ。

その不愉快な可能性について考えまいとしていると、小さな咳がひとつ聞こえ、イヴリンドは体を起こして振り返った。

「ビディおばさま」戸口にその女性の姿を認めると、罪悪感が波のように押し寄せた。

「日光浴室を使うつもりなのね」カリンのおばは静かに言った。目をイヴリンドに据えて、部屋そのものを見ないようにしているようだ。

「まえもってあなたにお話しするつもりだったんですけど、ええ、そうです」気詰まりな思いで認めた。「あなたにとって苦痛でなければ、心地いい部屋になるだろうと思って」

「もちろんいいわよ」ビディはつぶやき、視線をむしろに落とし、さらに自分のスカートに向けた。「使わないのはもったいないもの」

イヴリンドはためらったが、話すことにした。「昨日カミン家のお城から戻る途中、ロード・リアムとリトル・マギーが亡くなった崖にカリンが連れていってくれたんです」

ビディはかすかに顔をこわばらせたが、なんとか無表情を保った。「そうなの？」

「はい」イヴリンドは迷ったが、思いきって言った。「カリンからジェニーのことを聞きました。お気の毒です、ビディおばさま」

ビディは無言のままうなずいた。

イヴリンドは短い息を吐き、決然とつづけた。「キャンベルと結婚するのがいやで自殺したとカリンが言っていました。そうなんですか?」

ビディはやはり黙ったまま、ゆっくりとスカートの生地をにぎりしめてはまた離しはじめた。

「ごめんなさい、こんなことを言ったらあなたがつらい思いをなさるのはわかっています」イヴリンドは静かに言った。話すのがひどくむずかしいことに思えた。ビディのことは好きだし、つらい思いはさせたくない。でも……「あなたは妹さんの死をご主人の死とは無関係だと思っておられる。そうですね?」

ビディは突然、自分の横の戸口の柱を強く片手でたたいた。イヴリンドがびくりとして跳びあがり、目を丸くしてそちらをうかがうほどの激しさで。

「クモよ」ビディはもごもごと説明し、手を払った。

イヴリンドはうなずき、もう少しで質問をあきらめるところだったが、思いきって言った。

「わたしはつながりがあるかもしれないと思っています」

それをきいてビディは顔を上げた。鋭い目と硬い表情でイヴリンドを見つめた。

イヴリンドは唇をかんで凝視に耐え、心苦しい思いで言った。「ジェニーの死が三人の死につながっていると考えるのは変かもしれません。でも、彼女はあなたのご主人が亡くなる二週間まえにここで亡くなり、カリンのお父さまと最初の奥さまはふたりとも彼女が眠る崖で亡くなっている。キャンベルと結婚しなくてすむよう保護してやらなかったからジェニーは死んだのだと、だれかがダラクを責めたということはありますか？」

「保護？」ビディは驚いてきいた。

イヴリンドは顔をしかめた。「ええ。彼女が戻ってきたとき、ダラクと話をしたがったのは、それが理由ではないですか？」

「お嬢さん」ビディはきびしく言いかけたが、突然背後にタヴィスが現れると、ふいに口をつぐんでさっと扉のほうを向いた。ふたりはしばらく見つめあった。イヴリンドにはビディの顔は見えなかったが、タヴィスの顔は無表情だった。ビディがイヴリンドに向きなおった。

「あなたがこの部屋を使えるようにするのは大歓迎よ。あれからもうずいぶんたったもの。でもわたしが使うことはあまりなさそうね」

ビディの目は、木のシャンデリアが天井から鎖で吊られた一角に向かった。二本の木片を交差させただけのとても簡素なシャンデリアで、木片の先には燭台があり、四本のろうそくを刺せるようになっていた。イヴリンドはシャンデリアを見あげながら、ジェニーはあそこから首を吊ったのだろうかと考え、きっとそうだろうと判断した。部屋のなかにそれらしい場所はほかに見当たらなかった。

ビディに視線を戻すと、イヴリンドがシャンデリアをじっと見ているあいだに、彼女はそっと姿を消していた。タヴィスが廊下に出て去っていく母親を見送っていた。彼は困ったような顔つきでイヴリンドに向きなおった。

「気にしないでくれ」タヴィスはそう言うと、戸口から部屋のなかにはいった。「母はジェニーがとても好きだったんだ」

イヴリンドは重々しくうなずいた。かの女性をあきらかに動揺させてしまったという罪悪感と、それから何も知ることができなかった憤りに引き裂かれるのがわかった。

「ロリーとギリーがカリンに呼ばれたから、おれたちが護衛につくことになったと伝えにきた」彼女が無言のまま考えごとに没頭していると、タヴィスはそう告げた。

「おれたち？」イヴリンドは興味を惹かれ、顔を上げてきいた。

「ファーガスとおれだよ」タヴィスは説明した。「あいつ、玄関までおれといっしょにきみをさがしにきたんだが、食べ物を求めて厨房にすっとんでいったらしい」

イヴリンドはかすかに微笑み、おもしろそうに言った。「彼をいつも厨房に引き寄せるのは食べ物じゃないわ」

「ああ。でも、彼が手にするのは食べ物だけだ」タヴィスは言った。

イヴリンドは首をかしげ、不思議そうに彼を見た。どうやら彼もファーガスはビディに思いを寄せているると思っているらしい。

「彼の思いはそんなに望み薄なの？」興味津々できいた。

タヴィスは肩をすくめ、汚い部屋を興味深げに眺めまわしながらまえに進み出た。「母は心から父を愛していた。父の罪をすべて許し、父の死後はどんな男にも興味を示さなかった。実のところ、料理以外のことにはほとんど興味を示さないんだ。父の死で母は変わってしまった」

「お父さまの死で？　それともジェニーの死で？」イヴリンドはきいた。

「父の死だ」彼は厳粛《げんしゅく》に言った。「ああ、もちろんジェニーが死んだときは嘆き悲しんださ。泣きに泣いたよ。父は死ぬまえの二週間ずっと母を抱いてなぐさめていた。でも父が死んだあと」タヴィスは首を振った。「母は自分のなかに閉じこもり、しょっちゅう姿を消すようになった。崖に行ってジェニーの墓のそばに座っているか、厨房にこもっておれたちから距離をおいていた。母の心は壊れたんだと思う。もう愛するのが耐えられないんだ。おれのことすら」悲しくも魅力的な苦笑いをかすかに浮かべて付け加えた。

イヴリンドは眉をひそめた。幼い少年だった当時のタヴィスを思うと心がよじれるようだった。彼は十歳というういたいけな年齢で片親を失い、もうひとりからは見捨てられたのだ。

「だれがあなたの面倒をみたの？」

タヴィスは肩をすくめた。「リアムおじができることはなんでもしてくれた。まわりのレディたちも懸命になぐさめてくれたし」

いたずらっぽい笑みは、そのなぐさめがただ抱きしめることばかりではないと示唆していた。タヴィスはいくつで女性を知ったのだろうと思い、イヴリンドは眉を寄せた。

「ジェニーのことを覚えている？」話題を変えたくて、唐突にきいた。

「ああ」タヴィスはかすかに微笑んだ。「最初にここに来たときは、それは愉快な娘だったよ。楽しそうで明るくて、いつも笑っていた。カリンとトラリンはおれと遊ぶには自分たちは年上すぎると思っていて、逃げまわってばかりだったが、ジェニーはそうじゃなかった。いつでもおれを連れて歩いていた」彼はふいに眉をひそめ、こう言った。「といっても、最初のころの話だ。やがて彼女は崖に行って座っては、下の谷を眺めるようになり、だんだんとおれを遠ざけるようになった。おれはどこでも彼女について行ったが、崖にだけは行けなかった」

「どうして？」イヴリンドは興味を覚えてきいた。

タヴィスは顔をしかめた。「危険だし、ひとりで考えごとをしたいと彼女が言ったから」

「でもあなたはそれを信じていなかったのね？」

タヴィスは信じていなかったと首を振った。「ある日おれは彼女をつけた。裏手の城壁には扉があるんだ。開けるにはこつがいるんだが、当時おれはそれを知らなかったから、木に登って……」いたずらっぽい笑みがまた口元に浮かんだ。「彼女はひとりじゃなかったし、考えごともしていなかった」

イヴリンドは眉を上げた。「いっしょにいたのはだれだったの？」

「わからない」と彼は認めた。「よく見えなかったんだ。見えたのは地面の上で彼女にからみつく男の脚だけだった。登っていた木の枝がじゃまだった。もっとよく見ようと身を乗り出しすぎて、木から落ちてしまった」苦笑いをしてつづける。「こそこそさぐっていたことを彼女に知られたくなかったから、城に戻って母に引っかき傷と打ち身の手当てをしてもらった」

しばらくふたりとも無言だった。やがてタヴィスが言った。「彼女が城を出たのはそれから間もなくだった。たぶん二日後だったと思う。母はシチューを作って料理人に楽をさせようとウサギ狩りに出かけていた。ジェニーは崖に姿を消すと、泣きじゃくりながら走って戻ってきた。けがをしたんだとおれは思ったが、けがをしている様子はなかった。大丈夫かときこうとしたら、ほっといてと叫んでおれを部屋から追い出した。数分後にドレスを数着詰めた小さなかばんだけ持って部屋から出てくると、急いで厩に向かった」彼は肩をすくめた。

「そしてそのまま馬で走り去った。おれにも母にも、だれにもひとことも言わずに」

「ひとりで？」イヴリンドはびっくりしてきいた。

「いや、三人の男が付き添っていた」

「だれだったの？」そのなかにジェニーの恋人がいるのかもしれないと思い、急いで尋ねる。

タヴィスはその質問に考えこんだが、首を振った。「わからない。おれは玄関の外の階段に立っていたんだ。遠すぎて厩から馬に乗って出てきたのは四人だということしかわからなかった」

「だれかが彼女に付き添いを手配したってことね」イヴリンドは指摘した。「あなたのお父さまじゃない？」

タヴィスは考えてから首を振った。「父の姿を見た覚えはない。ジェニーが日課の崖への散歩に出かけるまえに、馬に乗って出かけていたんだ」

イヴリンドがそれを聞いて眉をひそめていると、ミルドレッドがはいってきた。侍女はいくつかのものを大儀そうに抱えていた。ほうき、水のはいった桶、そのほかの掃除道具。イヴリンドが急いで進み出てほうきとぼろの束を受け取り、タヴィスが桶を受け取ったので、ミルドレッドは荷物をことごとくとり落とさずにすんだ。

タヴィスは桶を脇に置くと、体を起こして扉に向かった。「おれはじゃまにならないように階下《した》に行ってるよ。何か用があれば大広間にいる」

彼が部屋からすっと出ていってしまったので、イヴリンドは何もたのめなかった。掃除を手伝ってくれと言われたくなかったのだろう。こういうときこそ男性の手が必要だったが、パスティと引き換えでなければたのめないし、ここにパスティはなかった。何人か女性の手伝いをたのんでおけばよかったのだが、せまい部屋なのでふたりでもなんとかなるだろう。ミルドレッドが扉のほうに向かってむしろのイグサを掃き集めはじめると、イヴリンドは頭上のクモの巣を払うことに意識を向けた。

恐れていたとおり、部屋は小動物の住まいになっていた。休息をじゃまされたネズミが走り、ふたりとも何度か悲鳴をあげることになった。そのたびにタヴィスとファーガスが走ってきた。扉のそばに集めたイグサの大きな山を運び出してもらおうと、イヴリンドはすかさずふたりをつかまえた。どちらもその要求に尻ごみしたが、ふたりだけのために天板一枚ぶんのパスティを焼いてくれるようビディにたのんであげると約束すると、ひとりが見張り役をつづけるあいだもうひとりが手伝うということになった。さっそくタヴィスがミルドレッドを手伝ってイグサを手押し車に乗せて運び出す。そのあいだファーガスは大広間に残り、彼らが作業をするあいだ日光浴室の扉を見張った。イヴリンドはふたりに強く勧められて、日光浴室での作業をつづけることになった。タヴィスもファーガスも、彼女を城から外に出せばカリンをいらいらさせるのでよくないだろうと思っていた。

何もしないよりはいいだろうと、イヴリンドはミルドレッドとタヴィスが古いイグサをできるだけたくさん集めるのを見守った。ふたりが部屋を出ると、イグサの山にできたくぼみを見て、少なくともあと二往復はしないと全部を運び出せないだろうと思った。

掃除のためにおろしたシャンデリアに向きなおり、長い年月のあいだにたまったろうそくのろうをかき出す作業をつづけながら、イヴリンドはタヴィスから聞いたことを思い返した。

彼女はひとりじゃなかったし、考えごともしていなかった。

若いジェニーには恋人がいたというように聞こえる。残忍な男として知られるキャンベルと結婚することになるのを知ったうえでの愚かな過ち。だれだかわからないが、その恋人が自分と結婚して、キャンベルから救ってくれることを願っていたとしか考えられない。そんなことをしてキャンベルから受けるはずの報復に耐えられるのは、権力のある領主だけだろう。だが、ドノカイで権力のある領主はダラクだけで、彼はすでに結婚しており、ジェニーと結婚して彼女を救う立場にはなかった。イヴリンドが知るかぎり、当時権力のある別の領主が訪れていたわけではない……そこではたと思った。当時よく城を訪れ、今も訪れている、権力のある領主の息子がいる。トラリンだ。

シャンデリア掃除の速度を落として、そのことについて考えた。カリンの話では、トラリンはジェニーをこれまで見たなかでいちばんきれいな娘だと思っていた。彼女のほうも彼のことが好きだったのだとしたら？　ジェニーはあきらかに崖でひそかに恋人と会っていた。相手はトラリンだったのだろうか？　彼が自分と結婚して、キャンベルから救ってくれることを望んでいたのだろうか？

イヴリンドはまばたきをして体を起こした。権力のある男性がもうひとりいたことに気づいたのだ……カリンの父、リアムだ。

いや、それはないとすぐに思いなおし、また作業に戻った。兄が死んで称号と領主の地位を受け継ぐまでリアムに権力はなかった……するとまた思いはトラリンに引き戻された。

ジェニーが泣きながら出ていったということは、だれだかわからない恋人と言い争いをしたということにほかならない。恋人はだれだったのだろうともうしばらく考えたが、ほかにも気になることがあった。タヴィスによると、ジェニーは姉に何も言わずに出発したという。もしそうなら、だれが彼女のために三人の付き添いを手配したのか？　ダラク？

イヴリンドは大きなろうのかたまりをかき出して、ただよってきたきつい煙のにおいに鼻をゆがめた。木そのものに染みこんでいたようないやなにおいだわ、と思ったがすぐに眉をひそめた。これは焦げた獣脂のにおいではなくて——

鋭くあたりに目をやり、ミルドレッドが扉の脇にかけたたいまつが、扉のまえに積んだイグサの上に落ち、炎があがっているのを見て、恐怖に目を見開いた。

窓枠の汚れを落とすのに使った濡れたぼろきれをつかみ、たたいて消すつもりで炎に近づいたが、イグサが古くて乾いていたために火はすぐさま広がり、恐ろしいほど貪欲に燃え盛っていた。たたいて消すことはできないし、扉が炎でふさがれているので助けを呼ぶこともできない。イヴリンドは閉じこめられてしまった。


中庭に馬を乗り入れたカリンの顔つきは暗かった。妻が遭遇した事故のいくつかは事故ではなかったのかもしれないと思いはじめてから、木に刺さった矢の件がずっと頭に引っかかっていた。ついに今日は馬で森に出かけて妻が登っていた木をさがし、自分で登ってその矢を見た。ひと目見ただけで、長いあいだ木に刺さったままだったものではないことがわかった。あの事件以来雨は降っておらず、矢羽根はきれいだった。矢が幹に開けた穴も新しく、ふさがりかけた古いものではなかった。だれかが妻を殺そうとしていたのだ。

カリンは木から矢を引きぬこうとしたが、かなり深く刺さっていたのであきらめるしかなかった。そこで矢柄と矢羽根を調べ、それを射った人物につながるような特徴がないか確認したが、矢羽根はよくある鵞鳥《がちょう》の羽根でできていた。矢を作るには、たいてい鵞鳥の羽根が用いられ、ごくまれに白鳥の羽根が使われる。特徴づけるために両方を組み合わせて使う場合もあるが、これはひどく平凡な作りで、ドノカイに住むだれのものであってもおかしくなかった。

矢からそれを射った人物のことが何もわからずに落胆したカリンは、木から降りてまっすぐ城へと戻った。雄牛の放牧場でハミッシュの話を聞いてから、だれかが妻を殺そうとしているのではないかと思っていたが、こうして確信が高まったことで、イヴリンドのことが心配になってきた。安心するには妻の姿を見て無事だと確認することしか思いつけなかった。ふたりではなく四人の部下を妻のそばにつけるべきではなかったかと思案しながら馬を降りて城にはいったが、大広間の架台式テーブルにファーガスがひとりで座っているのを見て、考えていたことはすべて吹き飛んでしまった。

「タヴィスはどこだ?」妻をさがして暖炉のそばの椅子に視線を向けながらきいた。そこに彼女がいないとわかると、眉をひそめて付け加えた。「おれの妻はどこだ?」

「タヴィスはミルドレッドを手伝って、汚れたイグサを捨てるために手押し車に乗せて運び出しています」ファーガスがのろのろと答えた。「奥方は日光浴室です」

「ひとりでか?　おまえが護衛することになっていたんだぞ」カリンはきびしく言った。

「はい。でも、わたしたちが立っているとじゃまだからと言われて。それに日光浴室の扉はここから見えますから」ファーガスが指摘した。「奥方にちょっかいを出そうにも、わたしたちがいればだれもここを通りぬけられません」

カリンはそれを聞いて顔をしかめ、そこからわずかに見える階段の上の、階下《した》からではひとつしか見えない扉のほうに頭をめぐらせた。日光浴室の扉だ。それが燃えているのを見て、心臓がのどまで跳ねあがった。

「イヴリンド！」苦悩の咆哮《ほうこう》となってその名前がのどを裂き、カリンは一段抜かしで跳ぶように階段を駆けあがった。自分の声に恐怖と苦痛が聞き取れたが、気にしていられなかった。耳が、心が、体全体が、まだ生きていることを告げる妻からの返事を求めて張りつめていた。だが、二階に着いて返事が聞こえても、ほっとするには至らなかった。声は日光浴室から聞こえていた。恐れていたことが起きたとはっきりとわかった。

扉に突進したが、炎の壁に直面してすぐに足を止めた。だれかが戸口で巨大な焚火をしているかのようだった。炎はカリンの背丈ほどもあり、部屋のなかが煙でいっぱいだということがわかった。

「水だ！」そばにやってきたファーガスにどなった。

戦士はすぐに向きを変えて階段を駆けおりていった。部屋に目を戻したカリンは、妻と思われる黒い人影が窓のそばで体を折って咳きこんでいるのを見て、心臓がよじれそうになった。ファーガスが水を持って戻ってくるまえに、煙のせいで彼女は死んでしまう。

カリンは歯ぎしりをしながら扉から数歩あとずさった。

「すぐに行くからな、妻よ。扉から離れていろ」とどなった。

それに応えて叫ぶ彼女の声が聞こえたが、カリンはすでに炎に向かって走っていた。イヴリンドを失いはしない。失うわけにはいかない。彼は愚かでおしゃべりなかわいい妻を愛していた。

14

「だめよ、あなた、水ならあるわ！」イヴリンドは咳の合間に叫んだが、廊下から炎に突進するカリンを見ると、抗議をあきらめて脇に跳びのいた。

もうちょっと待ってくれればわたしが火を消してあげられるのに、自殺行為をしようとしているなんてばかな人、ともどかしく思った。

部屋に汚れた水のはいった桶があることをイヴリンドが思い出すまで少し間があり、その貴重な時間のあいだに炎が勢いを増していた。そして夫が呼びかける声を聞いたのだった。炎を飛び越えようとするカリンを見て、彼女は自分の愚かさを呪った。これが戸口でなかったら、飛び越えられたかもしれない。だが炎の先端と戸口の上部のあいだに、長身の彼が通りぬけられるだけの隙間はない。

カリンが頭を低くしてくれたのでイヴリンドはほっとしたが、肩が戸枠に当たってしまい、倒れこんだ場所は安全とは言えなかった。

彼が燃えているイグサの端に着地すると、イヴリンドは心臓がのどまでせりあがって恐怖の悲鳴をあげたが、すぐに彼はまえに身を投げ出し、転がって火から離れた。

「大丈夫?」立ちあがった彼に走り寄り、あえぎながら言った。

「ああ」カリンはうなり、また咳きこみはじめたイヴリンドの腕をつかんで窓のほうに連れていった。新鮮な空気を何度か吸いこんで咳が止まると、彼はきいた。「何があったんだ?」

イヴリンドは質問を無視して、「大丈夫なの?」とくり返しながら、やけどやけがのしるしはないかと執拗なほどに彼を眺めまわした。

こんな怖い思いをさせられるなんて! 父が亡くなって以来経験したことのない恐怖だ。父が胸を押さえ、顔を灰色にして、椅子から転げおちたときもやはり胸が悪くなるような思いをしたが、それからあとにも先にもこんな恐怖を味わったことはない……この男性といっしょになるまでは。それは夫への思いが想像していたよりずっと強いということをイヴリンドに告げていた。無口なところにはいらいらさせられるが、この男性はどういうわけか彼女の心にはいりこんでいたのだ。

「おれは大丈夫だ」落ちつきなく動く彼女の手をつかんで、カリンは言った。「ここから出なければ」

イヴリンドはびくっとして目を見開いた。カリンの手からあわてて逃れ、部屋を横切った。

抱きかかえて部屋から運び出すつもりなのだろうけど、そうはいかないわ。

「妻よ！」カリンはそう叫んであとを追ったが、イヴリンドが部屋のすみで水のはいった桶を持ちあげると足を止めた。それなのに、彼女が水をかけようと炎に向かっていったとき、カリンはいつの間にか彼女のかたわらにいた。

「おれに寄こせ」とかみつくように言って、重い桶を奪った。イヴリンドがあっさり桶を放し、煙にまたのどと肺を刺激されて体を折って咳をすると、「窓のそばで待っていろ。そのほうが煙は少ない」と命じた。

イヴリンドはきつい口調に顔をしかめたが、抗議しようと口を開けるとまた咳をするはめになったので、折れて言われたとおりにした。窓のそばで心配しながら、カリンが炎に挑み、すばやくたくみに火を消すのを見守った。水だけでは完全に火を消すことができなかったが、残りの火はイヴリンドが取ってきた濡れたぼろきれでたたき消すことができた。

「何があったんだ？」最後の火をたたき消しながらカリンがきいた。

「よくわからないの」別のぼろきれを使ってゆっくりと散っていく煙を窓の外に送り出そうとしながら、イヴリンドは言った。「たいまつがホルダーからイグサの上に落ちたんだと思うわ」

カリンの顔つきから、ひとりでに落ちたとは信じていないのがわかったが、彼女はつづけた。「あなたの叫ぶ声が聞こえたとき、水の桶があるのを思い出したの。わたしが火を消すまで危険なことはしないでと大声で伝えようとしたんだけど……」肩をすくめ、彼が聞いていなかったことは言わずにおいた。

カリンはうなっただけで、かがみこむと燃え残りのなかにあるものをじっと見た。イヴリンドは煙を追い出すことをあきらめ、彼の背後に寄って視線の先を見た。イグサの束のまんなかにたいまつがあった。カリンが扉の脇のホルダーに視線を転じると、彼女も目で追った。ホルダーは一方に傾いていた。留め金が抜け落ちて、たいまつが落ちたようだ。それはわかるが、わからないのはそれがホルダーの近くには落ちずに、そこからたっぷり一、二フィート離れたイグサの山の上に落ちていることだった。

「これは事故ではない」カリンは体を起こしてうなった。

「ええ」イヴリンドは静かに同意したが、驚きはしなかった。たいまつが落ちた音を聞いていなかったからだ。自然な形でホルダーから落ちたのだとしたら、床に落ちる音が聞こえたはずではないか？　どすんという音か、少なくともイグサがカサコソいう音が聞こえたはずだ。だが、警告する音はいっさい聞こえなかった。煙が最初にして唯一の警報だった。

「だが、おれたちが火を消すまえに、火のせいでたいまつが焼けてしまっていたら、事故のように見えていたはずだ」彼は暗くつづけた。「ホルダーが傾いていることから、たいまつは自然に落ちたのだと思われていただろう」

「そうね」イヴリンドはため息をつくと、カリンが体を起こして燃え残りを迂回し、大きなボルトひとつで石の壁につながっている鉄のホルダーに近づくのを見守った。さっきミルドレッドがたいまつをホルダーに置いたとき、ボルトはふたつあった。床を目でたどったが、ふたつめのボルトはどこにも見当たらなかった。カリンに目を戻すと、ホルダーをまっすぐに直していた。それが静かに動いたので、彼の口元が引き結ばれた。まだ壁とつながっているホルダーを軽く引っぱると、音もなくあっさりはずれた。だからイヴリンドにはなんの音も聞こえなかったのだ。

カリンはいまいましげにたいまつのホルダーを脇に放り、振り向いてイヴリンドを抱きあげ、まだ煙をあげている燃え残りをまたいだ。廊下に出るとファーガスに出会った。年配の男性は息を切らし、両手にひとつずつ水のはいった桶を持って、さらに多くの桶を持った数人の女たちを従えていた。

「火は消えたが、燃え残りはまだ熱い。ちゃんと始末しておけ」とどなり、カリンはイヴリンドを寝室に運んだ。

イヴリンドは歩けたが、カリンと言い争っても意味がないことは、これまでの経験ですでにわかっていた。彼女を抱いて運びたければそうするだろうし、今はあきらかにそうしたがっている。カリンが大またで夫婦の寝室に向かうあいだイヴリンドはおとなしく腕に抱かれ、どなり声で命じられるままに手をのばして扉を開け、彼が部屋にはいって扉を蹴って閉めるのを辛抱強く待った。しかし、彼がベッドのまえで足を止めた瞬間、脚をばたつかせておろしてくれとたのんだ。

カリンは拒否するつもりなのかと思うほど長いことためらっていたが、しぶしぶイヴリンドを床におろした。その瞬間、彼女はカリンのまえに膝をつき、やけどはないかと彼の脚を調べはじめた。

「何をしている？」カリンはそうきいて、あとずさろうとした。

イヴリンドは片方の腕を彼の脚にかけて動けないようにし、検査をつづけた。脚の上部と腿を調べるためにプレードを持ちあげることまでした。

「妻よ！」カリンは彼女の手を払いのけようとした。顔をあげた彼女は、自分のかいがいしい行為に彼が顔を赤くしているのを見て驚いた。

「火のなかに着地したときやけどをしなかったかどうかたしかめたいのよ」と説明し、またプレードを持ちあげると、そそり立つものが見返してきたのでびっくりした。イヴリンドの興味がカリンの健康面の心配から完全にそれているあいだ、彼はむしろそれを……おもしろがっているようだった。

イヴリンドは首を振って彼の肌を調べつづけ、うしろも確認しようと這うように背後にまわった。ブレードのうしろ側を持ちあげて、なんてすてきなお尻なのだろうと思ったとき、カリンは限界に達したようだった。怒った顔でさっと向きを変えて彼女の脇の下をつかむと、引きあげて立たせた。

「やけどはしていない」とどなった。「今はきみのほうが心配だ。ずいぶん煙を吸いこんだのだから。胸は痛むか?」

「いいえ」イヴリンドは神妙に答えた。そして、こらえきれずににやにやしながら付け加えた。「やけどがないかわたしの体を調べます?」

大胆な誘いにカリンの口があんぐりと開いた。すぐに首を振りながらしぶしぶ笑い、彼女を引き寄せて抱きしめた。彼女の頭にあごをのせて、しのび笑いがため息に変わると、彼は言った。「きみはおれの命取りになるな、妻よ」

そのやさしいことばにイヴリンドの笑みも消えた。こんな〝事故〟がつづいたら、自分はほんとうに彼の命取りになってしまうかもしれないと怖くなったのだ。火事は彼女をねらったもののようだが、カリンは火事から彼女を助けようとして今日死んでいたかもしれない。部屋のなかに水のはいった桶がなかったら、ふたりとも煙の充満した部屋のなかに閉じこめられていただろう。カリンは彼女を抱いて燃えるイグサの上を飛び越えられなかったはずだ。

きっと彼は、たちこめる煙のなかで窒息させることになるので彼女を部屋に置いていくことができず、炎を飛び越えようとしたはずだということもわかっていた。カリンはまちがいなく彼女を助けてくれただろうが、そうすることでひどいやけどを負うことになっただろう。やけどから感染症を起こして死に至ることもある。

「きみが妻としてどれだけおれを楽しませてくれているか、今日はもう言ったかな？」

やさしいことばにイヴリンドは体をこわばらせ、背中をそらしてカリンを見あげた。彼の目に宿るやさしさに思わず息が詰まった。それは夫が妻に示すあたりまえの愛情を越えているような気がした。

「いったいここで何があったんだ？」

「奥さまはどこです？」

驚きの叫びが廊下から聞こえ、イヴリンドとカリンは閉じられた寝室の扉を見やった。ミルドレッドとタヴィスが最初のイグサを捨てて戻ってきたらしい。もうそんなに何度も往復する必要はないだろうけど、とイヴリンドは皮肉っぽく思った。日光浴室の床のイグサは、焦げて濡れた灰の山になっているのだから。床を張り替えなければならないだろうと思い、イヴリンドは唇をゆがめた。

カリンのため息に注意を引きもどされた。彼はゆっくりと体を離し、扉に向かっていった。

イヴリンドがあとを追おうとすると、カリンは扉のまえで立ち止まり、彼女を振り返って命じた。「ここにいろ。きみのために風呂をここに運ばせよう」

扉が閉じられ、イヴリンドは顔をしかめた。扉を開けようと手をのばしたとき、カリンが廊下でどなりはじめるのが聞こえた。イヴリンドのそばにいないで、彼女を日光浴室にひとりにしたファーガスとタヴィスをきびしく叱責している。出ていって、そばにいる必要はないと自分が言ったのだと説明しようかと思ったが、考えなおした。カリンはそれを彼らが命令に従わなかった理由とは認めないだろう。彼は部下を責め、イヴリンドが何を言ってもそれは変わらない。実際、自分があいだにはいっても、彼をさらにいらだたせることになり、部下たちにとっては事態が悪化するだけだろうとイヴリンドは思った。

ため息をついて扉に背を向け、風呂を待つために椅子へと戻った。


「階上《うえ》にはだれも行っていません」ファーガスがそう言うのはこれで四度めだった。「たいまつはきっとひとりでに落ちたんですよ」

「ひとりでに落ちたわけじゃない」カリンはいらいらとどなった。

「でも階上《うえ》にはだれも行っていないんですよ」年上の男は言いつのった。「わたしはずっと見ていました」

「一分たりとも目を離さなかったか？」カリンはきびしくきいた。

「はい」ファーガスは請け合った。

「でも……」タヴィスが口を開くと、ふたりの男は話をやめて彼のほうを見た。彼は申し訳なさそうにファーガスを見て指摘した。「あんたは扉を押さえるのを手伝いにきたじゃないか」

ファーガスは肩を落とし、片手をいらいらと髪にすべらせた。「ふたりともイグサで両手がふさがっていたので、急いで階上《うえ》に行って、扉を押さえてやったんです」ため息をついて認めたあと、気をとりなおして言い添えた。「でもほんの一瞬です。だれかがわたしの目を盗んで階上《うえ》に行く時間はなかったはずです」

「どうやらその時間はあったようだな」カリンはどなった。この男がこんなふうに自分にそむいたことに激怒していた。ファーガスはいつももっともたよりになる男だった。だからこそこれほど長いあいだいちばんの部下でありえたのだ。最初はカリンの父の、そのあとはカリン自身の。

「そのあいだに階段をのぼっておりてくることはできなかったはずです」ファーガスは憤懣《ふんまん》やるかたない様子で指摘した。「事故だったに決まってます」

「階上《うえ》で待っていて、おれが部屋にはいり、おまえが水を取りに階下《した》に行っているあいだに、こっそり逃げたのかもしれない」カリンが指摘した。

その指摘にファーガスはいい顔をしなかった。彼はかたくなに首を振り、言い張った。

「いいえ、絶対に事故です。わたしには信じられません、だれかが――」

「事故ではない」カリンは怒りにまかせてさえぎると、付け加えた。「今後、妻の警護をする者は同じ部屋にいるか、妻の行くところにはどこでもついて行け。わかったな？」

「はい」ファーガスとタヴィスは同時に言った。

カリンはためこんでいた息を一気に吐き出した。まだ満足していなかった。イヴリンドはもう少しで死ぬところだったのだ。そのせいで、彼女と愛を交わしてたっぷり数時間抱きしめるか、何かを殴りつけたくてたまらなかった。運の悪いことに、カリンが部下たちにどなりはじめるやいなや、ミルドレッドが奥さまの無事をたしかめようと急ぎ部屋に向かい、今は侍女たちが湯のはいった桶を抱えてぞろぞろと階段をあがってきていた。こんな事態を引き起こしたタヴィスとファーガスをしかるまえに、彼がそう命じておいたからだ。どんなにそうしたくても妻と愛を交わすわけにはいかないし、部下をふたりとも、あるいはそのどちらかを殴るのも、今は好ましい選択ではない。怒りのあまり、どちらか、あるいは両方を殺してしまいかねない。

だが、はけ口が必要だ。カリンは突然部下たちに背を向け、階段に向かった。マックを相手に大声でわめき、馬を思いきり駆けさせれば、血管を流れる熱くなった血も落ちつくだろうと思ったが、桶を持った侍女たちが階上《うえ》にあがるまで階段を使えないと気づいて足を止め、がっかりして顔をしかめた。

じりじりと待ちながら、怒りの目を女たちに向けたが、女たちが風呂桶を運ぶのに苦労している様子を見て、心配そうに眉をひそめた。ひとつの風呂桶を四人で運んでおり、その体勢で階段をのぼるのは危なっかしかった。カリンはふいに、男ふたりを城のなかで働かせてくれれば、力仕事がいくらか楽になるという妻の訴えを思い出した。風呂桶を運ぶには男ふたりでたりるし、そうすれば作業は早くなり、それほど骨が折れることもない。

城のなかに男たちを置く問題を考えているうちに、カリンは最後にイノシシを食べたときのことを思い出していた。イノシシは香辛料をまぶされて串に刺して焼かれ、詰め物をして大皿で供された。料理を運ぶには六人の侍女が必要で、侍女のひとりがつまずいたせいで盆が傾き、イノシシがすべってイグサの上に落ちた。女たちはすぐに足を止めて肉を盆の上に戻し、そのまま食卓に向かった。それでも料理はうまかったが、落ちたときについたイグサやそのほかの不快なものを取り除かなければならなかった。

厨房での力仕事を手伝う男たちがいたら、そんな事故は防げたかもしれなかった。力仕事から解放された女たちはさっさと別の料理を運ぶこともできただろう。それに、そういう仕事を手伝うために三、四人の男を城に置いたところで、武術の訓練をする男たちが不足することはないだろうし、男たちには交代で仕事にあたらせればいい。試しに一日、三、四人を城に置いてみるか。妻の提案はなかなかのものだと、カリンはしぶしぶ認めた。さっそくその手配をしよう。

「お風呂にはいりたいのに、あなたたちふたりがそこに立って見ていたらそれができないのよ」イヴリンドはいらいらとくり返した。彼女と同じ部屋にいろと夫が男たちにほんとうに命じたなんて信じられなかった。何を考えていたのだろう？　その命令をしたときはきっと何も考えていなかったにちがいない。少なくとも、自分が彼女のために風呂の用意をさせたことは考えていなかったのだ。まったくもう！　お手洗いを使う必要があるときも、ふたりの男といっしょにせまい個室に押しこまれるの？

イヴリンドはその考えが浮かんだ瞬間に頭から追いやった。考えるだけで小用を足したくなりそうで、そうなったらやっかいなことになる。

「あなたと同じ部屋にいろというのが領主の命令です」ファーガスががんこにくり返した。ことのしだいにいくぶん腹を立て、いらだっているようだ。やっかいごとに巻きこまれたのが気に入らず、カリンの命令にそむくような危険を冒したくないのだろう。一方タヴィスは、イヴリンドが彼らのまえで風呂にはいるという考えに、ばかみたいににやにやしていた。

「ばかばかしいにもほどがありますよ」ミルドレッドがぷりぷりしながら口論に割ってはいった。「奥さまがお湯を使っているあいだ、そこに立っているなんていけません」

「わたしたちは出ていくわけにはいかないんです」ファーガスがきっぱりと言った。「カリンさまが帰られるまで、入浴は待っていただくことになります」

「いや、それはもったいないよ」タヴィスが抗議した。「湯が冷めて、あとでまた侍女たちが忙しい思いをして湯を沸かしたり運んだりしなければならなくなる」

イヴリンドは顔をしかめて夫のいとこを見た。風呂の準備のために女たちがしなければならない仕事のことなど、彼が少しも気にしていないのを知っていたからだ。そうでなかったら、重い風呂桶を運ぶ手伝いをしていたはずだ。イヴリンドは落ちつきなく体を動かし、扉に向かいながらきいた。「旦那さまはどこ?」

返事がないので、イヴリンドはついてくるふたりを振り返った。彼らの表情を見るかぎり、主人がどこに行ったのか見当がつかないようだった。いらいらと首を振り、男たちがしつこくついてくるのを知りながら、扉を引き開けて部屋の外に出た。階段の上で足を止め、憮然として下の大広間を見わたした。下で仕事か何かしているカリンが見つかると期待していたのだが、ほとんど人けのない部屋に彼の姿はなかった。カリンはどこにいてもおかしくない。

中庭か厩にいるのかもしれないし、戦闘訓練をしているのかもしれないし、城の外に出かけたのかもしれない。ほんとうに頭にくるわ！

イヴリンドは階段の上に立ったまま、どうするべきか考えた。やがて心を決め、くるりときびすを返した。ファーガスとタヴィスは左右に分かれて彼女に道をあけ、急いで廊下を戻りはじめた彼女のあとを追ったが、部屋に着くとイヴリンドは自分がすりぬけられる程度に扉を開け、なかにはいるとすぐに閉めた。彼女がしていることに気づいた男たちは扉に突進した。彼らが木の板を向こう側からたたくまえに、イヴリンドはなんとかかんぬきをかけることができた。

「奥方さま！」ファーガスが廊下から言い立てた。「扉を開けてください！　あなたから目を離してはいけないことになっているんですよ」

「入浴がすんだらすぐに扉を開けるわ」イヴリンドはおだやかに言い放つと、ミルドレッドが小さくしのび笑いをしながらお湯の温度をたしかめている風呂桶のほうに向かった。

「ああ、かんべんしてくれよ、イヴィー」タヴィスが甘い声で言った。「おれたちは困ったことになる。これまでマックだけが使ってきた愛称を耳にして、イヴリンドは眉を上げた。「おれたちをなかに入れてくれ。見ないと約束するから」

開けてくれ、お嬢さん。

イヴリンドはその訴えに鼻を鳴らし、手早くドレスを脱ぎはじめた。ファーガスなら見ないかもしれないと信じただろうが、タヴィスは？　とても信じられない。彼女の知るかぎり、そばにいるすべての女性に雄牛のように好色に興味を示す男なのだから。彼には好みというものがないらしい。若い娘といるのを見たこともあったし、それほど若くない女性、ブロンド、赤毛、ブルネット、漆黒の髪の女性のときもあった。やせた女性といるときもあれば、でっぷりした女性といるときもあり、そのあいだのあらゆる体格の女性とつきあっていた。幼いころ母親が引きこもっていたせいでできた心の隙間を埋めようとしているのだろうと思われたが、よくはわからなかった。どっちにしろそれはあまり問題ではない。女をとっかえひっかえすることで隙間が埋まることはけっしてないだろうから。

「どうぞおはいりください」イヴリンドのドレスとシュミーズを脱がし終えたミルドレッドが静かに言った。

イヴリンドは手伝ってくれたミルドレッドに礼を言って風呂桶に足を入れ、温かいお湯がすすで汚れた肌を包むと、小さなため息をもらした。湯加減はちょうどよかった。男たちが廊下でほえたりどなったりしていなかったら、さぞ快適な入浴だっただろう。

彼らを閉めだしたことをなじる叫びはどんどん大きく切羽詰まったものになり、せっかくの入浴なのに実際のところかなり興ざめだった。イヴリンドは顔をしかめながら風呂のなかですばやく体を動かし、すすの汚れをできるだけ早く洗い落とした。彼らの叫びにいらいらしているのは彼女だけではないようだった。イヴリンドが知るかぎりミルドレッドがこれほど早く髪を洗ったことはなかった。いくらもたたないうちに、イヴリンドはそそくさと風呂桶から出て、乾いた亜麻布で体を拭き、清潔な服を着ていた。

「そろそろこういった事故を見なおして、だれのしわざなのか考えないといけませんね」ひもを結ぶイヴリンドを手伝いながら、ミルドレッドが厳粛に言った。「わたしもききこみをしようと思います。ここにいるほかの侍女たちから役に立つ話を聞けるかもしれませんから」

「だめよ」イヴリンドは鋭く言った。「そんなことをしてあなたを危険にさらすわけにはいかないわ」

「でも――」

「だめ」きっぱりとくり返した。「わたしにまかせて。ちゃんと考えて解決してみせるから」

ミルドレッドはきつく口を結んだが、それ以上言いつのることはしなかった。イヴリンドは扉に向かった。髪はまだ濡れていて、とかす必要があったが、入浴して着替えたのだから、それでよしとしなければ。ファーガスとタヴィスがたてる騒音にはこれ以上耐えられなかった。彼女から目を離さずにいることにそんなに固執するなら、暖炉のそばで髪をとかして乾かすという、あまり心惹かれない見世物を突っ立って見ればいい。彼らにとっては小麦が成長するのを見るようなものだろう。死ぬほど退屈すればいいのだ。

イヴリンドが髪を乾かし終え、大広間におりたのは正午だった。ミルドレッドはおもしろそうに小さく笑みを浮かべながら、イヴリンドと並んで階段をおりたが、楽しんでいるのは全員のなかで彼女ひとりだった。ファーガスとタヴィスは部屋のなかを行ったり来たりし、何度もうるさくため息をつきながら、イヴリンドの髪の手入れが終わるのを待っていたのだ。イヴリンドは彼らといてもあまり楽しくなかった。階段をおりきったとき、そこに夫がいたら、それについてひとことふたこと言ってやっただろう。

だが、カリンの姿はどこにも見えなかった。イヴリンドは重々しいため息をつき、昼食をとるべくテーブルの上座に向かった。半分ほど進んだところで、大広間の扉が開き、そちらに視線を向けた。トラリン・カミンがはいってくるのを見てふいに足を止める。それほど急に止まれなかった男たちが彼女の背中にぶつかったので、イヴリンドは前方のむしろの上につんのめりそうになった。

「もう、かんべんしてよ」とっさにだれかに支えられ、イヴリンドは頭にきて言った。振り返ってみると、犯人はタヴィスだった。「そんなにぴったりくっついて歩かなくてもいいじゃない。どこにも逃げたりしないわよ」

「失礼」とタヴィスはつぶやいた。ことばとは裏腹におもしろがっているようだ。

いらだちに小さく舌を鳴らしながら向きを変え、自分の席ではなくトラリンのほうに進んだ。

「こんにちは、マイ・ロード」とあいさつする。「主人は今ここにいませんけど、すぐに戻ると思いますわ」

「ええ」トラリンは微笑んだ。「カリンは馬で出かけたと、わたしの馬を預けたときマックから聞きました。すぐ戻るだろうと彼も言っていましたよ」

怒りで口元がこわばるのがわかった。わたしの知らないことをほかのみんなは知っているみたいね。なんていまいましいのかしら。だれかに命じて自分が馬で出かけたことをわたしに知らせるのがそんなにたいへんなことなの？

その考えを頭から振りはらって、イヴリンドは言った。「では、待っているあいだ、わたしたちといっしょに昼食を召しあがってくださいな」

「出かけたときはこんな時間になっているとは気づきませんでした」トラリンは申し訳なさそうに言った。「ですが、ええ、ご迷惑でなければお相伴にあずかります」

「迷惑だなんてとんでもない」イヴリンドはそう言うと、彼に腕をからませてテーブルの上座に導いた。実際、この男性と話す機会がもてるのをうれしく思った。

「これもマックから聞いたんですが、今朝はたいへんなことがあったとか」テーブルにつきながらトラリンは静かに言った。「どうやらあなたはご無事だったようですね」

「ええ、大丈夫です」そう言ったあと、あまりに彼女の近くに座ったせいで、ドレスのスカートを踏んでいるタヴィスをにらんだ。タヴィスはにやりとすると、ほんの少し腰を浮かせてスカートを引っぱり出した。ファーガスは彼の向かい側に座った。

「あなたが来てから今回が初めての災難というわけではない」トラリンがつぶやいて、イヴリンドの注意を引きもどした。「カリンから聞きました。放牧場のこと、木に刺さった矢のこと、先日おふたりがわが家に来てくださった日に階段から落ちたことも」

イヴリンドはためらったあと、慎重に言った。「このところ事故にあってばかりのようで」

「カリンは事故だと思っていないようです」トラリンは重々しく言った。「今日わたしが来たのはそのためです。おふたりにお会いして、問題がないかたしかめたくて」

イヴリンドの口元がこわばった。問題がないかたしかめに来てくれたのに、また事故があったのを知ることになるとは。「幸い、これらの事故を仕組んだ人物は不器用なようですわ。どのたくらみも成功していないんですから」

自分の不快感をなだめるためだけの投げやりな意見だったが、イヴリンドの両側に座った男たちはどちらも興味深い反応をした。トラリンは驚いて心配そうになり、タヴィスは急に笑い出して、いくつかの視線を自分たちのほうに引きつけたのだ。ファーガスはといえば、顔をしかめていた。

「そんなことを言っていると痛い目にあいますよ、奥方さま」ファーガスが怒ってどなった。「これまでのところは運がよかった。でも命じられたとおりわたしたちに警護させてくださらないと、次に何か起こったときはそんなに運がよくなかったということになるかもしれません」

イヴリンドはお説教にくるりと目をまわし、トラリンが不思議そうに眉を吊りあげてみせたのに気づいて説明した。「ファーガスはがっかりしているだけですのよ。わたしが入浴するところを彼とタヴィスに見せてあげなかったから」

それを聞いてトラリンはあんぐりと口を開け、にやにやしながら老戦士を見た。「ああ、ファーガス、好色な悪魔め。タヴィスならわかるが、おまえもとは」

「奥方さまのそばからかたときも離れるなとカリンさまに命じられたんです」ファーガスは顔を赤らめてかみつくように言った。「でも奥方さまはわたしたちをだまして部屋から閉め出した」

「旦那さまはあなたたちにわたしの入浴姿を見せるつもりはなかったはずよ」イヴリンドは冷静に言った。

「カリンさまは――」ファーガスは言いかけたが、黙りこんだ。数人の女たちが急いで厨房から料理の皿を運んできて、彼らのまえで足を止めたからだ。

「ありがとう」とつぶやいて、イヴリンドは盛り合わせのなかから肉とチーズを選んだ。食べはじめると沈黙がおりたが、トラリンの肩が震えて自分の肩に触れるのを感じて彼を見ると、トラリンはまだ憮然とした様子のファーガスを見やりながら、おもしろそうに顔をゆがめ、声を殺して笑っていた。

タヴィスはと見ると、やはりおもしろがっているようだった。イヴリンドもそっと微笑み、ミルドレッドが座っている下座のテーブルのほうを見やった。隣の老女の話をうなずきながら聞いている侍女の熱心な様子に気づくと、不安を覚えて笑みが消えた。イヴリンドはふいに確信した――いけないと言い聞かせたにもかかわらず――侍女は度重なる事故を食い止めるために自分にできることをさがそうとしているのだ。そうしたい気持ちは理解できたが、企ての裏にいる犯人の注意を惹いて自分の身を危機にさらすようなことはなんとしても避けてほしかった。だが、侍女自身がそう決意しないかぎりやめさせることができないのはわかっていた。

唇をかんでまたトラリンを見た。かなりの美男子だということにようやく気づいた。おだやかな微笑みときらきらした目はとても魅力的だ。でも、めったに微笑まないとはいえ、夫の顔立ちのほうがもっと気品があるし……いくつかの理由でカリンのほうが魅力的だ。それは彼を好ましく思うようになったからかもしれない、とイヴリンドは認めた。

　会話の少なさは不満だったが、ときとしてカリンの行動はことばよりも説得力があった。かたときもイヴリンドのそばを離れるなと部下に命じたのも――わずらわしいとはいえ――とても思いやりのある態度だし、彼女を妻にしてうれしいと言ってくれたときは、彼の顔に愛情と気遣いと思われるものが認められた。愛されている……と思える表情だった。それはイヴリンドの胸に希望を与えた。自分が一方的に恋に落ちてしまうことを恐れていたからだ。だが、どこまでも正直に言えば、すでにこれ以上落ちることができないほど恋に落ちていた。どうしてそうなったのかはさっぱりわからなかった。彼のキスと愛撫を楽しみ、これまで経験したどんなことも太刀打ちできないような興奮をベッドのなかで知り、彼の思いやりややさしい行為にたびたび感動させられてはいたが……カリンになんとなく不満を覚えてもいた。こういうやさしい行為のことはたいていほかのだれかによって知らされるので、そのときはもう感謝するには遅すぎるのだ。

「重々しいため息ですね」

　イヴリンドはびくっとしてトラリンを見やり、無理に微笑んだ。「ちょっと考えごとをしていたもので」

「そんなため息が出てしまうなら、きっとむずかしい考えごとだったのですね」彼はつぶやいた。

なおも夫のことを考えながら部屋を見わたすと、ほとんどの人びとが食事を終えて大広間から出ていこうとしているのがわかった。席についている人びとはまばらだった。ミルドレッドはテーブルをあとにしており、今は二階へと階段をのぼっているところだった。火事で日光浴室がどれだけ損なわれたか確認に行くのだろう。タヴィスは席を離れて、下座のテーブルを片づけている侍女のひとりといちゃついていた。ファーガスも席を離れ、玄関扉のそばに立ってギリーと話している。何か指示を与えているようだ。ギリーと話しているのに、ファーガスの目が自分に注がれているのに気づき、イヴリンドはむっとして口を結んだ。度重なる事故と過去の三人の死の裏にいるのはだれなのかという謎が解明されるまで、自分は一日じゅう目をつけられているのだろう。

トラリンに向きなおって告げた。「このまえお宅からの帰りに、カリンとわたしはジェニーが埋められている崖に寄りました」

トラリンは眉を片方上げ、興味深げな顔をした。「そうなんですか?」

「ええ。あなたはビディの妹のジェニーがここを訪れたとき、彼女に熱を上げていたとか」

彼の顔がゆっくりと笑みにくずれた。「カリンも熱を上げていたかどうか知りたいんですね」

「いいえ」イヴリンドはあわてて言い張った。「ほんとうのことなのか知りたかっただけです」

眉を上げて一瞬じっと彼女を見たあと、彼はうなずいた。「ええ、わたしは彼女に熱を上げていた」

恋人同士だったのかときくにはどうすればいいだろうとイヴリンドが考えていると、彼はさらに言った。「そうしたところでどうにもなりませんでしたけどね。彼女は別の人を見ていたから」

「別の人？」興味を覚えてきいた。

「ダラクです」

イヴリンドは体をこわばらせ、眉を上げげた。「ビディの旦那さまの？」

「ええ」トラリンは彼女の表情を見て笑ったあと、説明した。「ダラクは――実のところ、今のタヴィスにそっくりでした」肩をすくめてそう言うと、その男のほうに目をやった。

彼の視線を追うと、タヴィスが侍女の耳に何やらささやいていた。侍女は顔を赤くしてくすくす笑っている。

「見た目もとてもよく似ていた」トラリンはつづけた。「ダラクはタヴィスのように金髪の美男子で、想像してもらえるならさらに魅力的だった」

イヴリンドは目をすがめてタヴィスを見た。彼は侍女に腕をまわして引き寄せながらも、その耳に何かささやきつづけていたが、しゃべっているのか鼻をこすりつけているのか、判断するのはむずかしかった。侍女は少しぼうっとしているようだ。イヴリンドはタヴィスに言い寄られてあきらかに圧倒されているその娘がなんだかかわいそうになった。たしかに彼は魅力的な男で、その気になれば非常に感じがよかった。イヴリンドはタヴィスが荷馬車とともに戻ってきて以来、彼がその魅力を利用しているのを何度か見ていた。つい昨日の晩も、彼は侍女のひとりをからかい、おだて、ささやきかけていた。イヴリンドはその侍女をもっと分別がある娘だと思っていたが、それもタヴィスが話以上のことをしようと静かな場所に連れていくのを侍女が許すまでのことだった。その侍女は彼の魅力のまえにはとても太刀打ちできないように見えた。

「タヴィスはご婦人たちのあいだに混乱を引き起こすが、ダラクは――」トラリンは首を振った。「彼は出会うすべてのご婦人をそわそわさせた。ごく若い娘からかなり年配の婦人までね。わたしのような若造にどうして太刀打ちできたでしょう?」

イヴリンドがトラリンに視線を戻すと、彼は顔をしかめて首を振り、つづけた。「洗練されたダラクに比べたら、ジェニーにとってわたしは未熟な若造にすぎませんでした。彼はジェニーをからかったりおだてたりし、彼女はそのことばを残らず吸収した。必死で注意を惹こうとする花のように」

「ビディはそれを気にしなかったんですか?」イヴリンドはゆっくりとききながら、問題の恋人はダラクだったのだろうかと初めて思った。もしそうなら、そんなふうに年若い貴婦人を利用した彼は卑劣な犬畜生だ。相手が義理の妹ならもちろんのこと。

「気にしていませんでした」トラリンはその考えを否定した。「からかっているだけだとわかっていたから。みんなそう思っていました。でも、ジェニーはひどく世間知らずでしたから、彼の言ったことをすべて信じていたのかもしれない。自分はずっと大人で、カリンやわたしより洗練されていると思っていたけど――わたしたちより一歳しか年上ではありませんでした」ぐるりと目をまわして付け加える。「実のところ、彼女は何もわかっていなかった」

「彼女は当時まだ十五歳だったの?」イヴリンドは眉をひそめてきいた。

「ええ」トラリンはそう言うと、悲しげに首を振った。「しかも十五歳にしては幼かった。キャンベルとの結婚には耐えられなかったでしょう」

イヴリンドはうなずいたあと、こうつぶやいた。「ジェニーはキャンベルと婚約していたとカリンが言ってたわ」

「そうです。何が彼女の父親に結婚を承諾させたのかはわかりません」彼は首を振ったが、皮肉っぽく言い添えた。「まあ、見当はつきますがね。結婚によってもたらされる強力なつながりとキャンベルの富のことしか考えていなかったんでしょう。彼女が自殺したくなるのもわかりますよ」

イヴリンドはそのことについて考えた。侍女が作業をしていたベンチに座っているタヴィスに目が行った。侍女はもう作業をしてはおらず、彼の膝に乗って腕を首にまわし、テーブルを拭いていたぼろきれを彼の背中にたらしていた。タヴィスは存分にキスを楽しみながら、片手でゆっくりとスカートを持ちあげている。

イヴリンドはすぐに目をそらし、あの男に警護してもらうという考えに首を振った。もちろんファーガスはまだ彼女から目を離さずにいるが……彼女はまたタヴィスに目をやって、眉をひそめた。タヴィスなら何も考えずに未婚の貴婦人のスカートにもぐりこむだろうと難なく信じられる……そういうことをするまえに考える時間があったとして。少なくとも頭では考えないだろう。そしてもしダラクがトラリンの説明どおりの人だったなら……

トラリンに向きなおってきいた。「タヴィスのお父さまがジェニーに手を出さなかったのはたしか？」

トラリンはその質問に眉をひそめた。彼の顔に一瞬疑念がよぎるのが見えたが、彼は首を振って言った。「ええ。ダラクには少しばかり不埒《ふらち》なところがあって、その気のある侍女や娘のスカートをめくるのが好きでしたが、年若い貴婦人をたぶらかしたりは絶対にしなかったはずです。ましてや自分の妻の妹を破滅させたりはしなかったでしょう。そんなことをしようものなら、ビディに殺されますから」

15

〝そんなことをしようものなら、ビディに殺されますから〟

イヴリンドはベッドから二フィートほど離れた窓から射しこむ朝の光をじっと見つめ、ぐったりとあくびをした。昨夜はあまりよく眠れなかった。頭のなかはトラリンから聞いた話でいっぱいだった。トラリンがあのセリフを吐いたあと、カリンが城に戻ってきて、それ以上質問ができなくなってしまったが、それでも知り得たことすべてを最初から考えてみずにはいられなかった。

ダラクはジェニーに手を出して彼女を破滅させるような人ではなかったとトラリンは言ったが、確信はないようだった。ダラクがジェニーの恋人でなかったことを示唆しているのは、ジェニーが泣きながら戻ってきて消えた日、父親は彼女が散歩に出かける直前に馬に乗って中庭から出ていったとタヴィスが言ったことだけだ。しかし、ダラクはいったん外に出てから幕壁をまわって崖に行ったのかもしれない。少女の恋人だった可能性はある。

もしふたりが恋人同士だったとしたら、ビディの妹も夫もほめられたことではないが、ダラクがタヴィスのように不道徳だったのなら、それほど良心は痛まなかっただろう。ここで女性といちゃついているタヴィスに、良心はほとんど見受けられない。それぞれの女性から得られるものを手に入れると、花から花へと飛びまわるハチのように、楽しげに次の女性のもとに行き、自分があとに残した混乱には見向きもしなかった。

ビディの妹、ジェニーはといえば、非情さと暴力で知られる恐ろしい男と婚約していた。それから救ってもらうために姉の夫と関係するほど必死だったのかもしれないし、無理やり結婚させられるまえに最後の幸せをつかみたかっただけなのかもしれない。

それはなんとなく理解できた。ドノカイの悪魔と結婚すると知った日のイヴリンドのふるまいがそのいい例だ。あのとき彼女はいまだに信じられないようなやり方でカリンにキスをさせ、体に触れさせた。自分はこれから恐ろしい結婚をすることになるのだからと、それを正当化した。歓びを経験するのは生涯でこのときだけかもしれないと自分に言い聞かせて。正直なところ、相手が既婚者だとわかったとしても、すぐに拒んでいたかどうかわからない。だが、自分に姉がいて、相手がその姉の夫だったら、拒んでいただろう。それに自分は当時のジェニーほど幼くはない。

イヴリンドはまたあくびをし、ため息をつきながら、ジェニーのように幼ければ、そうやって姉の夫を恋人にすることを正当化できたかもしれないと思った。なんとかして結婚から逃れる方法を見つけてくれると期待すらしていたかもしれない。

いくつかの可能性が頭に浮かんで眉をひそめた。ビディは妹と夫が恋人同士だったことを知ったのだろうか？　不謹慎な行為をしたダラクを、ビディはどうしても許せなかったのでは？　それにジェニーは城を去ったあと、どうして突然戻ってきたのだろう？　そもそもほんとうに自殺したのだろうか？　姉の夫といちゃついていたのを悪いと思って自殺したという可能性はあるが、不倫の事実を隠すために殺されたという可能性もある。

ふたりの関係を知ったあとで、ビディがジェニーと夫を殺したとも考えられるが、もしそうなら、どうして何年もたってからカリンの父親を殺したのだろう。カリンの父親のリアムは何年もまえに何があったかを知って、ビディを問い詰め、自分の死を招いたのか？　あるいはビディは、息子が領主の地位を継承できないほど幼いうちにダラクを殺してしまったせいで、自分がもたらした不公平を正そうとしただけなのかもしれない。ダラクの早すぎる死のせいで、彼女の息子が跡を継ぐことはかなわなかった。リアムを殺せば称号はカリンではなく自分の息子のものになるはずだと思っていたのかもしれない。

マギーは、彼女に質問されて不安になったビディに殺されたか、事実に近づきすぎたせいでみずから死を招いたかのどちらかだろう。

イヴリンドは自分の考えに顔をしかめた。どれも一理ある考えだが、ビディを危険な殺人者と見るのはむずかしかった。自分の妹と夫、義理の弟と甥の妻といった人たち全員を殺してまわったと考えるのは。それに、ビディのことが好きだったし、彼女が自分を殺そうとしているとは信じたくなかった。

急いで問題を解明しなければと思ったが、どうすればいいのかよくわからなかった。ビディと話をしても答えは得られそうにない。無実なら侮辱されたと思うだろうし、罪を犯しているならうそをついてすべてを否定するだけだろう。

ビディがいないときに彼女の部屋にしのびこめば、何があったのか知るのに役立つものがないかたしかめられるかもしれない。ビディから妹に宛てた手紙やその返事とか、日記とか……罪を告白する手記が置いてあるなんてことはないだろうけど、と皮肉っぽく考え、ベッドのなかで落ちつきなく寝返りを打った。でもやってみる価値はある。

「何をそんなに悩んでいるんだ?」耳元で眠そうな問いかけが聞こえた。カリンがうしろからイヴリンドを抱きすくめ、片手を体にすべらせた。

「どうしてわたしが悩んでいると思うの?」イヴリンドは答えずにきき返し、亜麻布と毛皮に包まれた乳房を下側から支える彼の手に自分の手を重ねた。

「おれを起こすほどため息をついたりぶつぶつ言ったりしていたからだ」と答え、彼女の耳に鼻をすりよせはじめる。

「そんなことしてないわ」カリンの唇が首を這うと、イヴリンドは目を閉じながら、息を切らし気味に言った。

「いや、していた」カリンはそう言って、亜麻布と毛皮を引っぱりおろし、裸の乳房をあらわにして手でさぐった。

「ああ」彼が片手で乳房を包んで愛撫をはじめ、腰を押しつけてふたりのあいだで硬くなりつつあるものを感じさせると、イヴリンドはあえいだ。

「何を考えていた？」今度は肩に歯を当てながらきく。

イヴリンドは息をのんだ。こんなふうにさわられていては考えるのはむずかしい。

「教えてくれ」彼はしつこくささやいた。少しのあいだ乳房から手を離し、ふたりのあいだに差し入れて、硬くなったものが彼女の脚のあいだと濡れた核に当たるように調節した。

カリンが腰を動かして、自分のもので興奮のつぼみをこすりながら、手を乳房に戻すと、イヴリンドはうめいた。

「教えてくれ」とくり返し、乳首をつまみながら腰を動かしつづける。

「ジェニーとダラクのこと、ふたりが恋人同士だったのかどうか、ビディがそれを知らなかったのかどうか、ふたりを殺さなかったのかどうか――」彼がふいに動きを止め、イヴリンドのことばも立ち消えになった。

「ジェニーとダラク？」カリンはぼんやりと言った。イヴリンドは彼の顔が見えるように少し体をひねった。彼はいま聞いたことにぎょっとしているようだった。

「ありそうにないことなのはわかってるわ」イヴリンドはすまなそうに言った。「でもジェニーは崖で恋人に会っていたとタヴィスが言ったの。それにトラリンは、ダラクが彼女のことをずいぶん気にしていて、彼女はダラクに思いを寄せていたと言ったわ。もしダラクが女性に対して今のタヴィスのようにふるまっていて、ジェニーがみんなの思っていたように世間知らずだったら……」

イヴリンドは最後まで言わずに、カリン自身に結論を出させたあと、付け加えた。「ジェニーが死んだ二週間後にダラクが事故で死んだのは偶然かもしれないけれど、彼女が無関係とはどうも信じがたいわ。あなたのお父さまとリトル・マギーが、自殺したジェニーの眠る崖から落ちて死んだことも」

カリンは身動きもせずに黙っていたが、目を見ればさまざまな思いが去来していることがイヴリンドにはわかった。やがて彼はふいに寝返りをうって彼女から離れ、ベッドから出た。

「あなた？」イヴリンドは眉をひそめ、亜麻布を払いのけてあとを追った。暗い表情で身支度をしている夫を見て、また眉をひそめる。唇をかみ、心配そうにきいた。「何をするつもりなの？」

「おれにまかせろ。なんとかする」カリンはプレードを体に巻きつけながらきっぱりと言った。

イヴリンドは唇をかみながら、彼が剣と短刀《スキーン・ドウ》を身につけるのを見守ったあと、こう言った。「あなた、お願い、このことはビディに言わないで。まったく見当ちがいのことかもしれないし、たしかなことがわかるまで彼女が傷つくのは見たくないの」

「おれにまかせろ」とカリンはくり返したが、妻の不安そうな顔を見て眉をひそめ、彼女のまえに行って腕に抱いた。「このことできみを悩ませはしない。命をねらわれているだけでも充分やっかいだ。きみを幸せで満ち足りた妻にしてやりたい。愛している」

イヴリンドは目を見開いた。ぶっきらぼうな告白を聞いてぽかんと口が開き、カリンは口を開けさせる必要がなくて幸いとばかりにかがみこんでキスをした。すばやいけれど、心をこめたキスを。そして彼女から離れて扉に向かった。「服を着ろ。階下《した》に着いたらすぐにきみを見張れるよう男たちをここに寄こす」

イヴリンドがまだ彼のことばに目をしばたたいているうちに、彼は出ていき、扉が閉まった。あの人はわたしを愛している。愛していると言ったわ。ああ、神さま、夫はわたしを愛している。ベッドに歩み寄って腰をおろしたが、次の瞬間には跳ねるように立ちあがり、急いで服を着た。カリンは階下《した》に行ったらすぐに今日の警護役をここに来させるつもりだ。警護がついたらビディの部屋を調べる機会はなくなる。彼女の部屋で有益なものが見つかるとは思っていなかった。だがやってみる価値はある。

瞬く間に服を着た。髪はうしろになでつけるだけにした。急いで扉のところに行き、そっと開けて廊下をうかがい、まだだれもいないのを確認してほっとした。男たちはまだ階上《うえ》に来ていなかった。そっと部屋から出ようとしたとき、急にビディの部屋の扉が開き、小柄な女性が急ぎ足で出てきて、階段に向かうのが見えた。幸い、ビディはイヴリンドのほうをまったく見なかった。

すでに彼女の部屋にしのびこもうとしているときにビディが出てこなかったことを幸運の星に感謝しつつ、ビディが階段に消えるまで待ってから、イヴリンドはこっそり自室を出てそっと扉を閉め、足音をしのばせて廊下を進んだ。

カリンは日光浴室で床を調べていた。階段に向かっているときに、イヴリンドとミルドレッドがここをきれいにする計画を続行したがるだろうということに思い至ったのだ。火事のあとで床がゆるんでいるかもしれないと急に心配になり、行く先を変えて日光浴室に向かった。床にしゃがんでいたとき、扉の音が聞こえ、ビディがせかせかと通りすぎるのを見た。

声をかけて自分が日光浴室の暗がりのなかにいることを知らせることはせず、階段に向かい、おりていく彼女のせわしない足音にただ耳を傾けた。

それからもう一度床に目を落としたが、頭にあったのは寝室で妻が言ったことだった。タヴィスはジェニーに恋人がいたと思っている？　トラリンは彼女がダラクに思いを寄せていたと思っている？

どうやらカリンはかなり注意力散漫な少年だったようだ。当時そんなことにはまったく気づかなかったのだから。だが、妻から話を聞いて、いま思い返してみると、おじが部屋にはいってくるたびに、ジェニーはたいまつのようにぱっと顔を輝かせていた。顔を赤くして唇を腫らし、ドレスはしわくちゃでひももきちんと結べていないジェニーを、トラリンといっしょに見かけたこともあった。ほんとうに信じているわけではなかったが、従者のひとりとキスでもしたんだろうとからかいさえした。ジェニーは美しかったが、いつもとりすましてお高くとまっていたので、だれかが彼女にキスしたがっていると想像するのはむずかしかった。彼女はひどく堅苦しい少女に見えた。濡れたシュミーズしか身につけずに馬に乗り、手綱を口にくわえて濡れたドレスを頭上に掲げて乾かしているところを見つかることなど絶対になかったはずだ。

初めて妻を見たときのことを思い出して、カリンは微笑んだ。イヴリンドはたしかに特別だ。世界じゅうのどんな女とも似ていない。子供のようにしゃべりまくったかと思えば、小うるさい女のようにきついことを言うが、キスをすると温かいパンにのせたバターのようにとける。イヴリンドには彼が妻に求めうるすべてがあった。彼女と結婚するまえにそういったことを考える時間があったとすればだが。結婚を承諾したときは、いっしょにいて耐えられる女でありさえすればいいと思っていたが、イヴリンドはそれをはるかにしのいでいた。彼が愛せる女であり、実際に愛していた。

今朝そのことばを思わず口にしてしまい、ちょっと後悔していた。言うつもりはなかったのに、つい言ってしまったのだ。残念ながら、イヴリンドの反応はこちらがうれしくなるようなものではなかった。目を見開いてぽかんと口を開け、カリンに急に角が生えてきたかのように彼を見ながら立ちつくしていた。だからこちらが聞きたくないことを言わせないためにキスをしたが、いつか彼女の返事を聞かなければならないことはわかっていた。彼女も自分を愛してくれると期待するほど愚かではなかった。一度ならず指摘されたように、カリンが無口な質《たち》なので、イヴリンドは彼のことをほとんど知らない。それは彼がなんとかしなければならないと思っていることだった。

だがまず、だれがイヴリンドを殺そうとしているのかという問題を解明しなければならない。今朝彼女から聞いた話で、カリンの疑惑はまっすぐビディに向けられた。そのことを考えながら、彼はゆっくりと立ちあがった。おばに質問してもどこにも導いてもらえないだろうが、レディ・カミンに話を聞けば何かわかるかもしれない。母が生きていたころに比べれば、当時はそれほど頻繁に城を訪れていなかったが、ジェニーがドノカイに滞在中、彼女は二度城を訪れていたので、わずかなりとも知っていることがあるかもしれない。

ビディの部屋を調べるのもいいだろう。この問題を解決するのに役立つものがあるかどうかたしかめるのだ。それがなんなのかは想像できなかったが。とはいえ、今ビディは部屋にいないのとわかっているのだから、見て悪いことはあるまい……だがそのまえにかわいい妻の首を絞めてやらなければ、とカリンは思った。日光浴室の開いた扉のまえを、ふいにイヴリンドが足音をしのばせて通りすぎたからだ。

イヴリンドは足音をたてないことに意識を集中していたので——さきほどのビディと同様——カリンが立っている日光浴室には目を向けることもしなかった。もし見ていたら、ひどく怒った夫の姿が目にはいっていただろう。護衛なしにはどこにも行ってはいけないとあれほどきびしく言ったのに、妻はここをしのび足で歩いているのだから。

カリンは音もなく移動して妻を目で追った。イヴリンドがビディの扉のまえで立ち止まって静かになかにはいると、驚いて眉を上げた。おばの部屋を調べようと考えたのは彼だけではなかったようだ。だからおれは妻のことが好きなのだ、とカリンは思った。ふたりとも考え方がとても似ているらしい。

首を振って日光浴室を出た。イヴリンドを追いかけて、彼女がなかにいるあいだに部屋にはいって、死ぬほど怖い思いをさせてやるつもりだった。こちらもあまりいい気分にはなれないだろうが、彼女はだれかに命をねらわれていると知りながらひとりでこっそり歩きまわって、みずからの身を危険にさらしているのだから、それぐらいされて当然だ。自分の身の安全を気にしないなら、せめてこっちの気持ちを考えてほしいものだ。カリンはイヴリンドを愛していた。彼女なしで生きていきたくなかった。不思議なものだ。ほんの少しまえまで、彼女のような女とともに生きることなど想像もできなかったし、彼女に会うまえは、自分の生活はまずまずだと思っていた。悲惨ではなく、かといって楽しくもないが……まずまずだと。だが今、彼女がいなければ自分の人生ははるかに暗く、不幸なものになるとわかっていた。

日光浴室を出ると、階段に足音が聞こえたので立ち止まって振り向いた。階段をのぼりきり、足早にこちらに向かってくるビディを見て、驚いて眉を上げた。どうやら自分の部屋に向かっているようだった。

無事にビディの部屋にはいると、イヴリンドは壁にもたれて小さな吐息をもらした。こっそり行動するのはなんともやっかいな仕事だ。

顔をしかめて部屋を見わたしたが、廊下からぼそぼそと話し声が聞こえて、恐る恐る扉を見やることになった。きっとギリーとロリーだろう。でなければタヴィスとファーガスか、もしかしたらさらに別のふたり組が、わたしの警護のために寄こされたのだと思い、うまうまと自分を閉じこめてしまったことに気づいて眉をひそめた。廊下に男たちがいたら、気づかれずにここを出ることはできない。さてどうするか。このすばらしい考えを思いついたとき、どうしてそのことを考慮しなかったのだろう?

ため息をつき、イヴリンドはまた部屋に目を向けた。男たちに関して今できることはあまりない。どうせここにいるのだから、見てまわってもいいだろう。過去に何があって今何が起ころうとしているのか解明するのに役立つものが、部屋のなかで運よく見つかったら、部屋を出るところを男たちに見られても、そこを調べていたのを知られても、気にならないだろう。

それがこのときのいちばん大きな望みだった。イヴリンドはこの問題を解決しようと心に決めた。これまでは幸運だったので、数々の襲撃を比較的無傷に近い状態で切りぬけてきたが、カリンはひどいけがをしていたかもしれず、彼女を火事から助け出そうとして命さえ落としていたかもしれないのだ。彼をまたそんな状態にさせたくなかった。イヴリンドは彼を愛していた。そして彼もイヴリンドを愛していた。

小さな笑みが唇に浮かんだ。カリンはきみの髪が好きだと言うような調子で〝愛している〟と言った。夫がいま何時かを告げるような言い方をしてもかまわなかった。けっしてロマンティックな人ではないけれど、それもがまんできる。悲しいほど口数が少ないことにも耐えられる。でも彼なしで生きていけるとは思えなかった。イヴリンドはカリンが無言のうちに示す力強さや思いやりをあてにするようになっていたのだ。

愛の暮らしを楽しむまえに死ぬのもいやだった。しばらくは……できればひとりかふたり赤ちゃんを授かるまでは。小さなカリンが生まれたらうれしいだろう。父親のような立派な男性に成長するのを見守るのは楽しいだろう。わたしの影響を受けて、もう少し口数の多い子になるといいんだけど、と楽しげに考えたあと、部屋に注意を戻した。

マギーは何を発見したのかしら、と思いながら、部屋のなかを見わたした。カリンといっしょに使っている部屋に比べると、ずっと小さな部屋だった。家具類も少なかった。ベッドが一台、向こうの壁に寄せてある。その横には小さなテーブルがあり、半分使われたろうそくのはいった鉄の燭台がのっていた。ベッドの足元の壁際には大きな衣装箱が三つあり、そのひとつに矢のはいった矢筒と弓がたてかけられていた。

イヴリンドは衣装箱からはじめるつもりで部屋のなかを進んだが、立ち止まってベッドに近づき、直観に従って膝をつくとベッドの下をのぞきこんだ。そこを見るつもりでいたとはいえ、ベッドの下の暗がりに何かを見つけて驚いた。手をのばして革のかばんのようなものをつかみ、一部を引っぱり出すと、矢のはいった別の矢筒だったので眉をひそめた。ベッドの下に押し戻そうとして、矢についた羽根に気づいた。また引っぱり出してもっとよく見た。どの矢も白い羽根と黒っぽい羽根が交互に配されている。夫と使っている部屋にあった化粧箱で見つけた矢と同じだ。そういえばあの矢には乾いた血がついていた。あれは何を意味しているのだろう。衣装箱にあった矢はどうやらこの矢筒にはいっていたもののようだ。でもなぜ衣装箱のなかにあったのだろう？　あの血はだれの血なの？

今はその問題について考えている場合ではないと思い、矢を矢筒にしまってベッドの下に戻し、立ちあがって衣装箱のひとつにたてかけられているもうひとつの矢筒にゆっくりと近づいた。ぱっと見て、すべての矢に黒っぽい羽根が使われているのがわかった。おそらく鷲の羽根だろう。もっとも広く使われているものだ。

さっきの白い羽根がなんの羽根なのかはわからなかった。白鳥の羽根のようだったが、白鳥の羽根が矢に使われることはめったにない。聞いたことがないわけではないが、珍しいのはたしかだ。少なくともイングランドではそうだった。カリンのおばが弓と矢を持っていることには驚かなかった。ビディは好んでときどき料理の材料を狩りで仕留めると言っていた。

だが驚いたのは、彼女が二種類の矢を持っていることだった。

そのことはひとまず置いて、衣装箱に注意を向けた。最初の箱のまえに膝をつき、ふたを開けると、なかはドレスでいっぱいのようだった。あらためたことがばれないように、できるだけかきまわさないようにしながら、手早くなかのドレスを探った。そのため少し手の動きが遅くなったが、イヴリンドはまだビディに何かやましいことがあるとは思えず、不必要に彼女を動揺させたくなかった……少なくとも確信が持てるまでは。

最初の衣装箱の中身がドレスだけだとわかると、イヴリンドはそっとふたを閉めて立ちあがり、次の箱のところに行った。今度はシーツや枕やそういったものがはいっていただけだった。がっかりしてふたを閉め、最後の箱のほうを向いた。ふたを開けたとたん、ほっとして小さなため息をついた。これは見込みがありそうだとすぐにわかった。はいっていたのは男性の持ち物で、ダラクのものと思われたが、さらに重要なのは、箱の底に手紙の束があったことだった。

取り出して開こうとしながら、ビディのプライバシーを侵害しているという罪悪感を覚えたが、どうしても知りたかった。手紙はたくさんあった。イヴリンドはすばやく見ていった。もう少しで束が終わるというときに、ジェニーとビディのあいだでやりとりされた手紙に出くわした。作業の手をゆるめてちゃんと読みはじめた。

最初の手紙は、ドノカイを訪問したいというジェニーの計画について書かれているだけだった。ジェニーは姉に会えるという期待で興奮していた。ジェニーのドノカイ訪問は初めてらしく、ビディが実家のマクファーレンに帰ることもめったにないようだった。姉妹はたがいに会えることを心待ちにしていた。

二通めもだいたい同じような内容だったが、ドノカイに出発する直前に書かれていて、少女の興奮と期待が紙面からあふれんばかりだった。

だが、最後の手紙になると、イヴリンドは正座をして背筋をのばし、ただ目を通すのではなくもっと注意深く読んだ。それはジェニーからの最後の手紙で、ほかの手紙とだいぶ調子がちがっていた。ジェニーは悲嘆に暮れており、自分は死ぬつもりだということとその理由をビディに告げていた。

イヴリンドはゆっくりと息を吐きながら手紙を閉じた。身を切るように悲しく、ひどい裏切り行為と絶望に満ちた手紙で、読んでいるうちに涙がこみあげていた。衣装箱のふたを閉じ、よろよろと立ちあがって手紙をポケットに入れた。ビディと話をしなければ。今度は年上の婦人に答えをはぐらかされるつもりはなかった。

16

カリンはビディを見つめた。話している彼女の唇の動きを目で追っていたが、ちゃんと話を聞いてはいなかった。部屋に向かわせないようにするにはどうすればいいか考えるのに忙しかったからだ。どうすれば日光浴室の床の焼け跡が取り除けるかについて意見をきくことで、なんとか機先を制した。ビディはカリンを従えて日光浴室に行き、以来ずっとそこで話をしていた。だが、やがてさまざまな提案も出尽くすだろうから、彼女を部屋に行かせないための別の手を見つけなければならない。

「それでうまくいくはずよ」ビディはついに話を終え、木のシャンデリアがさがっていた部屋の一角をちらりと見たあと、無理やり視線を離して扉のほうを向いた。「厨房に戻らないと。部屋にきれいな前掛けを取りにいくところだったのよ。パスティが品切れだと料理人が言っているから、また焼かなくちゃと思って」

「だめです」カリンはきっぱり言うと、彼をまわりこんでいこうとする彼女のまえに立ちはだかった。

　ビディは立ち止まり、眉を上げた。「だめ？」

「だめです」カリンはくり返し、必死で頭を働かせたあげく、こう口走った。「今日はわたしとカミンの城に行っていただきたい」

「カミン家に？」彼女は驚いてきいた。

「はい。だれかが妻を殺そうとしている。わたしはその真相をつかみたいと思っています。ジェニーとダラクのことでいくつか質問があるのですが、あなたとエリー・カミンがいればその答えが手にはいる」

　ビディは平手打ちをされたように頭を引いた。顔色もひどく悪くなった。そして何も言わずにカリンをよけて廊下に出た。カリンは驚きに目を見開いてあとを追ったが、ビディはその年齢にしては驚くほど速く歩いた。ほんの数歩で自分の部屋の扉にたどり着き、カリンが背中に手をかけるまえに扉を開けた。

　カリンは扉が開くと凍りつき、ビディの悲鳴があがるのを待ったが、彼女は「外出用のショールを取ってくるわ」と言っただけだった。

　彼女が部屋にはいり、バタンと扉が閉まると、カリンは開けてなかにはいっていいものかわからずにためらったが、なかからイヴリンドが発見されたと思しき音は聞こえてはこなかった。ささやき声すらしなかった。眉をひそめ、扉に近づいてじっと耳をすませた。扉を開けたビディが見たのは、そういう状態の彼だった。

カリンはやましそうに体を起こしてあとずさった。

「わたしが逃げるんじゃないかと思ったの?」ビディは部屋を出ながら皮肉っぽく尋ねると、首を振ってショールをまとい、階段に向かって廊下を進んだ。「そういうたわごとにつきあうにはわたしは年をとりすぎている。今回それがはっきりわかったわ」

カリンは目を丸くしながら彼女の背中を見つめた。背筋に寒気が走るような言いぐさだった。いつもビディおばのことが好きだった。彼女の作るパスティはスコットランドでいちばんうまいし、カリンとトラリンが幼いころはそれをこっそりくれたものだった。だが今のことばは好意的なものではなかった。やはりイヴリンドの説には一理あるのではとひどく恐ろしくなった。

妻のことを思い出し、ビディの部屋の扉に向きなおった。おそらく彼女は扉が開く音を聞いて隠れたのだろう。妻にその分別があったことを神に感謝した。イヴリンドをビディの部屋から出して自分たちの部屋に戻らせてからお仕置きをしてやろう。おばが戻ってきて、ふたりがここにいるのを見つけたらたいへんだ。そのあとでイヴリンドを階下《した》に連れていって警護させるためにギリーとロリーの手に託し、彼女を目の届かないところに行かせるようなことがあれば死んでもらう……いや、少なくとも恐ろしい罰を受けることになると言いわたそう。どんな罰かは実際に彼らに話すときに決めようと思いながら、扉の取っ手に手をかけた。

「あなたは行くの？　行かないの？」

カリンは手を離して振り向いた。階下《した》に向かっていると思ったおばは、階段の上で立ち止まって彼がついてくるのをいらいらと待っていた。彼はしばしためらったあと、イヴリンドはひとりで自分たちの部屋に戻っても大丈夫だろうと判断した。彼女が示唆したとおりおばが犯人だとしたら、なおさら安全だ。

カリンは扉に背を向け、ビディのあとから階下《した》におりた。先におばを厩に向かわせ、自分は妻がおりてきたら警護するようにとギリーとロリーに指示を出すあいだとどまった。そのあと、ビディを追って厩に行くまえに、これからカミンの城に行くので、戻るまであとをたのむとファーガスに手短に伝えた。

「これはなんです？」

イヴリンドは髪をとかすのをやめて振り向いた。スカートの内側に縫いつけたポケットから侍女が紙を取り出すのを見て、はっとして目を見開いた。

「なんでもないわ」急いでそう言ってブラシを置き、歩いていって手紙を取り返した。イヴリンドは廊下にいつもの護衛の姿がないのに感謝して、ビディの部屋から自室に戻っていた。日光浴室を通りすぎるとき、なかから話し声が聞こえ、夫がビディと話しているのが見えた。彼女との対決は一対一でおこないたかったので、話すことをまとめるまえに風呂を使って着替えることにした。そのころにはカリンもおばとの話し合いを終えて、いつもの仕事に出かけているだろう。

無事に自室に帰りついて、ドレスのひもをほどいていると、ミルドレッドがドレスの着付けと髪結いのためにやってきた。侍女はイヴリンドの着ているものを見ると眉をひそめた。ドレスを脱いでいるのではなく着ているのだと思ったのだ。脱いでいるのだとわかると、すぐにそれに手を貸しはじめ、そのあいだずっと、前日も着ていたそのドレスについて自分の考えをしゃべりつづけた。昨夜《ゆうべ》ドレスを脱がせてさしあげたとき、たたんで置いておかなかったんですか？　まだドレスの洗濯もすんでいないことをイヴリンドが白状すると、小言はさらにひどくなった。ミルドレッドがスコットランド人のやり方について愚痴をこぼしはじめると、イヴリンドは手早くシュミーズを脱いで、体を洗うために水鉢に向かった。

イヴリンドはいま自分がやろうとしていることや、昨日と同じドレスを着ていた理由を説明していいものかとしばし悩んだが、ビディの部屋を捜索して見つけたもののことはあまり言いたくなかった。少なくとも当人と話すまでは。せめてそれくらいの義務はあると思った。

「髪を結いましょうか？」とミルドレッドがきいた。

イヴリンドは口を開けて、お願いと言おうとしたが、言わずに首を振った。ミルドレッドが服の手入れをしているあいだに、体を洗ってドレスを着ていたが、髪はおろしたままでいいと思った。髪を結うのに時間をかけてはいられない。早くビディと話をしに行かなければ。

「いいえ、今日はおろしておくことにするわ」

ミルドレッドはうなずいて言った。「ではまいりましょう。朝食をとっていただかなくては」

イヴリンドは手紙をにぎりしめ、侍女に導かれて部屋から出た。

「もうみなさんお食事をすませて席を立っておられます」階段をおりながらミルドレッドは言った。「テーブルでお食べになりますか、それとも暖炉のそばになさいますか？　それならわたしが刺繍をしながらいっしょにいてさしあげますけれど？」

イヴリンドは階段をおりる彼女をギリーとロリーが見守っているテーブルを見やったあと、火のはいっていない暖炉のそばの二脚の椅子に目を移した。考えなくても答えは出た。

「あなたのいる暖炉のそばにするわ、ミルドレッド。でも食事は自分でとってくるから」そしてこう言い添えた。「ビディおばさまにちょっと伝えたいことがあるし」

ミルドレッドは無言でうなずくと暖炉のそばの椅子に向かい、イヴリンドは厨房の扉に向かった。扉を押し、いつものようにビディがいるものと思いこんで蒸気のたちこめる部屋にはいったが、彼女はいなかった。

「ああ、奥さま！　朝食をご所望ですね」

イヴリンドは料理人のほうに笑みを向けた。顔を赤くして汗をかき、疲れ切った様子だが、実家から戻ってきて以来、いつ見ても彼女はこんなふうだった。ビディのほうが料理人よりずっとうまく厨房を切り盛りできるというのはどうもほんとうらしい。料理人はつねに重責の下でもがいているようだった。

「テーブルについていてください。侍女のひとりが何かお持ちしますから」料理人はイヴリンドを厨房から追い払うように手を振って言った。

「ありがとう」イヴリンドはもごもごと言ったが、すぐに出ていかずに、その場でこうきいた。「ビディはどこ？」

料理人は眉をひそめて肩をすくめた。「朝食の席では、あのおいしいパスティを作ってくださると話していらしたんですが、まだここにはいらっしゃっていないんです。たぶんすぐにいらっしゃると思います」

イヴリンドはうなずいてうしろ向きに厨房から出ると、きびすを返してテーブルにいる男たちに目をやった。カリンが階下《した》におりたときからテーブルについていたのなら、彼らはビディの行方を知っているはずだ。そういえば、彼らが階上《うえ》に来て領主夫人の活動を監視せずに、階下《した》のテーブルで待っていたことに、イヴリンドはいささか驚いていた。入浴や用を足すといった私的な用事中も彼女と同じ部屋にいろと部下に命じたことについて、昨夜文句を言ったとき、夫はちゃんと聞いていたということだろうか？　あのときカリンは聞いていないようだった。彼はキスしただけだった。イヴリンドが何を怒っているのか忘れて、別の甘美な脇道に導かれるまで。

そして今朝は愛していると言ってくれたんだわ、と思い出し、口元に笑みが浮かんだ。どっと笑い声が聞こえて、テーブルの男たちに視線を向けた。自分に課した任務を思い出す。ビディを見つけて話をしなければならないのだ。それは早ければ早いほどいい。イヴリンドは胸を張り、テーブルに向かった。今そこにいるのはロリーとギリーだけではなかった。彼女が厨房にいるあいだにファーガスが加わり、彼女が近づいていくと、三人は何やら小声で笑っていた。

「ビディを見た？」三人のところまで来ると、イヴリンドはきいた。

三人は彼女のほうに目を向けた。

「領主よりちょっとまえに城を出ました」ギリーが役立つ情報を教えた。

それを聞いてイヴリンドが眉をひそめると、ファーガスが静かに言った。「今日はジェニーさまの日ですから」

彼女は眉を上げた。手にした手紙を興味深く見ているファーガスの視線に気づいてやましさを覚え、体を揺らしながら、不安げにきいた。「ジェニーの日？」

「妹さまが亡くなった日なんです」視線を手紙から彼女の顔に移して、ファーガスは説明した。「ビディさまはいつもこの日に彼女の墓に花を手向《たむ》けに行かれます」

「そう。ありがとう」そうつぶやいて向きを変え、さっきミルドレッドがいるのを見た暖炉のそばの椅子に向かった。侍女はもうそこにいなかったが、刺繍が残されているので、ちょっと席をはずしただけだろうとぼんやり思い、ビディのことを考えた。早く彼女と話をしたいのはやまやまだったが、崖に彼女をさがしにいこうと思うほど焦ってはいなかった。そこはいちばんカリンのおばに会いたくない場所だった。カリンの父と最初の妻がすでにそこで死んでいるのだから、みずからそこで死ぬ三人めになる機会をつくりたくなかった。

ビディが戻るまで待たなければならないだろう。崖に行って殺されるようなばかなことをすれば、その死のせいでカリンがまたなんらかの非難を受けることになる、とため息まじりに考える。そこではたと気づいた。崖にビディをさがしに行ってもいいかもしれない。カリンの父や最初の妻とはちがって、ロリーとギリーというお伴を連れているのだから。彼らがイヴリンドの身を守ってくれるはずだ。

ビディとの対決を待たなくていいことに気をよくして、テーブルのほうを振り返ったが、そこにファーガスしかいないのを見て、イヴリンドの笑みは消えた。大広間の扉に目を向けると、ちょうどロリーとギリーが外に出て、扉が閉まるところだった。

「ギリーとロリーはどこに行くの？」テーブルに戻りながらきいた。

「わかりません」ファーガスは認めて言った。「数分のあいだ奥方から目を離さないでくれとたのまれただけです。どうしました？　何か必要なものでも？」

男性のお伴ひとりだけで崖に行くのは危険なのかどうか判断しかね、イヴリンドはためらったが、取り越し苦労のような気もしてきた、ビディは年配の女性だ。カリンの父のふいを突き、リトル・マギーの攻略に成功したのかもしれないが、イヴリンドとファーガスのふたりなら彼女に対処できるのではないか？

「ダラクを殺したのはわたしよ」

カリンは急に手綱を引き、静かに語ったおばを見た。馬で出発してからそれほどたっておらず、その道中はふたりともずっと無言だった。ビディが告白するまでは。告白は突然で、カリンは頭に石を投げつけられたように感じた。一瞬理解できずに彼女を見つめてから尋ねた。「なぜです？　あなたは彼を愛していた。わたしはそれを知っています。だれもが知っています。あなたは彼がほかの女に手を出すたびに許していた――」

「ええ、でもあの人はとうとうわたしでも許せないことをしでかしたのよ」彼女は苦々しく言った。

「ジェニーですか？」今朝のイヴリンドの説を思い出して、カリンはきいた。

ビディはうなずいた。悲しみと怒りが混じり合った顔をそむけ、前方の丘を見やった。

「あのときはどうすればいいかわからなかった。ええ、あの人がほかの女たちにするようにあの子をおだてたりからかったりしていたのは知っていたわ。でも想像したこともなかった……あの子はわたしの実の妹なのよ」当惑気味に嫌悪感を表しながらそのことばを口にした。

「どうしてわかったんですか？」カリンは静かにきいた。

「わかったときにはもう遅かった」彼女は白状した。「あの子はキャンベルとの結婚を苦にして自殺したのだと思っていたの。ほかのみんなとおなじようにね。二週間というものわたしは悲しみに暮れた。そのあいだずっとダラクは――」首を振る。「とてもやさしかった。いつもそばにいてわたしを気遣い、いつもなぐさめのことばをかけてくれた。あの子はもうキャンベルの手が届かないところにいるのだから、少なくともそのことからは安全だと。彼は遊び人ではあるけれど、ほんとうはすばらしい人なんだわと確信したものよ」

ビディは小さなため息をもらし、さらに言った。「そのあとでわたしはジェニーの手紙を見つけたの。ずっと日光浴室にあったにちがいないのに、ジェニーが死ぬまえにわたしが手がけていた刺繡をさがしに思いきって部屋にはいるまで、そこにあるのを知らなかったのよ。その手紙を読んで、ダラクがあの子にしたことを知った……わたしの実の妹に！　ほかの女性たちに手を出す彼を見ているだけでもひどいことなのに、わたしの妹にまで？」

彼女は歯ぎしりをして首を振った。「あの人は妹の貞操を奪った。ジェニーは子供だったのに、汚《けが》れた売春婦のように扱った。うぶな妹はそれを愛だと思った。ふたりが最後に会ったとき、彼にとてもひどいことを言われるまで。それで妹はドノカイから逃げたの」ビディは怒り狂った目をカリンに向けて言った。「ジェニーが帰った日、ダラクはわたしに、あの子は自分のからかいやお遊びをすべてまじめに受け取っているようだから、はっきりさせるために自分が愛しているのはおまえだと説明してやったよ、とまで言ったのよ」そして苦々しく付け加えた。「あの子の純潔を奪い、そのあと何度も寝たことを言うのは忘れてね」

毒のあることばに、カリンは悲しげなため息をついた。

「ジェニーは自分のしたことをひどく恥じて、すべて自分の胸にしまっておくことにした」ビディは悲しそうに言った。「でもお腹に子供がいるとわかって——ダラクの子よ——キャンベルから隠しとおすことはできないと思った。それで恐怖のあまり分別を失い、なんとかダラクに助けてもらおうとここに来たのよ」口を引き結んだあと、言った。「あの心ない卑劣漢は何をしたと思う?」

カリンは首を振った。

「自分には関係のないことだし、おまえが不面目の後始末をさせようとしているなら、自分が子供の父親とは認められないと言ったのよ。あの子の不面目ですって」ビディは激怒しながら言った。「姉のわたしにほんとうのことを言ったりすれば、三、四人の男たちにジェニーの恋人だと言わせる、おまえは汚れた娼婦にすぎないのだから、とおどしたの」

ビディは自分を落ちつかせようとするように何度か深く息をついたあと、悲しげにつづけた。「ジェニーはどうすればいいかわからなかった。自分で命を断てば地獄に行くと教会で教えられていることを知りながら、姉のわたしを裏切ったのだからどのみちそこへ行くことになるだろうと思って、あの子は自殺したのよ」

「残念です、ビディ」カリンは静かに言った。彼に向けられたビディの顔はこわばっていた。

「わたしはあの人を何度も許してきたわ、カリン、相手の女性は何人もいた……でもジェニーにこんなことをするあの人は許せなかった。あの手紙を読んだあとはとうていできなかった」

ビディはダラクが手折《たお》ったものに思いを馳せているらしく、しばらく黙りこんだあと、ため息をついた。

「わたしはあの卑劣漢と対決するつもりで、すごい勢いで階段をおりて階下《した》に行ったけれど、男たちはみんなイノシシ狩りに出かけたあとだった」歯を食いしばる。「わたしは弓と矢筒を持って狩りの一行を追った。そして、あなたたちがイノシシに出くわして大騒ぎになったとき、わたしはその機に乗じた。落馬したダラクに矢を射ったの。一発で仕留め、これで終わったと思ってひどくほっとしたわ」

彼女の表情はそのことばどおり反抗的ですらあったが、ため息をついてつづけた。「それも長くはつづかなかった。城に戻るころには罪悪感を覚えていた。男たちが帰ってきて、あの人が死んでいないと知らされると、ほっとしたほどだった。わたしはあの人を治してみせると誓った。最初はうまくいきそうだった。でも……」みじめそうに首を振り、付け加える。「結局あの人を救うことはできなかった」

カリンはおばを見つめ、ふたりのあいだにまた沈黙がおりた。彼のなかではさまざまな感情が混じり合っていた。ジェニーへの哀れみ、彼女の人生が踏みにじられ、台なしにされたことへの悲しみ、妻の妹に無情な恥ずべきふるまいをしたおじへの怒り、そしてビディへの哀れみさえ。その手紙を見つけて読んだのが自分だったら、自分があの極悪人を矢で射らなかったとは言い切れない。たしかに、ジェニーを汚《けが》し、何年ものあいだほかにも多くの貴婦人を毒牙にかけてきたのだから、ダラクは死んで当然だ。ジェニーがまだ年若くても、義理の妹であっても――城に滞在中の保護者はダラクであっても――やめようとはしなかったのだから、すべての女性は彼の不快な手口から逃れられないということだ。

この瞬間、あなたのしたことは正しかった、このことはもう二度と話さなくていいとおばに言ってやるべきだったのかもしれない……だが、死んだのはダラクだけではない。父とリトル・マギーのことを考えなければならない。イヴリンドの命をねらう企てについても。

咳払いをし、鞍の上で少し背筋をのばすと、カリンは尋ねた。「ではわたしの父は?」「リアム?」ビディは困惑した様子で彼を見やったあと、納得がいった顔をして、首を振った。「それには関係してないわ。わたしはダラクを殺したけど、あなたのお父さまには髪の毛一本たりとも危害を加えていない。リアムはいい人だった。高潔な人だった。あなたのお母さまを愛していた。ダラクのようなふるまいはしなかった。けっして」そしてきっぱりとくり返した。「わたしはリアムを殺していない。実のところ、彼の死は事故だと思っていたわ」

「思っていた?」カリンは先をうながした。

「マギーが死んで、変だなと思ったの。彼女はあなたのお父さまとダラクの死についてきいてまわるようになっていたから、崖の下で彼女が発見されたとき、リアムの死はほんとうに事故だったのかしらと考えたわ」と認めて言った。「もしかしたらリアムは殺されて、マギーがさぐりを入れたことで犯人は不安になったのかもしれないと。ふたりともジェニーが眠る崖から落ちて死ぬなんて、偶然にもほどがあるもの」

カリンは黙ってうなずいた。今朝イヴリンドが言っていたとおりだ。

「それに」ビディはつづけた。「イヴリンドが事故にあうようになって、心配でしかたがなかった。リアムとリトル・マギーを殺したのはだれなのか、わたしはずっと考えようとしてきたのよ」

「だれか思い当たりましたか?」とカリンはきいたが、ビディは首を振った。

「いいえ。どうしてリアムが殺されなければならなかったのかもわからない。彼の死で得をするのはあなただけなのに」

それを聞いてカリンが体をこわばらせたので、ビディは急いで付け加えた。「でも、あなたがお父さまを愛していたのは知ってるわ、カリン。あなたがお父さまを殺すはずがない。リトル・マギーにもやさしかったから、彼女に危害を加えたりもしなかったでしょう。でもたとえ疑わしかったとしても、あなたがイヴリンドを愛していることには一点のくもりもないし、彼女を殺そうとするわけがないのは絶対にまちがいないわ」

カリンは力を抜いたが、こうきいた。「わたしがイヴリンドを愛しているとどうしてわかったんです？」

ビディはかすかに微笑んだ。小さな笑みだったが、彼女と廊下で出会ってからカリンが初めて見る笑みだった。「あなたがあのお嬢さんを見るたびに、その目にはっきりと現れているもの」

自分もかすかに微笑んでうなずくと、カリンの考えはイヴリンドが襲われたことや、父とマギーの死の裏にいるのはだれなのかという問題に向かった。

「わたしを信じる？」

カリンは不思議そうにおばを見やった。

「わたしはリアムもマギーも殺していないし、イヴリンドの事故にも無関係だと」ビディは説明した。「ここに連れてこられたとき、あなたに疑われていたのはわかっているけど、今は信じてくれるかしら――」

「あなたを信じます」とさえぎって言った。ほんとうだった。カリンは彼女を信じた。普通の状態のビディは人を殺せるような女性ではない。妹の手紙を読んだあと考える時間があったら、あのとき彼女はダラクを殺さなかっただろう。だが激情にかられて殺してしまった。彼女が彼の父に同じ怒りと激情を感じていたわけがない。もちろんリトル・マギーにも。彼女はリアムもマギーも殺していない……つまり彼をやもめにしようとしている殺人者がまだドノカイにいるということだ。

「戻りましょう」カリンはそう言うと、馬の向きをもと来たほうに変えた。ふいに城に戻ってイヴリンドの無事をたしかめたくなったのだ。過去の謎の一部が解け、殺人者のひとりがわかったが、そのあいだももうひとりのもっと危険な人物はまだ歩きまわっていたのだから。

「カリン」

おばの声のきびしい調子に、カリンは手綱を引いて振り返った。ビディは真顔で彼を見つめてきいた。「わたしをどうするつもり?」

カリンはためらい、口元にしわを寄せた。ダラクは自業自得だったのだから、何もしないと言いたかったが、正義を支持するという領主としての責任があるので、どうしていいかわからなかった。

「わかりません」とうとう認めて言った。「考えてみます」

ビディはしばらく無言で彼を見てから、うなずいて自分の馬をまえに進めた。

「あなたはいい領主だわ」彼を追い越して城に戻りながら静かに言った。「答えはきっと出る。あなたの決断に従います。実のところ、やっと自分のしたことの報いを受けられるからほっとしているの」

カリンは城に戻りながら何も言わなかったが、ビディはこの十七年、夫を殺した自分を罰してきたのだという考えが浮かんだ。彼女は愛する者から遠ざかり、厨房に姿を消し、それまでずっと得る権利があったちょっとしたぜいたくすらもいっさい拒否した。彼女の寝室は小さくてせせこましく、上等なシーツや枕はだいぶまえにすべて片づけてしまい、彼女は修道士の独居房のように質素な部屋の小さな硬いベッドで寝ていた。新しいドレスのために布地を買うこともめったになかったし、買うときも選ぶのは、ぜいたくな織り地や糸を使ったものではなく、普通の婦人なら家族に恥をかかせずには着られないような、安くて目の粗い生地だった。

そう、罰せられればたぶんビディはほっとするだろう。そして自分を罰するのをやめるだろう。どんな罰にするかを決める人間にだけはなりたくなかった。こういうとき、父がまだ生きていてくれて、領主の責務を担《にな》ってくれたらと思う。

ふたりは出かけたときよりもすばやく城に戻った。出かけるときはゆっくりと着実に歩を進めた。カミンの城まで往復すると長い道のりになるので、馬を急がせることでおばに負担をかけたくなかった。だが、もう長旅をする必要はないので、ときどき振り返ってビディが難なくついてきていることをたしかめながら、馬を早駆けさせた。

中庭にはいると、カリンは馬を厩に向かわせ、ビディもそれにつづいた。ビディは自分の馬を世話するために残ったが、カリンは早く城に戻ってイヴリンドの無事を確認したくてたまらず、スカッチーの娘に馬の世話をまかせて厩をあとにした。

急いで中庭を横切るあいだ、カリンは心ここにあらずだったので、ギリーとロリーが玄関まえの階段の下でマックと話しているのに気づいたのは、城に着く直前だった。立ち止まって年配の男にうなずいてあいさつしたあと、ふたりの若者をにらんだ。「おまえたち、ここで何をしている？　おれの妻を警護していたはずだが」

「ロリーとおれが大広間でうとうとしはじめたんで、交代で外に出ようとファーガスが言ったんです。おれたちがしばらく足をのばしたければ、自分が奥方を警護するからって。ずっとあそこに座っているのはえらく退屈だったんで、その提案をのむことにしたんです」ギリーが申し訳なさそうに説明した。

カリンはそれを聞いて顔をしかめたが、彼らを責めることはできなかった。ファーガスはいちばん信頼する部下だし、留守のあいだ彼にあとをたのんだのは自分だ。部下たちの能率が落ちていれば休みをとらせることも彼の仕事の一部だった。うとうとしていては警戒などできないし、問題に気づくのが遅くて反応も遅い疲れた男よりも、油断のない男のほうが警護には好ましい。

カリンはうなずいて、そのまま玄関に向かった。

「領主」

カリンは立ち止まって振り返った。「なんだ？」

男たちはたがいに顔を見合わせた。やがてロリーがきいた。「ビディさまの妹が亡くなったのは秋じゃありませんでしたか？」

「ビディの妹？」今までずっと長いこと話題にしていた女性の名前が彼らの口から出たのにびっくりした。ギリーとロリーはカリンより十歳年下だ。彼女のことを覚えているのさえ驚きだった。

「はい」ロリーが言った。「去年の秋、ビディさまを手伝って崖に花を運んだんです。ジェニーさまの命日だと聞かされて。でもファーガスはイヴリンドさまに、今日はジェニーさまが亡くなった日だから、ビディさまは崖にいると言ったんです」

「ファーガスの勘ちがいだ。おまえの言うとおり、ジェニーが死んだのは秋だ。夏ではない」カリンはそう言うと、いらいらと首を振った。ビディを連れてカミンの城に行くということは、ちゃんとファーガスに言ったはずだ。どうやらあの男はそれを忘れてしまったらしい。

「やっぱりそうでしたか」ロリーは満足げに言うと、ギリーを肘でつついた。「あの親爺《おやじ》、年のせいでぼけてきてるって言ったろ」

カリンは顔をしかめた。ファーガスの記憶が抜け落ちてきているなら、右腕になるべき人間を新しくさがさなければならない。彼はもうかなり問題を抱えているのだろうかといらいらしながら考えたあと、その問題を頭から追いやり——妻に会いたい一心で——階段をのぼりつづけた。

城にはいるとミルドレッドが厨房から出てきたが、それを別にすれば大広間は無人だった。眉をひそめて侍女を見やった。「妻はどこだ?」

ミルドレッドは眉を上げ——たぶん質問そのものというより、鋭い声の調子のせいだろう——自分の来たほうを身ぶりで示した。「ちょっとまえに厨房の裏口から出ていかれました。でもおひとりじゃありませんよ」侍女は急いで言い添えた。「ファーガスがお伴しています」

カリンは眉をひそめた。「ふたりでどこに行ったんだ?」

「わかりません」彼女の答えははっきりしなかった。「奥さまとお話しする機会がなかったもので。わたしが厨房にはいったときは、ファーガスが奥さまを裏口から裏庭に連れ出しているところでした」

カリンが眉をひそめたままなので、ミルドレッドはさらに言った。「さっき奥さまがレディ・エリザベスをさがしておられたのは知っています。たぶんふたりで彼女をさがしにいったんでしょう」

「だれがわたしをさがしているの?」

カリンが背後の扉を振り向くと、ビディは扉が閉まるにまかせて大広間をこっちに向かってくるところだった。

「イヴリンドさまです」ミルドレッドは答えた。

「あら、行きちがいだったのね。わたしになんの用かしら?」とビディが尋ねた。玄関の扉がまた開いて、ギリーとロリー、それにタヴィスを引きつれたマックがはいってきた。

ミルドレッドは当惑して首を振った。「わかりません」

「あなたは崖にいるとファーガスが妻に言ったそうです」カリンがつぶやいた。「でもわたしはあなたとカミンの城に行くと彼に伝えました」

カリンは悪態をつきながら厨房の扉に向かった。

「どうかしたんですか?」ときながら、ミルドレッドがあとを追った。そして声に心配をにじませながら付け加えた。「それって、あなたのお父さまと最初の奥さまが亡くなった崖のことじゃありませんよね?」

「その崖だ」とかみつくように言った。恐怖が駆けぬける。

「まさか事故とふたりの死の背後にいるのはファーガスじゃないわよね?」とビディが尋ねたが、その声の調子からそうではないかとひどく恐れているのがカリンにはわかった。

「ファーガスが?」タヴィスが驚いてその名前をくり返し、ほかの男たちとともに領主のあとを追いはじめた。「ファーガスのはずがないよ、カリン。あの三人が死んだところで彼が得るものはない。なんの得にもならないのに、どうしておれのおやじを殺さなくちゃならない？　どうしてきみのおやじを？　それにマギーまで？」

「いくつかは事故かもしれない」ギリーが指摘した。

「そうだな」ロリーが同意した。「でも、ビディさまがいないと知っていたのに、どうして奥方を崖に連れていったんだろう？」

そのことばは一同に沈黙をもたらし、彼らは厨房を急いで出ると、裏の幕壁に向かって小道を進んだ。カリンはみんなが無駄口をたたきつづけてくれればいいのにと思いそうになった。少なくとも、今このとき妻に何が起こっているのか考えずにすむ。もしファーガスが彼女を傷つけたら、素手であの男を殺してやる。イヴリンドを失うわけにはいかない。

17

イヴリンドはファーガスに押さえてもらっている幕壁の扉を抜けて、石壁と崖のあいだのせまい空間に出た。淋しく荒涼とした場所を見わたしたが、ビディの姿はなかった。次に、ジェニーが眠る石の墓に注意を向けたが、そこにビディが最近訪れたことを語る花はなかった。眉をひそめ、ファーガスを振り返ると、彼は石の扉を押し戻して閉めていた。「彼女はここにいないわ」

戦士はあたりを見わたして肩をすくめた。「たぶんもう戻ったんでしょう」

「それならすれちがったはずだわ」イヴリンドは指摘した。

「いいえ、ここに来る道はひとつではありません。わたしはいちばん近い道を選んだ。ビディさまは別の道を使ったんでしょう」ファーガスはまた肩をすくめ、片方の眉を上げた。

「ビディさまになんのご用だったんですか？」

イヴリンドは苦しまぎれの笑みを浮かべた。自分が知ったことや、疑っていることをどう彼に伝えたものかと、ここに来る途中ずっと考えていたが、どう切りだせばいいのか決めかねていた。ビディがここにいなくてよかったのかもしれない。もしいたら、この男性は事情もわからないまま、危険をともなうかもしれない状況に巻きこまれていただろうから。

「奥方さま？」ファーガスがせかした。「どうしてビディさまに会いたいのですか？　もしかしたらわたしがお役に立てるかもしれません」

イヴリンドはぎこちなく微笑んだ。ビディにしたい質問に彼が答えられないのはわかっていたが、少ししてから彼女は尋ねた。「ファーガス、彼女の妹の死のことで、何を覚えている？」

「ジェニーさまですか」彼は悲しそうにその名前を口にした。「彼女を失ったことでビディさまはひどく取り乱されました。妹さまをそれはそれは愛しておられたんです」

「彼女を自殺に追いこんだ張本人を殺すほどに？」

ファーガスが長いこと黙っているので、答えるつもりがないのだろうとイヴリンドは思ったが、やがて彼は石の墓に近づいてじっと見おろした。「手紙を見つけたんですね」

突然口に乾きを覚えながら、イヴリンドはきいた。「手紙？」

「そうです。何年かまえにマギーさまはそれを見つけた。わたしが破棄しておくべきだったんですが、ジェニーさまの最後のことばが書かれていたので、ビディさまから取りあげるのはしのびなかった」悲しそうな顔をイヴリンドに向け、首を振った。「わたしはそれをビディさまの衣装箱に戻しておいたんです。だから彼女はなくなったことに気づきもしなかった」

「マギーは手紙を見つけたの?」イヴリンドは弱々しくきいた。大きな判断ミスをしていたことに気づいたのだ。よく考えてみれば愚かなまちがいだった。心の奥底ではビディが殺人者でないことはわかっていた。ファーガスが彼女に思いを寄せていて、彼なら殺人が可能だということも。戦士として訓練を積んでいるのだから——領地と領民を守るために敵を殺す訓練を。彼といっしょにここに来てはいけなかったのだ。

「あなたがどうして鼻をつっこまなければならないのかわかりかねます、奥方さま」

イヴリンドが慎重にあとずさると、ファーガスは近づいてきた。

「過去のことはそのままにしておいてほしかった……こうなったらあなたも殺さなくてはなりませんね。ビディさまを守るために」

「何からビディを守ろうというの?」近づいてくる彼からなおもあとずさりながら、きつく言い返した。

「だれであれ、彼女がダラクを矢で射ったことをあばこうとする人間から」

崖の縁に近づきつつあることに気づき、今度は横に移動しはじめながらイヴリンドはきいた。「ビディがダラクを殺したのをずっと知りながら、彼女を守ってきたの？」

「いや、彼女はダラクを殺していない」彼はきっぱりと反論した。「やったのはわたしだ」

「でも彼女がダラクを矢で射ったとあなたは言ったわ」わけがわからずに指摘した。

「そう、矢で射ったのは彼女だ」とファーガスは認めて言った。「だがダラクはそのせいで死んだわけではない。彼は快方に向かっていた。だから眠っているあいだにわたしが枕で窒息させたのだ。矢を受けてから三日めに」

イヴリンドは動きを止めた。やっぱりビディは殺人者ではなかったと知って、安堵が押し寄せた。とはいえ、その知らせも今は助けにならなかった。逃げる方法を考えるあいだ彼が話しつづけてくれることを願ってきいた。「彼は感染症で死んだんじゃなかったの？」

ファーガスは首を振った。「おのれの一物《いちもつ》に逆えない愚かさが命取りになったんだ」

イヴリンドはぎょっとして目を見開いたが、ファーガスは彼女のまえで下品なことばを使ったことを謝らなかった。気づいてすらいないのかもしれない。彼はふいに激怒した。

「申し分のない妻がいながら、あのダラクの野郎！」突然どなり声になる。「ビディは彼を愛していた。月も星も彼の目のなかにのぼると信じ、彼が問題を起こすたびに許した」ほとんど悲しげに言う。「ああ、あんなふうに愛されるならどんな男だって死んでもいいと思うはずだ」

イヴリンドは納得してうなずいた。「あるいは、それを得るためなら人殺しでもするでしょう」

ファーガスは顔をしかめながらも言った。「ああ。やつはビディにふさわしくなかった。彼女が目を赤く泣きはらしているあいだに、目についたあらゆる侍女や娘のスカートの下にもぐりこむだけでもひどいことなのに、彼女の妹にまで手を出すか？」地面につばを吐く。「ほかの女たちのときは許したビディも、それは許せないはずだとわたしは思った。彼女はジェニーをそれはそれは愛していたんだ」

「あなたは彼女に話したの？」イヴリンドはよくわからずにきいた。彼が話したことのせいでかなり混乱していた。イヴリンドが読んだ手紙は、ビディの知らないこととしてジェニーが情事とその後の出来事について姉に伝えているもののようだったからだ。

「いいや。そうしたかったが、そんなことをして彼女を苦しめるわけにはいかない……だがわたしは知っていた。ダラクとジェニーのふたりがここにいるのをたまたま見つけたから。ジェニーの最初の訪問の三週めだった。彼はほかの女たちにするようにことばたくみに彼女のスカートの下にはいりこんだ。あれはもう病気だ。こらえようがないんだ。すっかり彼に心を奪われたジェニーは、彼をとても愛している、彼のような領主に愛されてうれしく思うとはっきり告げていた」ファーガスは嫌悪感もあらわに首を振った。「ダラクは彼女を愛していなかった。あの男がこの世で愛しているのはほかでもない自分だけだった。

彼にはあの子にうそをつくやさしさもなかった。やることをやってしまうとさっさと彼女の上からおりた。愛していると言ってくれとまたせがまれると、ダラクは笑って言った。〝もちろん愛しているさ。わたしはすべての女を愛しているんだ。女は摘まれるべき花だからな〟と。そして見事ないたずらをやってのけた子供にするように彼女のあごの下をなでると、こう言った。〝楽しかったよ。たぶん今日はあとでもう一発やってやろう〟。そして打ちひしがれた彼女をここに残して歩き去った」

イヴリンドは唇をかんだ。そのときジェニーが受けた屈辱は想像を絶するものだったにちがいない。

「そうだ」ファーガスは彼女の表情を読んで言った。「ダラクはさかりのついた動物でしかなかった。そして悲惨な状態のジェニーをここに置き去りにした。ばかな娘はあの日崖から身を投げようとしたんだ。そのまま放っておくべきだったのかもしれないが、わたしはそれを止めて彼女を落ちつかせた。結局、彼女は死ぬ覚悟ができていないのを認めた。ビディには話さないでくれ、すぐに城から出ていくので手を貸してくれと言われ、わたしはそうした。ビディが何かおかしいと気づくまえにここから連れ出し、ビディには何も言わなかった。彼女が傷つくのを見たくなかったんだ」

「でもジェニーは戻ってきた」イヴリンドは指摘した。

「ああ」ファーガスは重々しく言った。「二カ月後に彼女が戻ってきて、起こるはずのないことが起こったとき、わたしはここにいなかった」ため息をついて首を振る。「彼女はダラクの子を身ごもっていた」ファーガスはそこでことばを止め、ちらりとイヴリンドを見てからつづけた。「あの手紙を読んだなら、次に何が起こったか知っているはずだ」

イヴリンドは厳粛にうなずいた。「ええ。ダラクはジェニーを拒絶し、彼女は自殺した」

ファーガスは眉をひそめた。「わたしたちは彼女を止めようとしたんだ。彼女はダラクとビディの部屋の扉の下に手紙をすべりこませたあと、首を吊った。わたしはたいまつに火をつけるために階上《うえ》に向かっていた——当時はたいまつを灯していたんだ——そして、夫婦の部屋の扉が開くのを見た。ダラクが出てこようとして足を止め、かがんで床から手紙を拾いあげた。広げて読み、悪態をついてジェニーの部屋に行ったが、彼女はそこにいなかったので、わたしの横をすり抜けて階下《した》に急いだ。

わたしはついていった。彼は幕壁に向かっていた。彼女がそこから身投げするつもりだと思ったんだろう。そこに向かう途中、ダラクは手紙を丸めてスポーラン（スコットランドの男性がプレード着用時に腰からさげる毛皮の袋）に押しこんだが、ちゃんと収まっていなくて、数歩進んだあと彼の知らないあいだにスポーランから落ちていた。

わたしはそれを拾って読むと、自分のスポーランにしまって城のなかに戻った。わたしもジェニーは崖から飛び降りたのだろうと思った。彼女の損なわれた体を見たくなかったので、戻って大広間で知らせを待つことにした。だが、城に戻ると、ビディが悲鳴をあげていた。日光浴室でぶらさがっている妹を見つけたんだ」

「あなたが手紙を持っていたなら、どうしてビディが手にすることになったの？」イヴリンドはきいた。

「ジェニーが死んで二週間後に、わたしが日光浴室に置いて、そこでビディが見つけた。ジェニーが残していったものだと彼女が思うことを願って」

「どうして？」びっくりしてきいた。この男はこの数分のあいだずっと、ビディを傷つけるからあれもできなかった、これもできなかったと言ってきたのだ。それなのに結局、その女性をいちばん苦しませそうなことをしていたとは。

「卑劣漢のダラクが愛情深くて心やさしい夫のようにふるまうのを見ていられなくなったからだ。ジェニーを死なせ、その悲しみを引き起こしたのはあいつなのに、ビディは腕を貸して泣かせてくれたあいつに感謝していたんだ！」

ファーガスはしばし目を閉じて首を振った。「わたしは深く考えずに行動した。ビディにあいつの正体を見せてやりたい一心で、彼女がどんな反応をするかまでは考慮していなかった。手紙を置いて、ほかの者たちと狩りに出かけた。戻ってくるころにはビディがあいつに食ってかかり、すべてが明るみに出ているだろうと楽しみにしていた。ところが、彼女はあいつに矢を射った」

「彼女の矢だったというのはたしかなの？」イヴリンドは期待をこめてきいた。「ほんとうに事故だったのかもしれないわ」

「それはない。あれはビディの矢だった。矢羽根でわかった」ファーガスは説明した。「ビディはダラクと結婚したばかりのころ、一羽の白鳥を買っていた。その白鳥は何年かまえに死んでいたが、彼女は羽根をとっておいていつも自分の矢にそれを使っていたんだ。その白鳥の羽根と鵞鳥か何かの手近にある羽根を交互に配して。わたしはすぐにそれに気づいたし、リアムも気づくとわかっていた。矢を引きぬいてほかの矢と取り替える時間はなかったので、羽根を血と土で汚し、気づかれないことを願った。それで、そのときは気づかれなかった」

「でも彼女の矢が彼を殺したわけじゃない」イヴリンドは指摘した。「あなたが殺したと言ったわね」

「ああ。眠っているあいだに窒息させたのはわたしだが、だれもが傷のせいだと思った」と説明したあと、残念そうに付け加えた。「ビディは打ちひしがれた……だがそれは単に罪悪感のせいで、いずれ癒えるだろうとわたしは思った」

ファーガスは黙りこみ、ジェニーを守る石に目を向けたが、それを見ているわけではなさそうだった。彼の心は過去にあるのだと確信したイヴリンドは、いい機会だと思ってあたりを見まわし、逃げ道かせめて自分を守るために使える武器でもないかと目でさがした。だが、ファーガスの注意から完全に逃れることはまず不可能だった。彼は追憶を終えたらしく、頭を上げてイヴリンドのほうに一歩踏み出したので、急いで彼女はきいた。「どうしてカリンのお父さまのリアムを殺したの？」

「リアムか」ファーガスはその名前を祈りのようにつぶやいた。

「十年もたっていたのよ」イヴリンドは指摘した。「最初の死からそんなにたったあとで、どうして彼を殺したの？　そのころにはあなたもダラクの死から解放されていたはずでしょう？」

「ああ、わたしもそう思った。平和に月日が流れ、ダラクのことはほとんど忘れかけていた……あの矢が戻ってきてわたしに取り憑くまでは」悲しげに舌打ちする。「あのときは知らなかったが、あの日ダラクから引きぬかれた矢を、リアムは自分の部屋に持ち帰っていたらしい。あの矢は捨てられたのだろうと思っていた。そうと知っていれば彼の部屋に忍びこんですぐに持ち出していただろうが、わたしは知らなかったし、何も問題はないと思っていた。そのまちがいのせいでわたしはリアムを殺すことになった」ファーガスは本物の後悔に思えるものをにじませながら言った。「わたしはそうしたくなかった。カリンの父親は立派な男だった。彼の兄よりもずっと立派だった。彼が死んだのはほんとうに残念だ」

「それでもあなたは彼を殺した」イヴリンドは静かに言った。またすばやくあたりに視線をさまよわせながら。使えそうな石がいくつかあったが、それ以外は見当たらなかった。

「ビディのためだった」ファーガスが説明して、彼女の注意をまた引き寄せた。「すべてはわたしのせいだ。ビディにその責めを負わせることはできなかった」

黙ってただ彼を見つめるイヴリンドに、彼は説明した。「リアムは何かおかしいと思っていたから、矢を取っておいたのだろう。血のせいで色はごまかせていたので、長さのせいでわかったらしい。ビディは少年ほどの背丈しかない。だから腕も短く、矢もそれに合わせた長さだった」と指摘したあと、肩をすくめる。「それが理由かどうかはわからないが、なんにしろ、リアムが矢を自室の衣装箱にしまいこむには充分だった。それについた血もろとも」

イヴリンドは目を見開いた。夫婦の部屋の衣装箱で見つけた矢はダラクを射ったものだったのだ。

「しかし血は乾いて月日がたち、リアムが衣装箱から何か取り出すたびに、あるいは衣装箱に何か入れるたびにはがれ落ちた。白い羽根と黒っぽい羽根が交互に配されているのに気づくまで、矢のことはあまり考えていなかった……崖に出て、そこでウサギを捌《さば》いていたわたしを見つけるまでは」

「ウサギ？」イヴリンドは当惑してきき返した。それがどうして関係してくるのかわからなかった。

ファーガスはうなずいた。「ビディはダラクが死んでからずっと狩りに出ていなかった。以前はとても好きだったのに、夫を射ってからけっして弓を取ろうとしなかった。ダラクが死んでそろそろ十年になろうとするころ、狩りに行こうとわたしが誘うまで。当時彼女は二週間も気分がすぐれず、城のなかにとじこもっていた。そうでなかったら、狩りに誘ったりしなかっただろうが、結局彼女は行くことに決め、活きのいいウサギを仕留めて夕食においしいシチューを作ろうということになった。

ビディを狩りに連れ出したことを、わたしはすぐに後悔した」ファーガスはため息まじりに言った。「狩りから戻ると、彼女には厨房で野菜を刻みはじめてもらい、わたしは皮を剝《は》いで捌《さば》くためにウサギをここに持ってきた」石の墓に視線を向ける。「ビディが妹に会いにここに来るのと同じくらい、わたしもここに来ていた。よくジェニーの墓を訪れて、作業や何かをしながら彼女に語りかけていた。最初に来たのは、ダラクは彼女にしたことのために地獄で朽ちつつあると話してジェニーを安心させるためだった。だがここは心安まる場所だ。

わたしはたびたび訪れるようになった」
ファーガスは悲しげに肩をすくめて言った。「その日、わたしはここでウサギの処理をしていた。すると、リアムがわたしをさがしてここに来た。彼に仕留めたウサギの数を褒められて、これはすべてビディが仕留めたものだとわたしはしぶしぶ認めた。リアムの目に納得がよぎったのに気づいたのはそのときだった。彼が矢の羽根のことを知っているともっと早くにわたしが気づいていたら、あれはわたしの矢だと言い張って、ダラクを殺した罪で彼に処刑してもらっただろうが、もう遅すぎた。ダラクを殺したのはわたしだとリアムに納得させることはできなかった。彼は聞いてくれなかっただろう。わたしは彼を殺さなければならなかった。

リアムはまったく気づいていなかったよ」それでちがいがあるとでもいうように、ファーガスはイヴリンドに請け合った。「彼は馬から降り、崖に背を向けて立っていた。わたしは彼に詰め寄り、もみ合うまでもなく崖の淵へと押した」

「リトル・マギーは?」イヴリンドはきいた。今や視線は幕壁の扉に向けられていた。ファーガスがすべてを話し終えたら、自分を殺すことに意識が向くのはわかっていた。助かる方法を考える必要があった。彼に石を投げつけて、幕壁の扉まで一目散に走るというのはどうだろう。

「リトル・マギーを殺さなければならなかったのは残念だった」

それを聞いてイヴリンドは口をきつく引き結んだ。ファーガスはどの殺しもひどく後悔しているようなのに、その思いは彼に殺しをやめさせることも、彼らのあとを追わせることもできなかったようだ。自分を殺さなければならないことも残念に思っているのだろう、と思うとイヴリンドは胸が悪くなった。そして、幕壁の扉が少し開いていることに気づき、身を硬くした。一瞬、ファーガスがきちんと閉めていなかっただけだろうと思ったが、そのせまい隙間にいくつかの顔がひしめいているのを認めた。カリンはすぐにわかった。ミルドレッドも。そしてタヴィス――ビディの姿を認め、その表情に目を留めると胸がつぶれそうになった。彼らがどのくらいまえからそこにいて、ファーガスの告白を聞いていたのかはわからなかったが、ビディが震えて青くなるほどには長くそこにいたようだ。

「リトル・マギーはやさしい娘だった」

イヴリンドは無理やり相手の男に視線を戻した。注意散漫になって、ここにいるのがもうふたりだけではないことに気づかれてはならない。

「だが彼女は鼻をつっこまずにはいられなかった。あなたのように」彼は陰気に付け加えた。「あなたとちがったのは、まずわたしのところに来て、事件を解明したいという意志を伝えたことだ。汚名がそそがれればカリンがとてもよろこんで、永遠の愛を誓ってくれると夢見ていたんだ……ばかな娘だ。

わたしは事件に目を向けさせまいとしたが、マギーもジェニーの死が関係していると考え、ビディに疑惑を向けていた。その瞬間、彼女を殺さなければならないとわかった。だがあの娘のことが好きだったから、ためらっていた。おそらく今朝あなたがそうしたように、彼女がビディの部屋を探るまでは」

イヴリンドは申し訳なさそうに扉のほうをさっとうかがったが、ビディの注意はただ話をするファーガスだけに向けられていた。

「マギーは手紙を見つけると、まっすぐわたしのところに走ってきた。わたしは急いで彼女をこの崖に導いた。彼女はひどく興奮しながら自分が見つけたもののことを話していて、どこに連れてこられたかにもほとんど気づいていなかった。ビディがダラクを殺したと考えるだけならまだしも、彼女はビディがそのことに気づいたリアムを殺したと結論づけていた。

扉を抜けて崖に出ると、ふたりとも息ができないほどの風だった。彼女は混乱してわたしを見ると、自分たちはどうしてここにいるのかときいた。わたしはすぐに彼女に殴りかかって昏倒《こんとう》させた。そしてジェニーの墓の上に彼女を置いて、どうするべきか考えようとした。マギーにはビディのために死んでもらわなければならないが、どうやって殺そう？　そこで、意識を失っているうちに崖から落とすことに決めた。彼女は目を覚まさず、苦しむこともないだろう、と」

「わたしを襲った事故は？」沈黙がおりると、イヴリンドは問い詰めた。「あれもあなたのせいだったんでしょう？」

「ああ。だれもカリンのせいにしないように、事故に見せかけようとしたが、あなたはすんでのところで命拾いしつづけた」顔をしかめたあと、こう白状した。「あなたを殺さなければならないのも残念だよ。カリンがあなたを愛しているのはあきらかだからね。だが彼もいずれ乗り越えるだろう」

イヴリンドはそれを聞いて口を引き結んだ。そんなに簡単に忘れられると考えるなんて、この男は愛がなんなのかわかっていない。だが、ファーガスはまたしても距離を詰めており、イヴリンドは話をつづけさせるため、別の質問を求めて頭のなかをさらった。

「うわさは？」その質問にとびついたとき、男の背後の少し開いた扉をカリンがすり抜けはじめた。「あれもあなたが流したの？」

ファーガスはまた立ち止まった。「故意にではない。リアムの死後、あれは殺人だったのではないかとささやかれはじめ、ダラクの死もそうだったのではないかと思われるようになった。わたしは人びとがビディに目を向けるのを恐れた。そこで、うわさが彼女からそれるように、リアムが死んだとされるころ、黒装束の男がそこから逃げるのを見た者がいるらしいと、ひとりの人間に話した。次に気づいたとき、わたしの耳に届いたうわさでは〝黒装束の男〟がカリンに代わっていた。あなたがこうむった災難を気の毒に思ったことはありませんよ、カリン」

イヴリンドは話を聞きながら、夫が足音を忍ばせてゆっくりと歩き、静かにファーガスの背後に迫るのを見守っていたが、最後のことばを聞いて体をこわばらせた。何かの音か、彼女が見ていたせいで、カリンの存在がばれたのだ。鋭くファーガスを見やると、夫に気をとられているあいだに彼がかなり迫ってきていたのでいくぶん驚いた。彼は今や腕をのばせば届くほどの距離にいた。これはいけないとイヴリンドが距離をとるよりもまえに、ファーガスが飛びかかってきて彼女の上腕をつかみ、背中を自分の胸に引き寄せて、そのままカリンのほうを向いた。「だがあなたはうまく対処しましたね、若さま。お父上は誇りに思われたでしょう」

カリンは動きを止めた。イヴリンドがとらわれた怒りにあごをこわばらせているが、現れている感情はそれだけで、ファーガスをにらんで言った。「まだ生きていたらそう思ったかもしれない」

「ファーガス」ビディが幕壁の扉から出てきて、カリンに歩み寄りながら静かに言った。

「イヴリンドを放して」

鋭いナイフの先がちくりと首を刺し、ファーガスにまだその準備ができていないことをイヴリンドに伝えた。彼女は身動きもせずに立ったまま、うっかり自分で自分ののどを切ってしまわないように息を詰めながら、逃げる機会を、そうでなければこの状況に終止符が打たれるのを待った。

「すべてあなたのためにしたことです、ビディ」ファーガスは厳粛に言った。

「でもわたしはそんなことをしてほしくなかったわ」ビディは悲しそうに言った。

「あなたは彼に矢を射った」彼はいらだたしげに指摘した。

「そうよ、でも——あれはあの人のジェニーへの仕打ちにかっとなってしたこと」自分の気持ちを説明しようとして彼女は言った。「殺人とはちがうわ。わたしがすべきだったのは——」

「相手が彼のような人間の場合、殺人にはなりません。ダラクは死んで当然だった」ファーガスは言い張った。「彼は冷酷で非情な卑劣漢だった。彼が生きていたら、あなたはまた何度もくり返し心を痛めることになり、もっとみじめになって、数えきれないほどの若い娘たちが犠牲になったでしょう」

「ええそうよ。でも、わたしはたいへんな罪を犯してみずから夫を殺《あや》めたという罪悪感に、こんなに長いあいだ苦しめられずにすんだはずだわ」初めて怒りをあらわにしながら、ビディは言い返した。「それにリアムもマギーも死んでいいはずがない。ふたりともいい人だった。わたしの大切な友だちだった。ふたりが死んでとても悲しいわ」

彼女はイヴリンドの顔をちらりと見て、きつく唇を結んでからつづけた。「それにイヴリンドのこともある。あなたは彼女も殺そうとしていたのね？　次はだれだったの？　復讐を胸に妻を殺した人間をさがそうとするカリン？　あなたはわたしを〝守る〟ためだからと、わたしが愛する人たちをことごとく殺すの？　ダラクを殺した晩、ほかのだれでもなくわたしを殺してくれたらよかったのに。あなたのしたことはわたしをさらに苦しませただけなのよ、ファーガス。それがわからないの？」

イヴリンドはごくりとつばをのみ、横目でファーガスをうかがおうとした。背後の彼はいぜんとして石のようだったが、呼吸が荒かった。ビディのことばにどう答えるのか見当がつかない。

「イヴリンドを放せ」カリンが厳しい声で言い、イヴリンドの視線は夫の無表情な顔に引き戻された。「彼女が死んでもおまえが得るものは何もない。もう終わったんだ」

「ああ、そうさ」ファーガスはイヴリンドの耳元でため息をつくと、あとずさりはじめた。

「すみませんでした、ビディ。わたしがずっとしたかったのは、あなたを幸せにし、守ることだけだった。あなたはもっと幸せになってしかるべきだった。それなのにわたしは何もかも台なしにしてしまった」

「ファーガス、イヴリンドを放すんだ。そしておれと戦え」なおも崖の淵にイヴリンドを引きずっていこうとするファーガスに近づきながら、カリンがどなった。

「あなたとは戦いたくありませんよ、若さま。お父上を殺したのを苦にしているんですから。あなたを殺してわたしの罪の数を増やすつもりはありません」

「それならイヴリンドも殺すな」カリンは必死で言った。

「お願い、彼女を放してちょうだい、ファーガス」ビディが静かに言った。「カリンとイヴリンドは愛し合っているのよ。わたしたちのどちらも見つけられなかった幸せを得て当然だわ」

「ええ、きっとそうでしょう」ファーガスは同意したが、さらに数歩あとずさると、立ち止まってイヴリンドの耳元で言った。「あなたを放します、奥方さま。わたしがそうしたら、わたしから離れてまっすぐご主人のところに歩いていきなさい」

「あなたはどうするつもりなの？」イヴリンドは心配になってきいた。

「それは心配しないで」彼は言った。「あなたはご主人のところに行って、彼を愛すればいいんです。ビディの言うとおりだ。あなたたちは似合いの夫婦ですよ」

イヴリンドは彼はどうするつもりなのかともう一度きこうと口を開けたが、突然ファーガスに背中を押された。ふい打ちだったのでつんのめったが、カリンがそこにいて受け止め、片手で彼女を支えながらも、さらに身を乗り出してファーガスをつかもうとした。カリンの手が離れるとイヴリンドはくるりと振り返り、恐怖に目を見開いて、崖から身を投げるファーガスと、彼をつかまえようとまえに身を投げだすカリンを見つめた。

悲鳴をあげたのはイヴリンドだけではなかったが、ファーガスをつかんでバランスをくずしたカリンをつかめるほど近くにいたのは彼女だけだった。カリンが倒れると、プレードのうしろをつかんだイヴリンドもいっしょに倒れた。カリンの脚は崖の上にあったが、上半身は崖の縁からたれさがった。ファーガスは宙吊りの状態だったが、カリンがチュニックをつかんでいるおかげで、岩がちな傾斜の底に落ちずにすんでいた。彼の重みでカリンがまえに引きずられはじめると、イヴリンドはあわてて夫の脚にしがみつき、自分の体重をかけてふたりを引きとめた。

「放してください、若さま」ファーガスがほとんどやさしげに言うのをイヴリンドは聞いた。

「だめだ」カリンはどなった。「おれの手をつかめ。チュニックは裂けてしまうかもしれない」

「彼の手をつかむんだ、ファーガス」手を貸そうと急いで進み出たタヴィスも説得した。

ギリーとロリーが両側にひざまずいて、ファーガスもろとも崖の下に落ちないようにカリンを押さえると、イヴリンドは少しほっとした。

「手をつかむんだ、このわからずや」カリンはかみつくように言った。かすかに涙声になっているのがイヴリンドにはわかった。「ここでおまえを死なせやしない」

「なぜです？　あとで殺人の罪で縛り首にできるようにですか？」ファーガスは皮肉っぽくきいたあと、またくり返した。「放してください。覚悟はできていますから」

カリンは動きを止めて黙りこんだ。イヴリンドには彼がためらっているのがわかった。何年も自分の片腕だった男、そしておそらくは若いころの自分に武術を仕込んでくれた男を放したくはないが、いま彼を助ければ、三件の殺人の罪で罰を与えなければならなくなるのもわかっているのだ。その罰は縛り首を意味した。

イヴリンドの心は夫のもとに向かった。なんというつらい決断をくださなければならないことか。だがそのとき、選択肢は彼の両手から奪われた。ずっと吹きつけていた強い風が突然やんで、ファーガスのチュニックの破れる音が聞こえるあいだだけ静かになった。すぐにまた勢いを取り戻した風が激しく吹きつけるなか、ファーガスは下に落ちていった。彼は声をあげなかった。聞こえたのは彼を包む悲鳴のような風の音だけだった。

18

「わたしを運ぶ必要はないわ、あなた。けがはしていないんだから、歩けます」イヴリンドがこうくり返したのは、カリンが崖から引き戻され、彼女を腕に抱きあげて城に向かってから十度めだった。カリンがそれを無視し、黙って進みつづけたのも十度めだった。

歩かせてもらうのは無理そうだとあきらめ、イヴリンドはついてくる小さな集団を夫の肩越しに見やった。ビディ、タヴィス、ミルドレッドがすぐうしろにいて、マック、ロリー、ギリーがそのあとにつづいている。ビディに視線を据えると、放心したような表情に気づいた。年上の女性の顔は青白く、十フィート離れたここからでも震えているのがわかる。ミルドレッドがビディの腰に腕をまわして歩く彼女を支え、タヴィスは母親の腕をしっかりつかんで、家族らしい気配りを見せていた。イヴリンドがドノカイに来てから初めて見る母子の姿だ。カリンのいとこもこの日意外な新事実があきらかになって動揺しているようだった。父親について知ったことで、彼の生き方は少し変わるかもしれない。そうなってほしいとイヴリンドは思ったが、もう少し待って、どうなるか様子をみることになるだろう。

だが、ビディに関しては、待って様子をみることはしたくなかった。

「あなた」

カリンは返事をしなかったが、その目は彼女のほうをちらりと見てから、また前方の小道に戻った。彼の場合、これが〝なんだ、妻よ〟を意味すると知っているイヴリンドは言った。

「ビディのことをどうするつもり？」

彼は口の片側をゆがめてしわを寄せたあと、またいつもの無表情な態度に戻したが、その目のなかに逡巡《しゅんじゅん》を読みとったイヴリンドは、彼がおばのしたことにどう対応すべきか迷っているのがわかった。

「彼女はダラクを殺さなかったのよ」イヴリンドはやさしく言った。「矢で射ったのは事実だけど、それが死因ではなかった。ジェニーにしたことを考えれば、ダラクはもっと重い罰を受けてもおかしくないわ。ビディのしたことは忘れて、お咎《とが》めなしにはできない？」

「そうだな」カリンはため息をついた。「実のところ、彼女は自分がやったと思っていたことのせいで、もう何年ものあいだ自分を罰してきた。これ以上の罰はとくに必要ないような気がする」

イヴリンドは彼の肩にまわした腕に力をこめて一瞬抱きつくと、ようやく緊張を解いて彼に抱かれながら微笑んだ。

「笑っている場合ではないぞ。きみはおれに激怒するべきだ」カリンはうなるように言って、城の裏手の厨房の扉に着くと、ブーツを履《は》いた足で蹴って開けた。

イヴリンドは驚いて目を丸くしたが、厨房を通りぬけてだれもいない大広間を横切るまで待ってからきいた。「どうして?」

「おれが話をしなかったためにまたきみを悲しませたからだ。そのせいで今回きみは殺されそうになった」

「そうなの?」彼女は当惑してきいた。

「ああ」彼は階段をのぼりはじめながら言った。「ファーガスのことがどうも気にかかるとおれが話していたら、彼はきみをどこにも誘い出せなかっただろう」

階段をのぼりきると、イヴリンドは鋭くカリンを見やった。「あなたはファーガスを疑っていたの?」

「いや」彼はそう言うと、立ち止まってイヴリンドに夫婦の部屋の扉を開けさせた。なかにはいり、足で蹴って扉を閉め、ベッドに向かうと、彼女を抱いてそこに立ったまま言った。

「でも日光浴室の火事のことが引っかかっていた。彼は大広間にいたから、だれかが階段をのぼればわかったはずだと言い張って、そんな人間は見ていないからあれは事故だったに決まっていると言った。事故にしてはたいまつの落ちた位置がホルダーから離れすぎていたと指摘しても、事故だの一点張りだった」カリンは顔をしかめた。「タヴィスとミルドレッドのために扉を開けてやろうと、わずかなあいだ目を離したということだが、おれはファーガスという男を知っている。任務をまじめに遂行する男だから、大広間を横切って彼らのために扉を開けながらも、日光浴室から目を離さなかっただろう。それがおれを悩ませた。そのことをきみに話していたら、きみは彼とふたりきりでどこかに行くのを考え直していただろう」

「ええ、それはそうね」彼女はおだやかに同意したが、そのことばに怒りはなかった。もうこんな思いをすることはないのだから。

「すまなかった」彼はおごそかに言ったあと、誓った。「おれは変わる。これからはなんでも話す。おれは――」カリンはそこまで言うと、驚いて目を見開いた。イヴリンドが手で彼の口をふさいで黙らせたからだ。

「変わる必要はないわ、あなた。あなたは――」

「いや、変わるよ」彼は彼女の手から顔をずらして熱心に言った。「愛しているよ、イヴリンド。心から。きみに愛してもらえないのはわかっている。おれのことをほとんど知らないのに、どうして愛せる？　全部おれが悪いんだ。きみが指摘したように、きみは自分のことをすべて話してくれた。おれはきみの子供時代のことも、家族のことも、どんな考えをもっているのかも……すべてを知っている。だがきみはおれのことを何も知らない。それを変えるよ。きみにも愛してもらえるように」

「わたしはあなたを愛しているわ」イヴリンドはあわてて言った。

カリンは目をしばたたいた。「ほんとうに？」

彼女は彼の驚いた顔を見て小さく笑うと、彼をきつく抱きしめた。「ええ、あなた。ほんとうよ」

「おれのことをほとんど知らないのにどうして愛せるんだ？」彼は解せない様子できいた。

「あら、あなたのことなら知っているわ」イヴリンドは彼を安心させようとまじめに言った。「わたしはあなたが強くて気高いことを知っている。わたしが健康で幸福に暮らせるよう心を砕き、これからもつねにそうしてくれることを知っている。領民たちに対して公平で、思いやり深いことを知っている……」彼女は首を振った。「カリン、わたしたちの関係について、まえにあなたが言ったことはほんとうだった。あなたの行動はことばより多くのことを語っているわ」

彼が納得していないようなので、さらに言った。「ファーガスをごらんなさい。彼はビディを愛していると言いつづけていた。あれもこれも彼女を傷つけたくなかったからしたことだと言ったけど、彼のしたことは彼女を傷つけただけだった」

イヴリンドは少し間をおいてから尋ねた。「もしあなたがファーガスで、ジェニーとダラクの逢い引き現場に居合わせ、ダラクがしていることを知ったらどうしていた？」

カリンの唇が引き結ばれた。「彼に戦いを挑んで、あの卑劣漢を殺していただろう」

「そうでしょう」彼女はうなずいた。「ジェニーが自殺したあと、ダラクが思いやりのある夫を演じたらどうしていた？」

「彼をみんなのまえに呼び出して、知っていることをみんなに明かしただろう。それから彼に戦いを挑んで、あの卑劣漢を殺していた」

イヴリンドは唇をかんで微笑みをこらえた。あきらかに彼なりのルールがあるようだ。カリンはおじのふるまいを卑しいと考え、自分は〝あの卑劣漢を殺して〟いただろうと考えている。それには驚かなかったが、こう指摘するだけにした。「でもファーガスはビディがそれを知るように仕向け、彼女がダラクと対決するのを待った。彼女がダラクに矢を射ったものの、殺すには至らなかったとき、ファーガスは代わりに殺した。ビディのためだと彼は言ったけど、それはちがうわ。彼女は必死でダラクを死なせまいとしていた。ファーガスは自分のためにやったのよ。そうすれば彼女といっしょになれるかもしれないと思って。彼女への愛のためだと言って、それを正当化しただけよ……彼女が罪悪感に苦しむことなど少しも気にせずにね。

あなたのお父さまとリトル・マギーを殺したのもビディのためじゃない。もしファーガスが回復途中のダラクを殺したと認めていたら、お父さまは話を聞いてあげなかったかしら？聞いてあげたと思うでしょう？」イヴリンドはカリンがうなずくのを待った。そして肩をすくめて言った。「お父さまはきっとそうしたはずよ。でもファーガスは認めなかった。自分の身を危険にさらすことになるから。そしてふたりを殺したのはビディのためだと言って正当化した……そのせいで彼女は今も罪悪感に苦しんでいる」皮肉っぽく付け加えて首を振る。「あれは愛じゃないわ、カリン。口では愛だと言いながら、ことばとは裏腹な行動をしていた。

「でもあなたは」イヴリンドは片手を彼の頰に当てて静かに言った。「めったにわたしにことばをかけてくれないけれど、あなたがどんな人で何を信じているかは、行動がいつも声高に語ってくれる。それであなたの気高さがはっきりわかるの。だからわたしはあなたを愛しているのよ」困ったように微笑んで付け加えた。「と言っても、愛すようになったのは、あなたの行動の意味を知ってからだけど」

カリンはイヴリンドをしっかり抱きしめ、顔を寄せてキスをした。最初は慈《いつく》しみ、いたわるようなやさしいキスだったが、すぐに情熱が注ぎこまれ、奪うようなキスに変わった。唇を離したときはふたりとも息を切らしていた。

「愛しているよ、イヴリンド」指を動かして彼女のドレスのひもをほどきながら、彼はまじめにくり返した。「結婚相手であるきみをもらい受けにダムズベリーに行ったときは、相手はせめてまあまあなら申し分ないと思っていたが、それ以上だということがわかった。初めて会ったときからきみが気に入った。その思いはともに過ごすたびに大きくなった。きみはおれがこれまで出会ったどんな女ともちがっていた」

「わたしもあなたが気に入っていた」ドレスを肩からはずすためにカリンがことばを切ると、イヴリンドはつぶやいた。「でも幸運なことに、あなたと同じくらい立派な男性を知っているわ」

彼が体を硬くすると、にやりとして付け加えた。「あなたは生前のわたしの父によく似ているの。今も変わらずにいてくれるなら兄にも。すばらしい男性たちを得られたわたしは幸せよ。そしてあなたの妻であることを誇りに思うわ」

カリンは力を抜いたが、今度はその目に何かがひらめいた。イヴリンドは興味深げに頭を傾けた。

「どうしたの?」

「言い忘れていたことを思い出した」と打ち明けた。

彼女は問いかけるように眉を上げた。

「きみの兄上から手紙が届いていたんだ」と告げた。「アレクサンダーが訪ねてくるぞ」

イヴリンドはそれを聞いて満面の笑みを浮かべた。うれしくて天にも昇る心地だった。だが、カリンがあまりうれしそうでないのに気づいてきいた。「兄に来てほしくないの？　兄を招いてもいいと言ってくれたわよね」

「ああ。彼が来るのがいやなわけじゃない。でも知らせを受けたのは何日もまえだったから、もっと早くきみに話すべきだった」と言って、カリンは約束した。「今後こういうことは忘れないよ。ちゃんときみに話すようにする。おれについて知りたいことはなんでも話してやる。子供時代のことも、父のことも、母のことも、きみの聞きたいことはなんでも話すよ」

シュミーズをすべらせて床に落とした。「最初の狩りのことも、最初の妻のことも――」

「あなた」イヴリンドはカリンをさえぎった。彼の手が彼女の体をなでまわす。

「なんだ？」少しのあいだ手を止めて、カリンはきいた。

「話すのはあとにして」とささやくと、イヴリンドは彼の胸にもたれて片手を首にからませ、キスをせがんで顔を下に向けさせた。

「いいとも、妻よ」とささやいて、カリンは彼女と唇を重ねた。

訳者あとがき

リンゼイ・サンズのヒストリカル・ロマンス『ハイランドに眠る夜は』(原題：*Devil Of The Highlands*)をお届けします。本作はシリーズの第一作目にあたり、本国では現在、続く二作目『*Taming The Highland Bride*』、三作目『*The Hellion And The Highlander*』まで刊行されている人気シリーズです。

さきにご紹介した『いつもふたりきりで』の舞台は十九世紀初頭のイングランドでしたが、本書の舞台はぐっとさかのぼって一二七三年。好奇心旺盛なイングランドの貴族の娘と、黒いうわさをもつハイランド領主の物語です。

イングランド北部の領主の娘、イヴリンド・ダムズベリーは、三年まえに父であるダムズベリー男爵が亡くなってから、いじわるな継母エッダのいじめに耐えながら暮らしていました。ある日イヴリンドは、悪名高いスコットランドの領主「ドノカイの悪魔」と結婚するようエッダから言いわたされます。

ドノカイの悪魔といえば、領主だったおじと、そのあとを継いで領主になった実の父を殺して領主の座を手にし、子供ができなかったために最初の妻も殺したとして恐れられている、血も涙もないハイランドの領主です。そのうわさは、スコットランドはもちろん、イヴリンドの生まれ育ったイングランドにまで届いており、〝いい子にしていないと、ドノカイの悪魔にさらわれますよ〟は、母親や子守女たちが子供たちをたしなめるときに使う決まり文句になっていました。ちょうど〝鬼〟のような感覚でしょうか。そう、エッダはイヴリンドが暴力夫に粗末に扱われてみじめな結婚生活を送るようにと願って、嬉々としてこの縁談をまとめたのです。それこそ鬼です。

ところが、それと知らずに出会った「ドノカイの悪魔」ことカリンは、たくましい美丈夫で、イヴリンドは身も心もとろけてしまいます。もしかしたら恐ろしいうわさは事実無根なのかもしれないと思えるほど、彼の行動は思いやりのあるものでした。

あわただしく結婚式をあげ、三日三晩馬に乗ってはるばるとハイランドまで旅をし、ドノカイの城に着いてからも、イヴリンドの体をいたわりつつ、情熱的に体を重ねてきたカリン。結婚も悪くないかも、と思いはじめたイヴリンドでしたが、夫婦の会話の少なさには不満を感じていました。妻が何を言ってもカリンはうなり声をあげるだけで、自分からはほとんどことばをかけてくれず、城での生活についても何も説明してくれないのです。しかも初夜以降は妻の体に触れようともしません。きっとわたしのことを好きじゃないんだわ……故郷から遠く離れた、知っている者がだれもいない城で、イヴリンドは淋しく孤独でした。あのいやなエッダですら懐かしいと思うほどに。

やがて、カリンのおばであるビディと親しくなるうちに、おじのダラクと父のリアムと前妻マギーの死のどれにも、カリンは関与していないことを知ります。マギーは死んだとき妊娠していたことも。憶測がひとり歩きしてうわさになり、無口なカリンはそれが広まるにまかせていたのです。イヴリンドは夫の汚名をそそぐため、真犯人を探して謎を解明しようと決意します。しかし、ダラクが死んだのは十七年まえ、リアムとマギーの死からも何年もたっており、当時を知る人から話を聞こうにもなかなかうまくいきません。そのうちに、イヴリンドの周辺で不審な事故があいつぐようになり、カリンは何者かが妻の命をねらっているのではと懸念します。

強くてたくましく、ちょっと無骨だけれど愛情深い男。ハイランドの荒々しい自然がはぐくんだ戦士、ハイランダーはロマンス小説界では根強い人気がありますが、その秘密はもしかしたら「寡黙さ」にあるのかもしれません。カリンはことばより行動で示す不言実行タイプです。急いで婚礼をあげたのも、とるものもとりあえずすぐさまイヴリンドを連れてハイランドに戻ったのも、すべてちゃんと考えたうえでの行動なのですが、その考えを事前に話してもらえないイヴリンドはわけがわからず困惑するばかり。わたしは妻なのだから、ことばと行動の両方で示してほしいと訴えますが、カリンのおこないの正しさ、そこにこめられた思いやりを知るうちに、おしゃべりで口だけの男より、背中で語る男のほうが魅力的かもと思いはじめ……そんなふたりがどうやって互いに歩み寄り、愛を深めていくのかも読みどころのひとつになっています。

リンゼイ・サンズはコミカルなタッチを得意としていて、本書もユーモラスなシーンにはこと欠きません。下着姿で馬にまたがり、手綱をくわえて馬を走らせながら濡れたドレスを乾かしたり、闘牛よろしく赤いドレスで雄牛に追いかけまわされたりと、ユーモラスなエピソードはイヴリンドの独壇場ですが、そんなイヴリンドを目にしたカリンのあわてぶりにも思わずくすっとさせられます。行動的なヒロインと高潔なハイランダーの、恋と冒険と謎解きをどうぞお楽しみください。

二〇一〇年八月

ザ・ミステリ・コレクション

ハイランドで眠《ねむ》る夜《よる》は

著者　リンゼイ・サンズ
訳者　上條《かみじょう》ひろみ

発行所　株式会社 二見書房
東京都千代田区三崎町2-18-11
電話 03(3515)2311［営業］
03(3515)2313［編集］
振替 00170-4-2639

印刷　株式会社 堀内印刷所
製本　株式会社 関川製本所

ISBN978-4-576-10132-3
http://www.futami.co.jp/

いつもふたりきりで
リンゼイ・サンズ
上條ひろみ［訳］

美人なのにド近眼のメガネっ娘《こ》と戦争で顔に深い傷痕を残した伯爵。トラウマを抱えたふたりの熱い恋の行方は――？ とびきりキュートな抱腹絶倒ラブロマンス

銀の瞳に恋をして
リンゼイ・サンズ
田辺千幸［訳］

誰も素顔を知らない人気作家ルークと編集者ケイト。出会いは最悪&意のままにならない相手なのになぜだか惹かれあってしまうふたり。ユーモア溢れるシリーズ第二弾！

バラの香りに魅せられて
ジャッキー・ダレサンドロ
嵯峨静江［訳］

かつて熱いキスを交わしながらも別れた、美貌の伯爵令嬢と英国元スパイ。ふたりが再会を果たしたとき、美しいコーンウォールの海辺を舞台に恋と冒険の駆け引きが始まる！

夜風はひそやかに
ジャッキー・ダレサンドロ
宮崎槇［訳］

十九世紀、英国。いつしか愛をあきらめた女と、人には告げられぬ秘密を持つ侯爵。情熱を捨てたはずの二人がたどり着く先は…？ メイフェア・シリーズ第一弾！

琥珀色の月の夜に
ジャッキー・ダレサンドロ
宮崎槇［訳］

亡き夫に永遠の貞節を誓ったはずの子爵未亡人キャロリン。だが、仮面舞踏会で再会したサットン伯爵から熱い口づけを受け、いつしか心惹かれ……メイフェア・シリーズ第二弾！

真夜中にワルツを
ジャッキー・ダレサンドロ
酒井裕美［訳］

伯爵令嬢が一介の巡査と身分を越えた激しい恋に落ちたとき……彼女には意にそまぬ公爵との結婚の日が二週間後に迫っていた。好評のメイフェア・シリーズ第三弾！

見つめずにいられない
スーザン・イーノック
井野上悦子［訳］

ちょっと意地悪な謎の美女と完全無欠でハンサムな侯爵。イングランドの片田舎で出会ったふたりの、前代未聞の恋の行方は…？　ユーモア溢れるノンストップ・ロマンス！

あなたの心が知りたくて
スーザン・イーノック
井野上悦子［訳］

とびきりキケンな放蕩者レイフが、歯に衣着せぬ優雅な美女にやられっぱなし。思い余って彼女に口づけしてしまい…!?　『見つめずにいられない』に続くシリーズ第二弾

いたずらな恋心
スーザン・イーノック
那波かおり［訳］

青年と偽り父の仕事を手伝うクリスティンに任されたのは冷静沈着でハンサムな英国人伯爵のお屋敷に潜入すること…。英仏をめぐるとびきりキュートなラブストーリー

奪われたキス
スーザン・イーノック
高里ひろ［訳］

十九世紀のロンドン社交界を舞台に、アイス・クイーンと呼ばれる美貌の令嬢と、彼女を誘惑しようとする不品行で悪名高き侯爵の恋を描くヒストリカルロマンス！

ほほえみを待ちわびて
スーザン・イーノック
阿尾正子［訳］

家庭教師のアレクサンドラは、ある事情から悪名高き伯爵ルシアンの屋敷に雇われる。つれないアレクサンドラに、伯爵は本気で恋に落ちてゆくが…。新シリーズ第一弾！

黄金の花咲く谷で
アンシア・ローソン
宮田攝子［訳］

華やかな舞踏会より絵を描くのが好きな侯爵令嬢リリーは幻の花を求める貧乏貴族ジェイムズとともに未開の地へ旅立つが…。異国情緒たっぷりのアドベンチャー・ロマンス

昼下がりの密会
トレイシー・アン・ウォレン
久野郁子［訳］

家族に人生を捧げた未亡人ジュリアナと、復讐にすべてを賭ける男・ペンドラゴン。つかのまの愛人契約の先に、ふたりを待つせつない運命とは…。シリーズ第一弾！

月明りのくちづけ
トレイシー・アン・ウォレン
久野郁子［訳］

意に染まない結婚を迫られたリリーは自殺を偽装し、冷酷な継父から逃れようとロンドンへと向かう。その旅路、ある侯爵と車中をともにして…シリーズ第二弾！

甘い蜜に溺れて
トレイシー・アン・ウォレン
久野郁子［訳］

父の仇を討つべくガブリエラは宿敵の屋敷に忍びこむが銃口を向けた先にいたのは社交界一の放蕩者の公爵。しかも思わぬ真実を知らされて…シリーズ完結篇！

あやまちは愛
トレイシー・アン・ウォレン
久野郁子［訳］

双子の姉と入れ替わり、密かに想いを寄せていた公爵と結婚したバイオレット。妻として愛される幸せと良心の呵責の狭間で心を痛めるが、やがて真相が暴かれる日が…

愛といつわりの誓い
トレイシー・アン・ウォレン
久野郁子［訳］

親戚の家へ預けられたジーネットは、無礼ながらも魅惑的な建築家ダラーと出会うが、ある事件がもとで〝平民〟の彼と結婚するはめになり…。『あやまちは愛』に続く第二弾！

夜明けまであなたのもの
テレサ・マデイラス
布施由紀子［訳］

戦争で失明し婚約者にも去られた失意の伯爵は、看護師サマンサの真摯な愛情にいつしか心癒されていく。だが幸運にも視力が回復したとき、彼女は忽然と姿を消してしまい…

黄昏に輝く瞳
キャサリン・コールター
栗木さつき［訳］

世間知らずの令嬢ジアナと若き海運王。ローマの娼館で出会った波瀾の愛の行方は……？　C・コールターが贈る怒濤のノンストップヒストリカル、スターシリーズ第一弾！

涙の色はうつろいで
キャサリン・コールター
山田香里［訳］

父を死に追いやった男への復讐を胸に、ロンドンからはるかサンフランシスコへと旅立ったエリザベス。それは危険でせつない運命の始まりだった……！　スターシリーズ第二弾

忘れられない面影
キャサリン・コールター
栗木さつき［訳］

街角で出逢って以来忘れられずにいた男、ブレントと船上で思わぬ再会を果たしたバイロニー。大きく動きはじめた運命を前にお互いとまどいを隠せずにいたが…。

夜の炎
キャサリン・コールター
高橋佳奈子［訳］

若き未亡人アリエルは、かつて淡い恋心を抱いた伯爵と再会するが、夫との辛い過去から心を開けず…。全米ヒストリカルロマンスファンを魅了した「夜《ナイト》トリロジー」第一弾！

夜の絆
キャサリン・コールター
高橋佳奈子［訳］

クールなプレイボーイの子爵ナイトは、ひょんなことからいとこの美貌の未亡人と、三人の子供の面倒を見るハメになるが…。『夜の炎』に続く「夜《ナイト》トリロジー」第二弾！

夜の嵐
キャサリン・コールター
高橋佳奈子［訳］

実家の造船所を立て直そうと奮闘する娘ジェーンは、英国人貴族のアレックに資金援助を求めるが…!?　嵐のような展開を見せる「夜《ナイト》トリロジー」待望の第三弾！

黒騎士に囚われた花嫁
ジュディス・マクノート
後藤由季子［訳］

スコットランドの令嬢ジェニファーがイングランドの〈黒い狼〉と恐れられる伝説の騎士にさらわれた！　仇同士のふたりはいつしか…動乱の中世を駆けめぐる壮大なロマンス！

あなたの心につづく道（上・下）
ジュディス・マクノート
宮内もと子［訳］

十九世紀、英国。若くして爵位を継いだ美しき女伯爵エリザベスを待ち受ける波瀾万丈の運命と、謎めいた貿易商イアンとの愛の旅路を描くヒストリカルロマンス！

とまどう緑のまなざし（上・下）
ジュディス・マクノート
後藤由季子［訳］

パリの社交界で、その美貌ゆえにたちまち人気者になったホイットニー。ある夜、仮面舞踏会でサタンに扮した謎の男にダンスに誘われるが……ロマンスの不朽の名作

高慢と偏見とゾンビ
ジェイン・オースティン／セス・グレアム＝スミス
安原和見［訳］

あの名作が新しく生まれ変わった――血しぶきたっぷりに。全米で予想だにしない百万部を売り上げた超話題作、日本上陸！ナタリー・ポートマン主演・映画化決定

ドーバーの白い崖の彼方に
ジョアンナ・ボーン
藤田佳澄［訳］

フランスの美少女アニークが牢獄のなかで恋に落ちたのは超一流の英国人スパイ!?　激動のヨーロッパを舞台に描くヒストリカルロマンス。ＲＩＴＡ賞作家、待望の初邦訳！

罪深き愛のゆくえ
アナ・キャンベル
森嶋マリ［訳］

高級娼婦をやめてまっとうな人生を送りたいと願う美女ソレイヤ。ある日、公爵のもとから忽然と姿をくらますが…。若く孤独な公爵との壮絶な愛の物語！

黒き影に抱《いだ》かれて
ローラ・キンセイル
布施由紀子［訳］

十四世紀イタリア。大公家の生き残りエレナはイングランドへと逃げのびた――十数年後、祖国へ向かうエレナを待ち伏せていたのは…。華麗な筆致で綴られるRITA賞受賞作

戯れの恋におちて
キャンディス・ハーン
大野晶子［訳］

十九世紀ロンドン。戦争や病気で早くに夫を亡くした高貴な未亡人たちは、〝愛人〟探しに乗りだしたものの、思わぬ恋の駆け引きに巻き込まれてしまう。シリーズ第一弾！

パッション
リサ・ヴァルデス
坂本あおい［訳］

ロンドンの万博で出会った、未亡人パッションと建築家マーク。抗いがたいほど惹かれあい、互いに名を明かさぬまま熱い関係が始まるが…。官能のヒストリカルロマンス！

プライドと情熱と
エリザベス・ソーントン
島村浩子［訳］

ラスボーン伯爵の激しい求愛を、かたくなに拒むディアドレ。誤解と嫉妬だらけのふたりは…。動乱の時代に燃えあがる愛と情熱を描いた感動のヒストリカルロマンス

黄金の翼
アイリス・ジョハンセン
酒井裕美［訳］

バルカン半島小国の国王の姪として生まれた少女テスは、ある日砂漠の国セディカーンの族長ガレンに命を救われる。運命の出会いを果たしたふたりを待ち受ける結末とは…？

波間のエメラルド
アイリス・ジョハンセン
青山陽子［訳］

うぶな女私立探偵と芸術家肌の王子様。プレイボーイの彼から依頼されたのは、つきっきりのボディガードで…!? ユーモアあふれるラブロマンス。セディカーン・シリーズ最新作

二見文庫 ザ・ミステリ・コレクション